ANNEMARIE MITTERHOFER

WIENER ROSENMORD

ANNEMARIE MITTERHOFER

WIENER ROSENMORD

KRIMINALROMAN

GMEINER

Immer informiert

Spannung pur – mit unserem Newsletter informieren wir Sie regelmäßig über Wissenswertes aus unserer Bücherwelt.

Gefällt mir!

Facebook: @Gmeiner.Verlag
Instagram: @gmeinerverlag
Twitter: @GmeinerVerlag

MIX
Papier aus verantwortungsvollen Quellen
FSC® C083411

Besuchen Sie uns im Internet:
www.gmeiner-verlag.de

Im Ehnried 5, 88605 Meßkirch
Telefon 07575/2095-0
info@gmeiner-verlag.de

1. Auflage 2022

Lektorat: Claudia Senghaas, Kichardt
Herstellung: Julia Franze
Umschlaggestaltung: U.O.R.G. Lutz Eberle, Stuttgart
unter Verwendung eines Fotos von: © Victoria Borodinova / Pixabay
Druck: CPI books GmbH, Leck
Printed in Germany
ISBN 978-3-8392-0214-2

Personen und Handlung sind frei erfunden.
Ähnlichkeiten mit lebenden oder toten Personen
sind rein zufällig und nicht beabsichtigt.

KAPITEL 1

Frauen lieben Blumen, Männer lieben Autos. Sicher, das stimmt nicht 100-prozentig. Manche Frauen lieben Autos. Manche Männer lieben Blumen. Aber wenn man ehrlich ist, muss man sagen: Geh mit einem Mann auf einen Berg, und er wird mit einer Wahrscheinlichkeit von, sagen wir 99 Prozent mit dem Fernglas den Paragleitern zuschauen, während du in der Zwischenzeit den Bergwegerich, den Männertreu oder das Felsengreiskraut fotografierst. Man weiß nicht, ist es die Erziehung oder von der Evolution so vorgesehen. Da scheiden sich die Geister.

Es muss auch nicht sein, dass die Chefinspektorin Anna Bernini auf dem Weg ins Blumengeschäft, in dem eine Männerleiche gefunden wurde, deshalb an den Valentinstag dachte, weil sie eine Frau ist, aber ich wette 100 zu eins, dass ihre männlichen Kollegen, egal, wen man nimmt, Inspektor Schramek, Inspektor Stammer oder Oberst Meier, nicht an den Valentinstag gedacht hätten. Aber bitte, wissen kann man es nie. Der letzte Valentinstag war schon mehr als neun Monate her, und genauso lange war Anna Bernini wieder Single. Das hatte sie am Valentinstagsmorgen allerdings noch nicht geahnt, als sie ihrer Freundin Eva beim Frühstück im Kaffeehaus vorgejammert hatte, dass ihr noch nie ein Mann am Valentinstag Blumen geschenkt hat.

»Das wäre doch ein Zeichen der Liebe, oder?«

»Nein«, hatte ihre Freundin verächtlich durch die Nase geschnaubt, »das wäre ein Zeichen von schlechtem Gewissen!« Anna Bernini hatte gelacht, aber ihre Freundin Eva hatte darauf bestanden, dass die Größe des Blumenstraußes, den einen ein Mann schenkt, direkt proportional zur Größe des schlechten Gewissens steht.

»Sie haben eine Blumensprache des schlechten Gewissens.«

»Geh!«

»Doch, wirklich! Zehn Rosen heißt: Ich habe beim letzten Betriebsausflug mit der Kollegin von der Sitte geschmust. 20 Rosen – ich bin mit ihr mit aufs Zimmer gegangen! 30 Rosen – jetzt ist sie auch noch schwanger!«

»Jetzt übertreibst du aber!«

»Aber nur ein bisschen. Wirklich schlimm ist es allerdings, wenn sie dir auch noch Schmuck schenken. Dann weißt du: Es gibt eine andere.«

Wenn Anna Bernini an diesem Valentinstagsmorgen nicht mit ihrer besten Freundin, Inspektorin Eva Niedermüller, dieses Gespräch geführt hätte, hätte sie den großen Strauß rote Rosen und den schmalen goldenen Armreif, den ihr der Karli am Abend hingehalten hatte, vielleicht einfach dankbar entgegengenommen. Aber so schnell hatte der Herr Chefinspektor Eisler gar nicht »Alles Gute zum Valentinstag!« sagen können, hatte sie schon den Sicherheitscode seines Smartphones geknackt. Dabei hatte sie sich mehr darüber geärgert, dass er ihr wieder einmal nicht zugehört hatte – weil das eigene Geburtsdatum als Passwort nehmen nur Vollidioten – als darüber, dass sie ein »Küss dich aufs Bauchi und ein bisschen darunter« unter seinen Nachrichten gefunden hatte. Ausgerechnet an die Gerda, die ihr schon einmal in der Polizeischule einen Mann ausgespannt hatte! Anna Bernini war schnurstracks ins Bad gelaufen, hatte den Klodeckel aufgeklappt, das Handy hineingeworfen und auf »Spülen« gedrückt. Karlis Mund war so weit offen gestanden, dass der ganze Koffer hineingepasst hätte, den sie ihm zwei Stunden später vor die Tür gestellt hatte.

Seit jenem Valentinstag ist Anna Berninis Leben allerdings auch nicht einfacher geworden. Als sie ihr Fahrrad an der Stopptafel vor dem Blumengeschäft anhängte, dachte Anna

Bernini an ihre gestrige Psychotherapiesitzung bei Frau Doktor Egger, wo sie über ihre Ängste gesprochen hat. Eigentlich war sie vor dem ersten Arbeitstag nach ihrem dreimonatigen Krankenstand so panisch gewesen, dass sie insgeheim gehofft hatte, Frau Doktor Egger würde sagen: »Ihre Schlafstörungen und die Morgenpanik gefallen mir gar nicht! Ich schreibe Sie für weitere drei Monate krank.« Wirklich gesagt hatte sie aber: »Nix da! Das schaffen Sie schon! Erstens«, hatte sie ihr vorgerechnet, »haben Sie sicherlich auch ein paar loyale Mitarbeiter in Ihrer Gruppe.« Anna Bernini lugte unauffällig durch die Glasscheiben ins Geschäft, wo ein paar Gestalten in weißen Astronautenanzügen am Boden herumwuselten und mitten unter ihnen ein Koloss von einem Kriminalbeamten langsam auf und ab schritt, die Hände am Rücken verschränkt, den gewaltigen Bauch wie eine Monstranz vor sich hertragend. »Zweitens«, hatte Frau Doktor Egger weiter beruhigend auf Anna Bernini eingeredet, »können Sie Ihrem Kollegen Schramek in den ersten Tagen ein bisschen aus dem Weg gehen.« Ja, ungefähr so, wie man einer Elefantenherde aus dem Weg gehen kann, schimpfte Anna Bernini innerlich und duckte sich instinktiv, damit sie der Koloss nicht sofort entdeckte. »Drittens«, erinnerte sich Anna Bernini an die aufmunternden Worte ihrer Therapeutin, als sie schon die Hand nach der Türklinke ausgestreckt hatte, »wird ja nicht gleich an Ihrem ersten Arbeitstag ein spektakulärer Mordfall sein!« Was wieder einmal beweist, dass Ärzte auch keine Hellseher sind, dachte Anna Bernini angefressen.

Aber dass die Chefinspektorin an ihrem ersten Arbeitstag nach dem Krankenstand zwei Stunden brauchte, um an den Tatort zu kommen, konnte man Doktor Egger wiederum nicht ankreiden. Das hatte eher etwas damit zu tun, dass Anna Bernini heute den Frühstückskaffee und das Müsli ganz schlecht vertragen hatte. Und der Anblick Inspektor

Schrameks, der sie inzwischen entdeckt hatte, half auch nicht gerade, die unangenehme Leere in ihrem Magen zu ignorieren.

Begonnen hatte Anna Berninis langer Krankenstand sechs Monate und einen Tag nach dem Valentinstag und genau einen Tag nach der Ernennung zum ersten weiblichen Chefinspektor für Leib und Leben im Landeskriminalamt Wien, Innere Stadt Ost. Eine Beförderung, die nicht allen ihren Kollegen gefallen hatte. Da gab es auch welche, die insgeheim der Meinung waren, dass eine Frau nur für zwei Dinge gut war, und eine Mordgruppe leiten gehörte nicht dazu. Hinter vorgehaltener Hand hatte es auch Bemerkungen gegeben, in denen der Oberst, die Couch in seinem Zimmer und Anna Bernini ungut miteinander kombiniert wurden. Aber das Meiste hatte Anna Bernini sowieso nicht gehört, und den Rest hatte sie ignoriert. Denn 99 Prozent der blöden Bemerkungen gingen auf Inspektor Schramek zurück. Und das restliche Prozent auf Leute, die ihm nach dem Mund redeten. Anna Bernini war bei ihren Kolleginnen und Kollegen nämlich sehr beliebt. Kein Wunder, die Tirolerin mit den halb-italienischen Vorfahren und dem ganz-italienischen Aussehen war immer freundlich und eine der besten Polizistinnen, die das Landeskriminalamt in der Leopoldsgasse hatte. Außerdem gab es auch Kollegen, die es dem Großmaul Schramek von Herzen gönnten, dass ihm Anna Bernini vorgezogen wurde, obwohl sie beide Abteilungsinspektoren waren und er mehr Dienstjahre auf dem Buckel hatte. Und man muss ehrlich sagen: Die meisten waren Kolleg*innen*. Denn die weibliche Kriminalbeamtin gab es nicht, bei der Inspektor Schramek nicht versucht hätte zu landen. Und immer vergeblich, so viel man weiß.

Zur spontanen Chefinspektorinnen-Party, die Anna Bernini an jenem Abend in ihrem Büro steigen hatte lassen, war Inspektor Schramek dann trotzdem gekommen. Aber er war nicht der Einzige, auf dessen Anwesenheit Anna Bernini gerne verzichtet hätte. Da war nämlich zu später Stunde auch noch der Karli mit seinem unschuldigen Bubengrinsen und der Gerda am Arm hereingeschneit. Nachher ist viel darüber getratscht worden, wie ein Mensch nur so dumm sein kann! Nur weil die betrogene verlassene Freundin nicht Tag und Nacht schreit und tobt, sondern sich eher verhält wie diese Hollywood-Schauspielerinnen, die nach dem Scheidungstermin sagen: »Wir gehen als Freunde auseinander«, muss das noch nicht heißen, dass es auch stimmt. Bei den Hollywood-Schauspielerinnen stimmt es ja auch nicht. Meistens dauert es nicht lange, und irgendwelche Paparazzi erwischen sie nachlässig gekleidet und laut schnarchend mit einer Flasche Tequila auf einer Parkbank am Sunset Boulevard.

So ähnlich war es auch bei Anna Bernini. Nur dass es bei ihr keine Flasche Tequila, sondern burgenländischer Rotwein war, und nicht der Sunset Boulevard, sondern der Praterstern. Und erwischt worden ist sie nicht von Paparazzi, sondern von den Kollegen Verkehrspolizisten. Nämlich dabei, wie sie mit viel zu viel Promille im Blut und viel zu vielen Kilometern pro Stunde zu einem Einsatz unterwegs war. Der Oberst hatte nachher gesagt, die 120 Stundenkilometer auf einer stark befahrenen Straße hätte er noch unter den Tisch fallen lassen können, meinetwegen auch die ein Komma fünf Promille, aber dass sie eine Stunde lang im Kreis gefahren war, weil sie die Einsatzadresse vergessen hatte, das konnte er ihr beim besten Willen nicht durchgehen lassen. Das Einzige, das er tun konnte, war, dafür zu sorgen, dass es keine Journalisten erfahren. So etwas hatte den Oberst nur ein, zwei Anrufe gekostet. Aber natürlich war das ein gefundenes Fressen für Inspektor Schramek! Innerhalb weniger Minuten gab es in ganz Wien kein einziges Exekutivorgan mehr, auf dessen Handydisplay nicht die sturzbetrunkene Anna Bernini lallend auf der Polizeiwache Praterstern zu sehen gewesen wäre. Danach wurde ihr der Führerschein abgenommen, und sie musste aufs Fahrrad umsteigen, was ebenfalls wieder für viel Gespött sorgte.

Wer weiß, ob sich Anna Bernini überhaupt je wieder von diesem Vorfall erholt hätte, wäre da nicht Miss Biggy gewesen. Sie war es, die zu Anna Bernini nach Hause gefahren, sie aus dem Bett geschmissen und zu einer Nervenärztin geschleppt hatte. Danach war Miss Biggy in Oberst Meiers Büro gerauscht und hatte ihm mitgeteilt, dass Anna Bernini ab sofort im Krankenstand ist.

Miss Biggy konnte den Oberst von allem überzeugen. Notfalls sogar davon, einmal einen Pressetermin nicht wahrzunehmen. Niemand wusste genau, wie sie das machte, aber wenn Miss Biggy, deren Gesicht ohne ihr unwiderstehliches Lächeln, bei dem man nicht wusste, was gelber war: ihre Raucherinnen-Zähne oder die Tabakbeutelhaut rundherum, nicht denkbar war, im Büro von Oberst Meier verschwand, warfen sich sogar die hartgesottensten Polizeibeamten ängstliche Blicke zu. Jeder hätte gerne gewusst, was sich hinter den verschlossenen Türen zwischen den beiden abspielte, aber Verwanzen wäre auf keinen Fall infrage gekommen, denn das hätte Miss Biggy sofort durchschaut.

Miss Biggy war schon so lange beim Mord, dass sich niemand mehr an die Zeit erinnern konnte, als sie noch nicht da war. Mit Ausnahme vielleicht von Oberst Meier. Aber der konnte sich auch nicht erinnern, weil er sich an wenige Dinge erinnern konnte, die nicht direkt mit seiner Karriere zusammenhingen. Wobei, die ganz Alten wussten von Gerüchten, die Miss Biggy und den Oberst betrafen … aber lassen wir das.

Miss Biggy, die eigentlich Brigitte Sandtner hieß, war in der Vor-Computer-Zeit einmal Sekretärin gewesen. Als dann aber die Kriminalpolizei Gruppe für Gruppe mit digitalen Geräten ausgestattet und der elektronische Rechtsverkehr mit der Staatsanwaltschaft eingeführt wurde, bearbeiteten die Kriminalbeamten immer häufiger ihre Akten selbst, natürlich nur, weil es ein automatisches Rechtschreibprogramm gab. Jedenfalls wurden die Sekretärinnen langsam überflüssig, und still und leise wanderte eine nach der anderen in Richtung Pensionierung ab, bis keine mehr da war. Außer Miss Biggy. »Die Sandtner geht nicht in Pension!«, hatte der Oberst bestimmt. Und wenn sich der Oberst etwas in den Kopf setzte, dann war das so. Seither hatte sich niemand mehr getraut, Miss Biggy nach ihrem Alter zu fragen, weil jeder Angst hatte, sie sagt eine Zahl über 60.

Es gibt übrigens verschiedene Versionen darüber, wie Miss Biggy zu ihrem Namen kam. Die Neuen glauben, es hängt vielleicht mit einer Figur aus der Fernsehserie *Die Muppets* zusammen. Aber das war total übertrieben. Miss Biggy hatte vielleicht eine ungewöhnlich große Oberweite. Möglicherweise auch die dazu passenden Hüften. Okay, dass sie Zündholz-dünne Beine hatte, konnte man auch nicht behaupten. Und vielleicht erinnerten ihre Oberarme manchen eher an Oberschenkel, aber nur im Sommer, wenn Miss Biggy mehr davon herzeigte. Trotzdem hätte niemand gesagt, Miss Biggy wäre »dick«. Jedenfalls nicht zu ihr. Die etwas Länger-Gedienten behaupteten übrigens, »Miss Biggy« käme vom *BIC*-Feuerzeug, ohne das Miss Biggy noch nie gesehen worden war. Denn wie sollte sie sich sonst die ungefähr 300 täglichen Zigaretten anzünden? Einzig Oberst Meier wusste, woher die Abkürzung wirklich kam. Es war eine Abkürzung von Brigitte, die in den 60er-Jahren, als Miss Biggy aufgewachsen war, gar nicht so selten war. Und da sieht man wieder einmal: Die Wahrheit ist oft am langweiligsten.

Jedenfalls hatte Anna Bernini nach Miss Biggys Intervention beim Oberst ihren Chefinspektorinnen-Titel noch gehabt und drei Monate lang Ruhe von allen lästigen Fragen. Aber dass es ausgerechnet Inspektor Schramek war, der Anna Bernini während ihres Krankenstands als Chefinspektor vertreten würde, konnte auch Miss Biggy nicht verhindern.

KAPITEL 2

Natürlich stimmt nicht alles, was man in amerikanischen Krimis über die Good Cop, Bad Cop-Methode liest, zum Beispiel sind die Bad Cops oft so bad, dass für die Good Cops nur mehr eine Leiche übrigbleibt, die dann leider keine Aussage mehr machen kann. Aber eines stimmt schon, in der Mordgruppe braucht es einen Mann fürs Grobe. Eine Frau ist das selten, aber Ausnahmen gibt es immer. In der Mordgruppe Bernini war das Inspektor Schramek. Er war der Mann fürs Grantig-Nachfragen, für Den-Leuten-auf-die-Nerven-Gehen und manchmal sogar für Einen-Zeugen-zum-Weinen-Bringen. Da war er so gut, wie einer nur gut sein kann, der dafür eine natürliche Begabung hat. Deshalb wurde Inspektor Schramek immer zu den verdächtigen Zeugen geschickt, die gut im Schweigen waren, oder ihre Verbrecherausbildung in einem Land gemacht hatten, wo es den Rechtsstaat nur auf dem Papier gibt. Wenn man hingegen jemanden brauchte, der aus den widersprüchlichen Wortgirlanden einer empfindsamen Hofratswitwe etwas Verwertbares herausholen wollte, oder gar von jemandem eine Aussage brauchte, der neun seiner zehn deutschen Worte unverständlich aussprach, dann war Inspektor Schramek ein Nachteil. Denn der Bulle, für den dieser Spitzname erfunden sein hätte können, besaß eine angeborene Unliebenswürdigkeit. So etwas darf man ja nicht laut sagen, denn wahrscheinlich konnte er auch nichts dafür. Sicher hatte er einfach zu wenig Mutterliebe oder einen Vater, der ihn schlug. Das ist Schicksal. Wie eine zu große Nase oder eine vorgewölbte Unterlippe oder ein fliehendes Kinn. Sicher, das hatte Inspektor Schramek auch alles. Man muss sagen: Rein optisch war er eine Ansammlung von Vererbungspech. Aber das mit den 150 Kilo hätte nicht unbedingt sein müssen. Bei einem ein Meter 90 großen Mann könnte das zwar auch gut aussehen, aber nur, wenn er trainiert gewesen wäre. Bei einem, der das Stadterholungsgebiet Donauinsel, neben dem er aufgewachsen ist, schon immer lieber zum Burenwürste Braten als zum Roller-Skaten, Dauerlaufen oder Radfahren nützte, kommt mit der Zeit eine Körperform heraus, die an eine Grillkartoffel erinnert, die man auf zwei Zahnstocher aufspießt. Allein schon wegen seiner Stimme, die einen sogar in Alarmbereitschaft versetzt hätte, wenn er nur »guten Morgen« sagte, war er nicht wahnsinnig beliebt.

»Guten Morgen« sagte er aber nicht, als Anna Bernini am Eingang zum Blumenladen erschien. Sondern: »Ach, die Frau Chefinspektorin ist auch schon aufgewacht! Gut, dass wir den Mord inzwischen ohne sie aufgeklärt haben!«

Anna Bernini hatte schon eine Erwiderung im Kopf, die sie ihm vor ein paar Monaten wahrscheinlich wirklich hingeworfen hätte: »Das Einzige, das du bisher aufgeklärt hast, ist, wohin die Leberkäsesemmel verschwunden ist, die du gerade noch in der Hand gehalten hast.« Aber Anna Bernini sagte es nicht. Obwohl es gestimmt hätte. Denn die Hand, mit der Inspektor Schramek jetzt eine Geste machte, die vage an einen Gruß erinnerte, roch noch stark nach Leberkäsesemmel oder, wie man in Anna Berninis Tiroler Heimat gesagt hätte, nach Fleischkäsesemmel. Aber die Anna Bernini, die gerade aus dem Krankenstand in einen Mordfall gestolpert war, passte lieber auf, wohin sie trat. Muss ja nicht gleich das erstbeste Fettnäpfchen sein.

Außerdem war sie viel zu sehr damit beschäftigt, das Vakuumgefühl im Magen in Schach zu halten, als sie sich am gewaltigen Schramek-Bauch vorbei ins Ladeninnere drängte. Was, ehrlich gesagt, schon schwer genug war. Aber Schweigen ist sowieso oft das Klügste. Vor allem, wenn das herumbrüllende Selbstbewusstsein des Kollegen ebenso klein, wie sein Körper groß ist. In so einem Fall werden einem die zusammengepressten Lippen und der starre Blick sowieso nicht als verzweifelter Versuch ausgelegt, die Panik zu beherrschen, sondern als das arrogante Auftreten einer Person, die glaubt, nur weil sie vor der Polizeischule ein paar Semester studiert hat, weiß sie alles besser. Und ganz falsch, das muss man schon sagen, war dieser Verdacht auch nicht.

Wenn man schon ein wenig mit Angst-Übelkeit zu kämpfen hat, ist natürlich der Schweißgeruch, der von vier Männern ausgeht, die noch keine Zeit zum Duschen gehabt hatten, keine kleine Herausforderung, dachte Anna Bernini, als sie sich im Blumenladen umsah. Außerdem riecht auch ein Blumenladen nicht immer nach Veilchen. Das kommt von den Lilien. Manche Menschen lieben den Duft von Lilien. Aber Anna Bernini erinnerte der Geruch immer an die Totenkapelle in ihrem Tiroler Heimatdorf, wenn gerade eine Leiche dort aufgebahrt war. Sie warf einen Blick auf die Blumen, die in großen Kübeln auf dem Boden, in Regalen und auf zierlichen Stühlen und Tischen herumstanden. Rosen, Tulpen, Gerbera, Nelken, Dahlien, Calla, Amaryllis, Anemonen, Astern, Cynara, Studentenblumen und Zinnien, aber keine Lilien. Woher kam dann der Liliengeruch? Anna Bernini war mit diesem Rätsel so beschäftigt, dass sie zuerst gar nicht hörte, was ihr der Kollege Schramek ins Ohr brüllte.

»Das Opfer heißt Sebastian Bauer und ist der Besitzer des Ladens«, donnerte Inspektor Schramek, als ginge es darum, dass ihn auch noch die Leute verstanden, die tief unter der Erde mit der U-Bahn vorbeisausten.

»Um 6.30 Uhr ist der Notruf eingegangen. Angerufen hat eine alte Dame aus dem Haus. Sie heißt Johanna Heesters. Aber sie legt Wert darauf, Jo Heesters genannt zu werden. Ja, genauso wie der Sänger, der 108 Jahre alt geworden ist. Sie dürfte auch nicht viel jünger sein. Sie geht jeden Tag um dieselbe Zeit mit ihrem Hund Gassi. Offenbar eine ganz Neugierige. Sie hat durch die Auslagenscheiben gesehen, dass da etwas nicht stimmt.«

Inspektor Schramek deutete mit seinem Rinderschinkengroßen Arm vage nach hinten, wo hinter einer riesigen Marmortheke mehrere Leute von der Spurensicherung Fotos machten, Gegenstände aufhoben, Flächen einstäubten und Dinge in durchsichtige Beweismittelsackerl steckten.

Während Inspektor Schramek weiterbrüllte, überlegte Anna Bernini fieberhaft, wie sie das unangenehme Vakuum in ihrem Magen loswerden könnte, das jetzt auch noch begonnen hatte, sich auszudehnen. Wie die Urmaterie im Universum. Und obwohl es nicht viel brachte, regte sie sich innerlich gewaltig über ihre Therapeutin auf. Statt positiv zu denken, hätte sie gestern lieber Worst-Case-Szenarien mit ihr proben sollen. Atmen von mir aus, oder bis 100 zählen.

»Die Kollegen haben die Tür aufgebrochen. Das war um …«, trompetete Inspektor Schramek weiter, als wäre er nicht hauptverantwortlich für Anna Berninis Magenvakuum. Er griff in die Sakkotasche, was einen weiteren Schwall von Körpergeruch freisetzte, und zog ein kleines fettfleckiges Notizbüchlein hervor. »… um 6.53 Uhr. Was sie vorgefunden haben, siehst du eh.«

Vor lauter Angst, Inspektor Schramek könnte jetzt auch noch den Kopf zu ihr drehen und zum Schweißgeruch noch ein bisschen Mundgeruch beisteuern, flüchtete Anna Bernini ein paar Schritte in die Richtung, wo sich das befand, was die Kollegen vorgefunden hatten. Noch versperrte ihr die riesige Marmortheke die Sicht.

»Und dann haben sie dort hinten in dem kleinen Büro noch eine bewusstlose Person gefunden!«, röhrte Inspektor Schramek und trieb Anna Bernini damit noch ein paar Schritte weiter von ihm weg.

»Die Notärztin versucht gerade, ihn wieder aufzupäppeln.«

Wäre Anna Bernini nicht gerade viel zu sehr mit dem Nicht-Umfallen beschäftigt gewesen, hätte sie dem Unterton ihres Kollegen schon angehört, was er über die bewusstlose Person dachte.

»Er heißt Andreas Zaucher. Das wissen wir aber nicht von ihm«, donnerte Inspektor Schramek. Anna Bernini spähte über die Marmortheke, hinter der die Kollegen von der Spurensicherung am Boden herumkrochen. Sie nahm noch einen tiefen Atemzug durch die Nase trat einen Schritt vor.

Doch im nächsten Augenblick zuckte sie überrascht zurück. Auf dem Boden lag ein Berg Rosen. Das hätte den Aufruhr in ihren Eingeweiden unter Umständen beruhigen können, wenn die Rosen nicht irritierenderweise nach Lilien geduftet hätten.

»Wir haben die Rosen noch einmal auf die Leiche gelegt, damit Sie wissen, wie es vorher ausgesehen hat«, meldete sich jetzt eine junge Frauenstimme.

Anna Bernini bemerkte erst jetzt, dass einer der Astronauten eine Frau war. Die Gestalt war schmäler, die blonden Locken unter der weißen Haube länger und der Gesichtsausdruck wärmer als der ihrer Kollegen. Und sie hatte als Einzige aufgeschaut, als Anna Berninis Kopf über dem Marmortisch erschienen war.

Viele sagen, es gibt Liebe auf den ersten Blick. Da kann jeder denken, was er will. Manche glauben ja auch an die unbefleckte Empfängnis. Aber Sympathie auf den ersten Blick gibt es wirklich. Das hat Anna Bernini jetzt gerade wieder gespürt. Ein Blick kann wie ein warmer Händedruck sein. Und der Blick aus den schiefergrauen Kolleginnenaugen war wie alle warmen Händedrücke, die ein populärer Politiker während seines gesamten Wahlkampfs erlebt. Aber bei dem Anblick, der sich Anna Bernini gleich bot, konnte sie auch jedes Quäntchen Blickwärme gebrauchen.

Die griechische Mythologie ist ja voller Figuren, die so fürchterlich waren, dass man sie nicht anschauen konnte, ohne sich auf der Stelle in Stein zu verwandeln. Bisher hatte Anna Bernini immer gedacht, dass man ihren Anblick nicht ertragen hatte, weil sie so fürchterlich hässlich waren. Doch in diesem Augenblick wurde ihr klar, dass jemand auch so schön sein konnte, dass man seinen Anblick nicht ertragen konnte.

»Er schaut aus wie ein junger Gott«, flüsterte die Kollegin, die sich langsam aufgerichtet hatte.

»Ich heiße Tanja Moser«, sagte sie. Vielleicht weil sie von Anna Bernini angestarrt wurde, als sähe sie einen Geist.

»Ja«, krächzte Anna Bernini, »die Götter hüllen sich in Nebel, damit sie die Sterblichen nicht zu Tode erschrecken.«

»Jetzt ist es zu spät«, lächelte Tanja Moser zaghaft und deutete auf den Plafond. Anna Bernini folgte ihrem Blick. Für einen Moment setzte ihr Herz aus. Da starrte ein blasses Medusenhaupt auf sie herab. Weißes Gesicht, wilder Blick, schwarze Schlangenlocken. Anna Bernini brauchte einen Moment, um sich selbst zu erkennen. An der Decke war ein Spiegel angebracht. Schnell schaute sie wieder weg. Aber nicht schnell genug, um nicht rund um das Medusenhaupt noch einen Blick auf einen dunkelroten See aus Blut und Rosen zu erhaschen. Und mittendrin der schönste Mensch, den Anna

Bernini je gesehen hatte. Selbst jetzt noch, als seine Wangen eingesunken und die Haut um die Augen bläulich verfärbt war, war das Gesicht des Toten so makellos schön, dass es wehtat. »Viel zu schön zum Sterben«, hörte sie wieder jene zahnlose Alte über ihre erste Leiche sagen.

Anna Bernini hatte erst ein paar Tage zuvor beim Mord begonnen. Sie war mit dem Oberst in der ärmlichen Wohnung eines jungen Paares gestanden. Zusammen mit der Nachbarin, die mitten in der Nacht einen Schuss gehört und die Polizei alarmiert hatte. »Sie hat ihn dauernd betrogen«, hatte ihnen die Nachbarin zugeraunt. Der Mörder war am Bett seiner bildhübschen blutüberströmten Frau gesessen und hatte bitterlich geweint.

Warum fällt mir das gerade jetzt ein, fragte sich Anna Bernini, als sie auf den toten Blumenhändler niederstarrte. Der Liliengeruch, den sie vorübergehend nicht mehr wahrgenommen hatte, war mit aller Macht zurückgekehrt. Ebenso wie die Reaktion ihres Magenvakuums und die sorgenvollen Gedanken, wie sie es dazu bringen konnte, dort zu bleiben, wo es war.

»Ist der Spieß von denen da?«, hörte sie Inspektor Schramek einen der Kollegen von der Spurensicherung anherrschen. Anna Bernini drehte sich zu ihm um. Direkt neben dem Eingang stand eine Keramikamphore mit einem guten Dutzend Blumenspieße von der Sorte, mit denen Hobby-Gärtner gerne ihre Beete verzieren. Einer der Astronautenanzug-Männer steckte achselzuckend einen der Spieße in einen großen schwarzen Müllsack. Offenbar war er auch kein großer Fan von Inspektor Schramek. Aber der hätte offensichtlich sowieso lieber Tanja Moser beeindruckt, die ihm aber nicht den Gefallen tat, in seine Richtung zu schauen. Auch nicht, als er seine Hände am Rücken verschränkte und sein ungeheures Körpergewicht rhythmisch zu seinen Worten vor- und zurückwippen ließ.

»Der Tod muss zwischen 4 und 5 Uhr in der Früh eingetreten sein, sagt der Kramer«, berichtete Inspektor Schramek. Er hatte sich wieder zu Anna Bernini umgedreht. »Den Kramer hast du ja leider auch versäumt. Er will uns noch heute etwas über die Todesursache sagen.«

Das Interessante ist, dass sich die menschliche Wahrnehmung manchmal so verhält wie diese Werbespots für Banken oder Versicherungen. Um die Konsumenten vom Inhalt abzulenken, zum Beispiel, dass jeder einmal alt und krank wird und dann womöglich die Pension nicht reicht, führt man ihnen Omas und Opas vor, die in Zeitlupentempo mit ihren fröhlich lachenden Enkelkindern Karussell fahren. So, als würde ein Ereignis nicht eintreten, wenn man es langsamer auf sich zukommen sieht. Anna Berninis Gehirn musste genau in dem Moment in Slow Motion geschaltet haben, als sie zur Tür hereingekommen war. Den Toten hatte sie erst gesehen, als sie den Leichenkapellengeruch wahrgenommen hatte, sein Gesicht erst betrachtet, als es ihr im Spiegel begegnet war, und die Todesursache erkannte sie erst, als sie zu verstehen versuchte, was Inspektor Schramek gerade gesagt hatte. Jetzt drehte sie ihren Kopf in Zeitlupentempo zum Mordopfer zurück, obwohl ihr Gehirn längst im Zeitraffertempo verstanden hatte, was sie zu sehen bekam. Ganz langsam richtete sie ihre Augen auf die schmale Brust des Toten. Dabei kam es ihr so vor, als würde Tanja Mosers Blick ihr die ganze Zeit liebevoll zureden, obwohl sich die junge Frau wieder auf den Boden gekniet und nicht einmal aufgeschaut hatte. Sehr zum Leidwesen Inspektor Schrameks übrigens, dessen Stimme immer gewaltiger anschwoll. Aber Tanja Moser pinselte so konzentriert weißes Pulver auf die Marmorplatte, dass nicht einmal ein Pressluftbohrer eine Chance gehabt hätte, ihre Aufmerksamkeit zu gewinnen. Wobei – sehr weit entfernt war das Geräusch lautstärkemäßig nicht von dem, was aus Inspektor Schrameks Kehle drang.

Anna Bernini lauschte seinem Bericht über die bisherigen Erkenntnisse. Es habe offensichtlich einen heftigen Kampf gegeben, habe Doktor Kramer gesagt, es gäbe Kampfspuren an Fingern und Armen, außerdem eine große Wunde am Hinterkopf, wahrscheinlich vom Aufschlagen des Kopfes auf der Marmortheke. Das sei aber, meine der Kramer, nicht die Todesursache gewesen. Was ist dann die Todesursache gewesen, überlegte Anna Bernini, während sie ihrem Inspektor beim Gestikulieren zuschaute. Hinschauen wäre eine Möglichkeit gewesen. Aber nicht, wenn einem das Magenvakuum sowieso schon die Speiseröhre heraufkroch. Da verhält man sich lieber so wie bei einem Autounfall, an dem man zufällig vorbeikommt. Man sieht die Absperrungsseile, die Einsatzwägen, das blinkende Blaulicht und schließt die Augen, wenn man Beifahrerin ist. Aber manchmal hat man Pech und öffnet sie eine Zehntelsekunde zu früh. Und dann erwischt einen doch noch das schreckliche Bild: eine abgetrennte Hand, ein blutiger Teddybär, ein kaputter Kinderschuh – oder ein Rosenspieß, der einem jungen Mann aus dem Unterleib ragt. Und das ist dann das Bild, das sich im Gehirn festbrennt, selbst wenn man schon im Altersheim sitzt und alle Erinnerungen große Löcher bekommen haben, ist dieses eine Bild noch da – genauso scharf und furchtbar wie am ersten Tag.

KAPITEL 3

Während seiner Berufsausbildung lernt man viel, was man im späteren Leben nie mehr brauchen kann. Das ist in jedem Beruf so. Ein junger Mann, der beim *WIFI* einen Oberkellner-Kurs belegt und gleich nach seiner Prüfung in einer Spelunke im zehnten Bezirk Abend für Abend den Stammgästen die immergleichen Wichtigtuer-Krügerln und Sparmeister-Seidln hinstellt, wird selten in die Verlegenheit kommen, einen Jahrgangs-Champagner so zu entkorken, wie es sich gehört. Aber wer weiß: Einmal in zehn Jahren kommt vielleicht ein Strizzi in einem Porsche vorbei und will genau das von ihm.

So ähnlich geht es einem Kriminalbeamten in einer Stadt wie Wien, wenn er es mit einem Mord zu tun hat, bei dem man nicht auf den ersten Blick sagen kann: eifersüchtiger Ehemann, überraschter Räuber, Streit unter Kriminellen, Verrückter oder Totschläger im Affekt. Einen Mord, bei dem einem das Motiv nicht sofort ins Auge springt, bei dem es keinen Zeugen gibt und bei dem niemand Schüsse oder Schreie gehört hatte, wo keine Bekennerschreiben eingetrudelt und keine Vorwarnungen im Internet aufgetaucht sind, so einen Mord hat man vielleicht ein oder zwei Mal im Jahrzehnt, wenn überhaupt je. Die Beamten im Landeskriminalamt nannten einen solchen Mord »Krimi-Mord«, weil es solche Morde normalerweise nur in schwedischen Kriminalromanen gibt oder um 20. 15 Uhr im Fernsehen.

Aber natürlich gibt es für einen Kriminalbeamten nichts Schöneres, als morgens ins Büro zu fahren und einen solchen Mord auf dem Schreibtisch zu haben. Das war auch der Grund, warum Inspektor Schramek insgeheim fast ein bisschen enttäuscht war, dass der »Rosenmord«, wie er bald von der Presse genannt werden würde, so einfach zu lösen war.

Zumindest in seinen Augen. Der Mörder war nämlich praktischerweise gleich am Tatort geblieben. Eine Theorie über das Motiv hatte er auch. Und um es gleich zu sagen: Eine gewisse sexuelle Orientierung spielte dabei auch eine Rolle. Das größte Hindernis für eine rasche Aufklärung bildete in den Augen Inspektor Schrameks allerdings seine Kollegin Anna Bernini.

Noch bevor sie den Zeugen sah, zog sie seine These schon in Zweifel und die Augenbrauen in die Höhe. Man hätte sogar glauben können, dass die höchstens mittelgroße Kriminalbeamtin allein vom Augenbrauen-Heben schon einen halben Meter gewachsen war und jetzt aus ihren großen dunkelblauen Augen auf Inspektor Schramek herabblickte, als wäre er ein Toilettefehler, den man möglichst schnell aus der Welt schaffen musste.

Die beiden Kriminalbeamten waren durch eine schmale Tür vom Verkaufsraum in den Büroraum geschlüpft. Besser gesagt, sie hatten es versucht. Denn der Büroraum war eigentlich schon zu klein für die Notärztin, den Zivildiener und den jungen Mann, der zusammengesunken in einem Drehsessel vor dem Schreibtisch saß. Also lehnte sich Anna Bernini an den Türrahmen, und Inspektor Schramek schaffte es immerhin noch, seinen halben Bauch hereinzuschieben. Aber auch nur, weil sich der Zivildiener noch dünner machte, als er eh schon war.

Alle starrten auf die Person, die auf dem rosa Plüschsessel saß. Schmächtige Statur, lange dunkle Haarsträhnen, die ihm wie ein halb zugezogener Vorhang über die linke Gesichtshälfte fielen. Und wäre seine rechte Wange nicht von einem schwarzen Vollbart verschluckt gewesen, hätte Anna Bernini gesagt: Das ist ein junges Mädchen.

»Er war offenbar ein Angestellter des Toten«, donnerte Inspektor Schramek los, als wäre der Zeuge gar nicht da. »Das hat uns diese Frau Heesters gesagt.«

»Andreas Zaucher?«, fragte Anna Bernini vorsichtig. »Hören Sie mich?«

Ein dunkelbraunes, fast völlig von seiner Pupille verschlucktes Auge schielte misstrauisch zu ihr hinauf.

»Ich heiße Anna Bernini und bin von der Polizei.«

Sofort trat ein gehetzter Ausdruck in die Augen des jungen Mannes. Seine Hände begannen zu zittern. Die Notärztin packte alarmiert seine Arme.

»Hören Sie, Sie können ihn noch nicht vernehmen. Er ist total weggetreten!«

»Muss im Pentagon anrufen!«, nuschelte Andreas Zaucher mit schwerer Zunge. Der Zivildiener lachte hysterisch auf.

»Das sagt er dauernd!«

»Warum?«, fragte sie Andreas Zaucher. Sie ging neben ihm in die Hocke. Sein Blick verschleierte sich, die Lider zuckten.

»Die Russen töten uns alle mit Rosen!«, schrie er plötzlich so laut, dass Anna Bernini erschrocken zurückfuhr. »Mit viel zu langen Dornen töten sie!«

»Wer sind die Russen? Wir brauchen schon eine konkretere Aussage!«, lachte Inspektor Schramek spöttisch.

Der junge Mann stöhnte und wand sich wie unter Todesqualen. Die Notärztin warf Inspektor Schramek einen wütenden Blick zu.

»Der markiert doch nur«, zischte Inspektor Schramek. Aber vorsichtshalber so leise, dass ihn nur Anna Bernini verstand. Die Ärztin schloss ihren Koffer auf, öffnete mit schnellen, routinierten Bewegungen eine Phiole und zog eine Spritze auf, während der Zivildiener nach einem der wild in der Luft fuchtelnden Armen haschte.

»Hoffentlich kippt er nicht in eine Psychose!«, murmelte sie sorgenvoll.

Der Zivildiener hatte jetzt einen Arm erwischt und hielt ihn mit eiserner Hand fest, während die Ärztin rasch den hellgrünen T-Shirt-Ärmel in die Höhe streifte, einen Venenstauer um das dürre Ärmchen legte und festzurrte. Andreas Zaucher war ruhiger geworden, sein Kopf zur Seite gefallen, die Lider bebten. Eine weitere Spritze sorgte dafür, dass sie sich ganz schlossen und seine Atemzüge regelmäßiger wurden.

Die Ärztin richtete sich auf, strich sich eine Haarsträhne hinters Ohr und seufzte.

»So wie er wirkt, ist er auf irgendeinem Trip. Genaueres kann ich erst sagen, wenn ich das hier untersucht habe.«

Sie deutete auf die Blutprobe.

»Ich muss ihn auf jeden Fall ins Krankenhaus mitnehmen.«

Anna Bernini nickte. Sie war aufgestanden und drängte sich an Inspektor Schramek vorbei zurück in den Verkaufsraum.

Dort war die Spurensicherung schon ziemlich fertig mit ihrer Arbeit. Tanja Moser hob gerade ein paar Rosen vom Boden auf und wickelte sie in eine Folie. Inspektor Schramek betrachtete sie mit dem wehmütigen Gesichtsausdruck eines Collies, der den ersehnten Knochen im Kochtopf verschwinden sieht. Anna Bernini verspürte einen Anflug von Mitgefühl.

Gerade kamen zwei Männer mit einer Bahre herein und stellten sie neben der Leiche ab. Der Liliengeruch war wieder stärker geworden. Anna Bernini dachte an den Sarg ihres Großvaters, wie er auf einem großen Hackbrett in der 300 Jahre alten Bauernstube aufgestellt war. Die Luft war von Dutzenden Kerzen und einem Meer von Blumen zähflüssig wie Öl geworden. Es hatte sich auf Haut und Haare gelegt, die Nasenlöcher verstopft, die Lungenbläschen verklebt. Noch bevor sie auch nur ein einziges G'satzl Rosenkranz fertig gebetet hatte, hatte sie sich vor aller Augen und zur größten Schadenfreude ihrer Schwester direkt auf das Foto von Opa als Schützenhauptmann übergeben. Ihr halb verdautes Mittagessen konnte nicht einmal die Oma mit all ihren Geheimtricks ganz vom schwarzen Trauerband entfernen.

Anna Bernini sagte sich: Schnell an etwas anderes denken! Aber manchmal ist so ein Magenvakuum mit seinem Expansionsdrang einfach noch schneller. Und dann hat man nur mehr Zeit, an der Leiche und den Männern vorbei zum Ausgang zu stolpern. Vielleicht hätte sie es auch bis nach draußen geschafft, wenn die Tür nicht von einem hoch aufgeschossenen jungen Mann versperrt gewesen wäre. Das muss unser Neuer sein, schoss es Anna Bernini durch den Kopf, und sein schmales, sensibles Gesicht wäre Anna Bernini zu jedem anderen Zeitpunkt sofort sympathisch gewesen, aber es gibt Situationen, da ist einem eine gewisse Reschheit fast lieber. Deshalb blieb ihr nichts anderes übrig, als die treuherzig ausgestreckte rechte Hand zu ignorieren. Ebenso wie sein schüchternes Lächeln. Deshalb war leider das Körperteil des Neuen in der Mordgruppe Bernini, das als Erstes mit seiner Chefin Bekanntschaft machte, sein rechter Fuß. Pech natürlich, dass er ausgerechnet an diesem Morgen seine vom ersten Inspektoren-Gehalt gekauften Lederstiefeletten angezogen hatte. Darauf landete nämlich zwei Sekunden später Anna Berninis Magenvakuum, das endlich seinen Weg nach draußen gefunden hatte. Als sich die Kriminalbeamtin nach einer Minute wieder aufrichten konnte, war die rechte Hand des jungen Mannes immer noch ausgestreckt. Nur dass sich darin jetzt ein Papiertaschentuch befand.

»Ggggestatten, SSStammer.«

KAPITEL 4

Früher haben die Menschen an Gott geglaubt, heute glauben sie an Teamwork. Sicher, es gibt auch heute noch Menschen, die an Gott glauben, aber es gibt niemanden, der nicht an Teamwork glaubt. Jeder weiß, dass ein Team besser arbeitet als ein Einzelner. Manchmal muss man dem Team allerdings ein bisschen dabei helfen. Das stimmt schon. Vor allem dann, wenn das Team mehr Zeit damit verbringt, sich gegenseitig die Köpfe einzuschlagen als sie sich zu zerbrechen. Aber das ist nicht schlimm. Denn dafür gibt es ja Teambuilding-Seminare. Bei schwierigeren Fällen Konfliktmanagement-Seminare. Wenn es dann immer noch nicht klappt, kann man auch eine Teamaufstellung machen. Dann kommt heraus, dass der Großvater vom Chef als Kind von seinem Vater nicht geliebt worden ist. Deshalb muss der Chef heute Menschen tyrannisieren.

Oberst Meier, der Chef des Landeskriminalamts in der Leopoldsgasse war ein richtiger Vorreiter im Teambuilding gewesen. Von einer Dienstreise nach Schweden oder Norwegen, kann auch Dänemark gewesen sein, ist er mit ganz neuen Ideen zurückgekommen. So neu, dass seine Vorgesetzten zuerst heftig erschrocken sind. Aber der Meier war ein ganz Hartnäckiger. Und wenn er von etwas begeistert war, konnte ihn niemand aufhalten. Nicht einmal seine eigene Flatterhaftigkeit.

Als er die erste Dienstbesprechung durchführte, bei der alle in einem Sesselkreis im Dienstzimmer saßen, haben seine Kollegen gewitzelt: Bald wird er zu den harten Jungs sagen: Ziehen wir uns aus und reden wir darüber! Aber als der Meier den ersten lang gesuchten Drogenboss hinter Gitter gebracht und bei der Pressekonferenz gesagt hatte: Ohne mein Team hätte ich das nie geschafft, da haben plötzlich auch die anderen Chefinspektoren angefangen, sich für Teambuilding-Maßnahmen zu interessieren. Sie haben ihre Leute vor der Dienstbesprechung an einem Seil ziehen oder sich mit verbundenen Augen durch den Besprechungsraum führen lassen.

Nach ein paar Jahren Praxiserfahrung in der Kriminalabteilung Leib und Leben in der Leopoldstadt muss man sagen: Das An-einem-Strang-Ziehen und das Blind-Vertrauen hat tatsächlich zugenommen. Allerdings nur bei denen, die sich vorher schon gut verstanden haben. Anna Bernini und Inspektor Schramek gehörten zur anderen Gruppe.

Aber Anna Bernini war nicht umsonst eine der Ersten gewesen, die ein Wochenende in einem Gewerkschaftsheim-Stockbett am Semmering verbracht hat, damit sie lernt, wie man seine Mitarbeiter alle bei der Stange hält. Emotionen offen ansprechen, ist zum Beispiel eine Methode. Bedürfnisse äußern, eine andere. Oder: deutliche Signale senden. Sicher, es klappt nicht immer 100-prozentig. Dem Kollegen mit dem bodenlangen Schnauzer und dem starken Körpergeruch, der damals immer ihr Beifahrer war, hatte sie zum Beispiel zu Weihnachten ein Deo geschenkt. Aber der hat nur gesagt: »Komisch, meine Frau schenkt mir auch dauernd Deos.« Sprich: Ob eine Äußerung verstanden wird oder nicht, hängt immer von der Person ab, an die sie gerichtet ist.

Natürlich ist es kein besonders Autoritäts-gebietender Auftritt, wenn du als Vorgesetzte, der noch dazu ein gewisser Ruf vorauseilt, den Erstkontakt gleich mit übelriechenden Körperflüssigkeiten herstellst. Aber interessanterweise war das genau die Art von Vorstellungsgespräch, die für Inspektor Stammer das Richtige war. Denn wenn du als Stotterer immer und überall auf Skepsis stößt und dauernd beweisen musst, dass dein Gehirn viel schneller denkt, als deine Sprachwerkzeuge sie in Worte fassen, dann bist du froh, wenn andere auch einmal Schwächen zeigen. Deshalb machte Inspektor Stammer, nachdem ihm Anna Bernini das Taschentuch abgenommen und sich damit den Schweiß und alles Mögliche andere abgewischt hatte, einen bescheidenen Witz über sich selbst:

»Nomen est Omen.«

Anna Bernini stand mit ihren beiden Inspektoren vor dem Blumenladen und schaute zu, wie Andreas Zaucher in den Rettungswagen gehoben wurde. Zusammen mit einem guten Dutzend Schaulustigen natürlich. Als der Rettungswagen abgefahren war, richtete sich die allgemeine Aufmerksamkeit auf die Tatortgruppe. Aber als die Astronautenmenschen die Fensterscheiben verklebt und die Tür versiegelt hatten, blieb den Gaffern nichts anderes übrig, als sich mit den drei Kriminalbeamten zu begnügen. Und da war es natürlich kein Wunder, dass aller Augen auf dem Rhinozeros in Kriminalbeamtengestalt ruhten und nicht auf dem jungen Dünnen und der Frau mit den schwarzen Drahtlocken. Hübsch hin oder her.

Anna Bernini verteilte die Aufgaben. Miss Biggy war, wie immer, im Innendienst mit Hintergrundrecherchen beschäftigt. Inspektor Stammer fiel als »Gruppinger«, so wurden die Neueinsteiger im Kriminaldienst mit dem Titel »Gruppeninspektor« nicht übertrieben respektvoll von den Kollegen genannt, natürlich die *Klingeltour* zu, sprich: bei allen Nachbarn anläuten und fragen, ob jemand etwas gesehen oder gehört hatte. Da traf man natürlich nicht nur auf freundliche und auskunftsfreudige Zeitgenossen, sondern auch auf manche, die man nicht einmal gerne nach dem Namen fragte, so wenig auskunftsfreudig wirkten sie.

»Fragen Sie auch im Haus nach, wo der Bauer gewohnt hat, Praterstraße 54«, gab Anna Bernini dem neuen Inspektor die letzten Anweisungen. »Nicht bei der Witwe natürlich. Das muss ich machen. Mit der Heesters rede ich auch noch einmal. Und du …«, wandte sich Anna Bernini jetzt an Inspektor Schramek.

»Danke«, knurrte der. »Ich weiß selber, was ich zu tun habe.« Und dann war er so schnell weg, dass man fast an Teleportation glauben hätte können.

»Du sorgst dafür, dass der Zaucher im AKH bewacht wird!«, rief ihm Anna Bernini nach.

Als sie wenig später die Treppe in den zweiten Stock des Gründerzeithauses hinaufstieg, um die Zeugin zu befragen, die vor zwei Stunden die Polizei alarmiert hatte, dachte sie über ihre beiden unterschiedlichen Inspektoren nach. Den jungen, blassen Mann mit den guten Manieren, der einem Zeugen wahrscheinlich einen Kaffee bringt und den Sessel zurechtrückt, und einen wie dem Schramek, der Worte wie Brechstangen benützt, die nur dazu da sind, aus jedem Zeugen einen Tatverdächtigen zu machen. Mit Besorgnis dachte Anna Bernini an die alte Frau, vor deren Wohnungstür sie jetzt stand. Dass sie vom Schramek befragt worden war, war vielleicht vom Menschenrechtsstandpunkt her ein bisschen fragwürdig. Aber man muss sagen: In diesem Punkt täuschte sich Anna Bernini. Denn zehn Minuten später war es der Schramek, der Anna Bernini leidtat, weil er eine Zeugin wie Jo Heesters befragen musste.

Anna Bernini läutete. Nach einer halben Ewigkeit öffnete sich die Wohnungstür, und zwei wässrige Greisinnen-Augen erschienen.

»Entschuldigen Sie, dass ich Sie störe«, sagte Anna Bernini freundlich, »aber darf ich Ihnen noch ein paar Fragen zum Mord …« Weiter kam sie nicht, da hatte die Zeugin die Tür schon wieder zugedrückt. Allerdings nicht ganz. Denn Anna Bernini hatte blitzschnell ihren Fuß in den Spalt gestellt.

»Ich kaufe nix!«, quiekte es böse aus dem Raum dahinter. Dabei attackierte die alte Frau Anna Berninis Fuß mit ein paar kräftigen Tritten.

»Frau Heesters, bitte machen Sie die Tür auf. Ich bin Polizistin«, rief Anna Bernini, wie man es ihr schon in der Polizeischule beigebracht hatte. Eilig schob sie ihren Polizeiausweis durch den Türspalt. Spindeldürre Finger grapschten danach. Eine Weile rührte sich nichts, dann wurde der Spalt eine Spur breiter. Die Greisin steckte ihren Kopf heraus. Ihre riesigen Augen fixierten die offensichtlich ungebetene Besucherin. Vor allem deren dicke schwarze Drahtlocken. Dann murmelte sie etwas Unverständliches. Aber Anna Bernini glaubte die Worte »heutzutage«, »früher« und »Kieberer« zu hören.

»Ich – haben – schon – alles – gesagt«, sagte sie schließlich, »zu Chef!« Jo Heesters machte nach jedem Wort eine längere Pause, offenbar um Anna Bernini die Gelegenheit zu geben, ihre Worte in ihre vermutlich nicht-deutsche Muttersprache zu übersetzen.

»Das ist nicht mein Chef,« sagte Anna Bernini betont liebenswürdig.

Sie stellte sich auf einen längeren Machtkampf ein, aber wie durch ein Wunder breitete sich jetzt ein kleines Lächeln auf den verhutzelten Greisinnenzügen aus. Es war so klein, dass es bestimmt die ersten Sekunden nicht überlebt hätte, wenn nicht noch eine erfreuliche Erinnerung dazugekommen wäre.

»Sie schauen ein bisschen meiner früheren *BDM*-Führerin ähnlich!«, rief sie aufgeräumt und verzichtete augenblicklich auf die Übersetzung ins Nennform-Deutsch. »Die hatte auch so dicke Locken. Blonde natürlich! Und der Dicke, der Untergebene von Ihnen, der wird eh nicht alt mit seinem Übergewicht.«

Diese Vorstellung schien sie so aufzuheitern, dass sie die Tür jetzt ganz öffnete und zur Seite trat, um Anna Bernini über die Schwelle treten zu lassen. Noch bevor die Polizistin allerdings einen Fuß auf den abgetretenen Linoleumboden setzen konnte, schoss ein kläffendes Wollknäuel auf sie zu.

»Ach, das ist ja nur eine Polizistin, Adi! Musst dich nicht fürchten!«

Wenn der streitbare Terrier genauso gut im Unterton-Hören war wie Anna Bernini, musste er die Genugtuung über das Zusammenschrecken der Besucherin registriert haben. Jedenfalls nahm er es als Aufforderung und bellte noch lauter.

»Mein Adi ist sehr wählerisch«, sagte Jo Heesters stolz. »Deshalb wundert es mich auch, dass er die beiden warmen Brüder da unten so gernhatte«, sagte sie stirnrunzelnd.

Anna Bernini hob fragend die Augenbrauen.

»Ja, den Bauer und seinen Bubi. Seinen Angestellten oder Fahrer oder was der war«, sagte sie verächtlich. »Aber gut, der eine ist ja jetzt tot.« Sie reckte zufrieden das Kinn in die Höhe.

Das kleine Weiblein war in die uralte Küche vorausgehumpelt. Sie blieb vor dem Tisch stehen und stützte ihre knochige Hand auf die gemusterte Resopalplatte. Mit boshaft glitzernden Augen schielte sie zu Anna Bernini hinauf.

»Und man muss sagen: Sie haben immer ein mords Getue mit dem Adi gemacht. Schwule lieben Hunde.«

»Was genau haben Sie letzte Nacht gesehen?«, frage Anna Bernini schnell, bevor Jo Heesters noch mehr solche Weisheiten verbreiten konnte.

»Das hab' ich doch alles schon dem Dicken erzählt. Ich hab' die beiden in der Nacht im Geschäft streiten gesehen. Der Adi geht ja immer um 4 Uhr in der Früh Gassi. Da kann er nicht mehr schlafen. Gell, Adi, wie dein Frauchen. Ab 4 Uhr schlafen wir nicht mehr!«

Die Greisin beugte sich zu ihrem Hund hinab und streichelte ihn am Kopf. Er schleckte ihre Hand ab.

»Gell, Adi! Streiten haben wir sie gesehen, die beiden Turteltäubchen!«

Adi nieste.

»Und wie haben die beiden ausgesehen?«

Die winzige Person schickte Anna Bernini einen enttäuschten Blick, so als hätte sie von einer Frau schon ein bisschen mehr erwartet als so eine blöde Frage.

»Naja, wie sie eben ausgesehen haben! Ein blonder Engel und ein schwarzer Teufel! Alle jungen Männer tragen heutzutage schwarze Bärte. Wie dieser Ajatollah in Persien, gell, Adi!«

Anna Bernini gruselte es.

Was die muntere Greisin sonst zu erzählen hatte, wusste Anna Bernini großteils schon. Sie sei um 6 Uhr zum Markt gegangen. Das mache sie schon 70 Jahre lang so, erzählte sie. Wenn man länger warte, bekomme man nämlich nur mehr Ausschussware. Danach fahre sie immer mit dem 5a zum Nestroyplatz. Dann sei sie ja schon fast daheim. Um diese Zeit sehe sie meistens die Rosenlieferung. Manchmal bleibe sie stehen und schaue ein bisschen zu. Meistens bekomme sie dann eine Rose geschenkt und der Adi ein Stückchen Wurst. Das heißt, früher sei es Wurst gewesen. Aber dann habe sie den beiden »warmen Brüdern« gesagt, dass der Adi nur Lungenbraten esse. Seither bekomme der Adi immer ein Stückchen Lungenbraten.

»Das ess ich natürlich selber«, sagte sie und ihre Greisinnenaugen sprühten vor Schalk. Anna Bernini konnte sich ein bisschen vorstellen, was die alte Dame 95 Jahre werden ließ. Bosheit hält jung, hatte Anna Berninis Großmutter immer gesagt.

»Haben Sie die Rose da?«, fragte Anna Bernini. »Die von gestern?«

Die alte Dame schaute sie erschrocken an, und zum ersten Mal wirkte sie so alt, wie sie war.

»Gestern hab' ich ja gar keine bekommen!«, sagte sie langsam. »Vorgestern auch nicht. Ich glaub' fast, dass die mir schon seit einer Woche keine Rose mehr geschenkt haben!« Jo Heesters schüttelte empört den Kopf und wirkte auf einmal ganz verzagt.

KAPITEL 5

Den verdienstvollsten Männern kann es passieren, dass sie den Zeitpunkt übersehen, wo es besser wäre, sie würden sich auf ihren Lorbeeren ausruhen, als dafür zu sorgen, dass die Büste, die ihnen die Nachwelt einmal aufstellen wird, schon zu Lebzeiten schrumpft. So ist es leider Oberst Meier gegangen. Schuld daran war der Schlaganfall, den er im Sommer vor zwei Jahren auf der Südsteirischen Weinstraße zwischen Gamlitz und Leibnitz erlitten hatte. Es war typisch Oberst Meier, dass ihn damals der Notarzt schon für tot erklären lassen, die Koryphäe vom Wiener AKH ihn in Frühpension schicken und die REHA-Klinik noch drei Monate länger behalten wollte. Aber Oberst Meier wollte nach sechs Wochen wieder seinen Dienst im Landeskriminalamt Wien angetreten. Die meisten sagten: Wahnsinn, der Oberst hat sich kein bisschen verändert! Dieselbe frische Gesichtsfarbe, derselbe scharfe Verstand, derselbe leuchtende Blick, dieselbe Überzeugungskraft, alles ist gleichgeblieben! Und nur die Kollegen, die genau hingeschaut hatten, haben bemerkt: Die Dinge, für die sich der Oberst begeistert eingesetzt hatte, waren andere geworden. Plötzlich ging es nicht mehr, wie früher, darum, die »Täterperspektive einzunehmen«, »mit Empathie zur Wahrheit zu kommen« und sein Team zu motivieren, sondern eher darum, was nachher über den Kriminalfall in der Zeitung stand.

Deshalb rief Anna Bernini auf dem Weg zur Witwe des Mordopfers auch ihren Chef zurück. Sicher, es wäre schon besser gewesen, wenn sie dafür stehen geblieben und sogar von ihrem Fahrrad abgestiegen wäre oder wenigstens die Freisprechanlage gesucht hätte, denn als Polizistin sollte man in jeder Lebenslage Vorbild für die öffentliche Sicherheit sein, aber erstens zählt in einer Mordermittlung jede Sekunde, und zweitens waren es ja nur ein paar Meter vom Tatort bis zur Wohnung der Bauers ein paar Häuser weiter in Richtung Praterstern.

»Schreckliche Sache, ist das! Ganz furchtbar«, ertönte die sonore Stimme Oberst Meiers dicht an Anna Berninis Ohr. »So ein junger Mensch und verheiratet. Gibt's auch Kinder?«

»Das weiß ich noch nicht. Ich bin gerade auf dem Weg zur Witwe.«

»Sehr gut, sehr gut. Das muss man als Mordermittler immer selber machen! Die eigenen Augen sind …«

»… der beste DNA-Test«, ergänzte Anna Bernini lächelnd einen Satz, der schon Hunderten von jungen Polizisten in Meiers Abteilung imponiert hatte.

»Gutgutgut! Sie machen das ausgezeichnet, wie immer, Frau Chefinspektorin!«

Oberst Meier machte eine kleine Pause, und dann rückte er mit seinem Anliegen heraus. »Ähem, ich habe mich gefragt, ob Sie vielleicht zwischendurch einmal Zeit hätten, mir etwas zusammenzuschreiben, nur falls ich von jemandem zum Fall befragt werde. Sie wissen ja, die Medien wenden sich immer an mich!«

Anna Bernini wurde ganz heiß vor lauter Fremdschämen. Es ist immer traurig, wenn jemand seine eigenen Prinzipien überlebt. Denn der frühere Oberst hatte nichts schlimmer gefunden, als einen, der sich lieber im Fernsehen sah als das Wort »abgeschlossen« auf einem Aktendeckel.

»Das mach ich, Herr Oberst! Sobald ich etwas mehr Klarheit im Fall habe!«

Zwei Minuten später stieg Anna Bernini langsam die Steinstufen des alten Jugendstilpalais hinauf, das auch schon einmal bessere Tage gesehen hatte. Damals, als noch lange Seidenkleider über die kunstvoll gemusterten Fliesen raschelten und das Tegethoff-Denkmal ein paar Meter weiter oben in der Praterstraße noch nicht dunkel vom täglich vorbeibrausenden Verkehr war.

Die Wohnung der Familie Bauer lag im fünften Stock. Fünf Kilo mehr, das Ergebnis von acht Monaten ohne Sport, dafür aber mit Alkohol, machen sich beim Stiegen-Steigen natürlich bemerkbar. Abgesehen vom Schlafmangel natürlich. Anna Bernini keuchte. Dabei hatte sie in diesem Semester einen Yogakurs von ihrer Schwester geschenkt bekommen. Aber die ersten fünf Abende war sie nicht dort gewesen. Das erste Mal hatte sie der Kursleiterin ein SMS geschickt: »Kann leider nicht teilnehmen, weil wichtiger Weiterbildungs-Workshop, aber ich freue mich auf das nächste Mal!« Sie sich auch, hatte die Kursleiterin zurückgesmst. Die Woche darauf war am Montag, genau um 17 Uhr Besuch aus Tirol gekommen. »Kann ich leider nicht abwimmeln«, schrieb Anna Bernini. Die Kursleiterin freute sich per SMS umso mehr auf das nächste Mal. In der dritten Woche war Anna Bernini leider krank geworden. Der Grippevirus! Die Kursleiterin zeigte vollstes Verständnis und freute sich immer noch auf das nächste Mal. Beim fünften Mal hatte Anna Bernini Besuch von einer Kollegin aus der Slowakei. Die Männer drücken sich natürlich. Zwinker. Tut mir totaaaal leid! Die Yogalehrerin kannte das und freute sich auf die nächste Woche, wo man sich endlich einmal kennenlernen wird. Heute, dachte Anna Bernini, als sie beim dritten Stock angekommen war, würde sie den Yogakurs aber leider wieder absagen müssen, weil dienstlich verhindert. Und das war das erste Mal nicht gelogen.

Anna Bernini stand vor einer hübschen blau-weiß gestrichenen Wohnungstür und drückte auf die Klingel. Der Schweiß rann ihr den Rücken hinunter, und in den Eingeweiden spürte sie ein Echo der Angst vom frühen Morgen. Würde sie diese Situation bewältigen können? Anna Bernini zögerte. Für einen kurzen Moment spielte sie mit dem Gedanken, doch den amtsführenden Bezirksinspektor vorzuschicken. Aber dann gab sie sich einen Ruck. Sie wusste schließlich, was zu tun war. Bei einem Schock, hatte Anna Bernini damals in ihrer Ausbildung zur Kriminalbeamtin gelernt, reagieren Menschen oft paradox. Wobei man zu Schock nicht »Schock« sagt. »Einen Schock«, hatte Professor Pivarek doziert, »haben Menschen, wenn sie Nussallergiker sind und bei der Mizzi-Tant' eine Nussschnecke essen. Dann kriegen sie nämlich keine Luft mehr und fallen tot um. Das, was eine Frau hat, wenn sie erfährt, dass ihr Ehemann bei einem Verkehrsunfall umgekommenen ist, noch dazu mit seiner Geliebten am Steuer, nennt man ›akute Belastungssituation‹ oder auf Neudeutsch ›acute stress disorder‹. Sie erkennen das daran, dass diese Person völlig widersprüchliche, sinnlos scheinende Gefühle und Handlungen zeigen kann. Sagen Sie jetzt nicht: also sich genauso verhält wie jede Frau, haha.« Anna Bernini wurde heute noch schlecht, wenn sie an den alten Pivarek dachte. Aber da ist der Mensch auch oft undankbar. Denn man weiß: Das Gehirn merkt sich negative Dinge besser. Sodass es jetzt vielleicht gut war, dass der Pivarek ein so frauenfeindliches Arschloch war.

Jedenfalls war sie vorbereitet auf das, was sich im kurzen Gespräch mit Gabriela Bauer wahrscheinlich abspielen würde. Zwei Sekunden, nachdem der Klingelton verklungen war, öffnete sich die Tür, so als hätte die Person, die ihr öffnete, bereits hinter der Tür gelauert. »Sind Sie Gabriela Bauer?«, fragte Anna Bernini das zierliche Geschöpf, das sie aus großen hellblauen Augen mit einer Mischung aus Neugier und Erschrecken musterte.

»Darf ich Sie kurz sprechen?«

Ich muss sagen: Es gibt Tonfälle, es gibt Blicke und es gibt Gesten, die keinen Widerspruch dulden. Deshalb trat Gabriela Bauer schon zu Seite, als Anna Bernini ihren Polizeiausweis noch gar nicht ganz aus der Tasche gezogen hatte.

»Bernini? Wie der Maler?«, fragte sie zerstreut, nachdem sie einen kurzen Blick auf den Ausweis geworfen hatte.

»Nein, wie der Bildhauer«, gab Anna Bernini automatisch zurück. Seit sie in Wien lebte, passierte ihr das oft. In ihrem Tiroler Dorf wusste niemand, wer Gian Lorenzo Bernini war. Aber bei den gebildeteren Kreisen muss es diese Zwangsstörung zum Wissen-Präsentieren geben. Dabei ist das, was man dann wirklich zeigt, meistens ein Halbwissen, das nie herausgekommen wäre, wenn man einfach geschwiegen hätte. Dafür gibt es sogar einen eigenen lateinischen Spruch. Der fällt mir jetzt aber nicht ein.

Gabriela Bauer hatte die Kriminalbeamtin inzwischen in die Küche geführt. Aber an der Art, wie sie sich nach der Polizistin umdrehte und auf einen der zerbrechlich wirkenden Küchenstühle wies und vor allem an ihren zitternden Händen und den steifen Bewegungen erkannte Anna Bernini, dass die junge Frau mit allem rechnete. Da sagt man immer: Lachen ist ansteckend. Das ist wahr. Aber Angst ist auch ansteckend. Da muss man nur einmal die Menschen beobachten, wenn sie am Buffet anstehen und glauben, die Schnitzel sind schon aus, bis sie an die Reihe kommen. Anna Bernini schluckte und setzte sich ebenfalls.

Von den Coachingstunden, die sie zusammen mit ihrer Beförderung bekommen hatte, wusste Anna Bernini, dass man sich in einer Überforderungs-Situation einen Menschen vorstellen soll, der einem Vorbild ist. Sie überlegte. Vor dem Schlaganfall wäre das Oberst Meier gewesen. Also: Was hätte der Vorschlaganfall-Meier gesagt? Er hätte gesagt: »Ich muss Ihnen leider eine schlimme Nachricht überbringen.«

»Ich muss Ihnen leider eine schlimme Nachricht überbringen«, sagte Anna Bernini.

»Was ist mit Sebastian?« Gabriela Bauer umklammerte mit der linken Hand die Tischplatte. Die hellen Augen saugten sich in Anna Berninis Gesicht fest. Es spiegelten sich darin Angst, Hoffnung, Hoffnungslosigkeit und noch etwas, das Anna Bernini nicht deuten konnte. Oberst Meier hätte früher ohne Umschweife und ohne einen Zweifel aufkommen zu lassen, gesagt: »Ihr Mann ist tot. Höchstwahrscheinlich ermordet worden.«

»Ihr Mann ist tot. Höchstwahrscheinlich ermordet worden«, sprach Anna Bernini den Satz gehorsam dem Vorschlaganfall-Meier nach.

Da gibt es in der Bibel diese Stelle, wo Lots Frau, als sie auf Sodom und Gomorrha zurückblickte, zur Salzsäule erstarrte. Anna Bernini hatte bis zu diesem Augenblick geglaubt, das wäre nur eine Metapher gewesen.

»Es tut mir so schrecklich leid!«, hätte der Vorschlaganfall-Meier bestimmt nicht gesagt. Und seine Hand auf den zarten Unterarm der Witwe gelegt, hätte er vermutlich auch nicht. Aber jetzt war es zu spät.

Gabriela Bauer dürfte davon aber sowieso nichts mitbekommen haben, denn es rührte sich immer noch nichts in ihrem Gesicht. Und auch sonst nirgends. Als Anna Bernini schon begann, sich Sorgen zu machen, ob die junge Frau vor ihr überhaupt noch atmete, wurde sie von dieser jäh am Arm gepackt, und zwar mit einem so eisernen Griff, dass so mancher von Anna Berninis trainierten Polizistenkollegen unter seiner Solariumsbräune blass vor Neid geworden wäre. »Das war *er*, oder?!«

Anna Bernini wich erschrocken vor dem wilden Blick zurück, der sich jetzt in den ihren bohrte. Reumütig dachte Anna Bernini wieder an den Vorschlaganfall-Meier. Der hätte jetzt ganz ruhig gefragt »Wer ist *er*?«, obwohl er schon eine Ahnung gehabt hätte.

»Wer ist *er*?«, fragte Anna Bernini, obwohl sie schon eine Ahnung hatte.

»Der Andreas!«, zischte Gabriela Bauer böse.

»Andreas?«, hätte der Meier gefragt, um Zeit zu gewinnen.

»Andreas?«, fragte Anna Bernini, um Zeit zu gewinnen.

»Dieser Zaucher!«

Gabriela Bauer schlug die Hände vors Gesicht und begann dann übergangslos hysterisch zu lachen. »Es ist ganz normal, dass sich ein Mensch in so einer Situation verrückt aufführt. Behandeln Sie ihn auch so, aber verlieren Sie Ihr Ziel nicht aus den Augen«, hatte der Pivarek den jungen Polizeischülern immer eingetrichtert. »Geben Sie dem Opfer ein Glas Wasser oder auch ein Taschentuch, aber fragen Sie weiter.«

Anna Bernini ging zur Spüle und füllte ein hübsches, mit Blumen verziertes Glas mit Leitungswasser.

»Meinen Sie Andreas Zaucher?« Gabriela Bauer nickte, ohne ihre Hände vom Gesicht zu nehmen. Anna Bernini stellte das Wasserglas auf den Tisch, setzte sich und wartete ein paar Minuten. So schnell, wie Gabriela Bauer wütend geworden war, war sie auch schon wieder in sich zusammengesackt und hatte zu weinen begonnen. Und so schnell, wie sie zusammengesackt war, war sie wieder zur Salzsäule erstarrt. Gerade als Anna Bernini sich langsam zu wundern begann, warum die Witwe keine Fragen stellte, hob sie den Kopf.

»Wie ist er umgekommen?«

»Ihr Mann wurde durch einen Stich getötet«, erwiderte Anna Bernini und hoffte inständig, dass die Witwe nicht weiterfragte. »Wir wissen nicht, wer es getan hat. Noch nicht. Wo war Ihr Mann heute Nacht?«

»Er ist mit dem Andreas zu einem Konzert gegangen. Irgendwo im 20sten, glaub ich. Er wollte bei ihm übernachten. Um mich nicht zu stören, hat er behauptet.« Gabriela

Bauer ließ ein unfrohes Lachen hören. »War mir sowieso immer klar, dass der Zaucher in meinen Mann verliebt ist.«

»Und Ihr Mann?«

Gabriela Bauer ließ sich mit der Antwort Zeit. Sie nahm einen Schluck Wasser und zuckte die Schultern.

»Mein Mann war hetero. Jedenfalls glaube ich das.«

Gabriela Bauer sah Anna Bernini in die Augen. »Aber was weiß man schon, oder?«

Mit der Frauensolidarität ist es so ähnlich wie mit dem Glück. Sie existiert nur für Augenblicke. Aber manchmal reicht dieser Augenblick aus, um etwas in Gang zu bringen.

»Frau Bauer, was können Sie mir über Ihren Mann erzählen, was uns bei der Suche nach dem Mörder weiterbringen könnte?«, fragte Anna Bernini langsam. Und das war der Moment, an dem Anna Bernini merkte, dass sie wieder im Sattel saß. Dass sie es jetzt, Burn-out hin oder her, Schlafstörungen hin oder her, Schramek hin oder her, auch wieder ohne den Vorschlaganfall-Meier schaffte. Dass sie wieder wusste, wie man Fragen stellte, über die auch noch der geschockteste Zeuge nachdenken und Antworten finden wollte. Dass sie wieder die Polizistin war, die Oberst Meier zur ersten Chefinspektorin in der Mordabteilung im Landeskriminalamt Wien, Innere Stadt Ost gemacht hatte. Und obwohl der Frauensolidaritätsmoment zwischen der Polizistin und der Mordopfer-Witwe bald auf Nimmerwiedersehen verschwinden sollte, erfuhr Anna Bernini in den nächsten zehn Minuten manch Interessantes. Und vieles, das auch interessant gewesen wäre, erfuhr sie nicht. Oder erst dann, als es für manche Menschen längst zu spät war.

KAPITEL 6

Bis vor ein paar Jahren gab es im Grunde nur zwei Sorten von Cafés in Wien. Die eine Sorte war für Menschen, die Design studieren, Webseiten gestalten, *Viennale*-Taschen tragen, *FM4*-Moderatoren persönlich kennen oder dabei sind, ein Einpersonenunternehmen zu gründen. Und die andere Sorte war für Menschen, die Kampfhunde trainieren, Aufklebe-Fingernägel tragen, beim Lebensmitteldiskonter Großpackungen Ketchup-Chips kaufen und sich ein Standbein in der Schattenwirtschaft aufbauen. Jedes Café war für seine jeweiligen Gäste so klar zu erkennen, als wäre am Eingang gestanden: »Prolo-Café« oder »Bobo-Café«. Diese beruhigende Ordnung der Dinge hatte aber das Nichtrauchergesetz zunichtegemacht. Dann kamen ein paar Jahre, in denen es nur mehr Cafés gab, in denen geraucht werden durfte, und solche, in denen man es nicht durfte. Das hatte eine erstaunliche Demokratisierung der Gastronomie ausgelöst. Man lernte plötzlich auch Menschen aus anderen Gesellschaftskreisen kennen, unterhielt sich vielleicht einmal mit einem, der in der Früh den Müll wegfährt, statt nur mit einem, der ihn sammelt und in einer Galerie ausstellt. Und jene Erfolgsmenschen, die sich für die Nichtraucher-Lokale entschieden, mischten sich dort mit Familien aus Mistelbach, die nach dem Zoobesuch einen Kakao trinken, oder netten Pensionistinnenrunden, die ihre Erwachsenenwindel-Erfahrungen austauschen. Denn als Nichtraucher kann man sich auf ein langes Leben einstellen. Als sich dann herausstellte, dass die Raucher-freundliche Regierung auch korruptionsfreundlich und mediengleichschaltungsfreundlich war, dauerte es nicht mehr lange, bis ein allgemeines Rauchverbot eingeführt wurde. Theoretisch. Denn praktisch gibt es immer noch Ausnahmen. Nämlich alle Lokale, in denen Miss Biggy verkehrt.

Ich weiß auch nicht, wie sie das machte. Aber Miss Biggy musste ein Kaffeehaus nur betreten, und schon wurde ihr zur Melange, dem Glas Wasser und der Buttersemmel ein Aschenbecher serviert. Auch wenn manche den Aschenbecher dafür extra vom obersten Regal herunterholen und abstauben mussten. Miss Biggy und ein übervoller Aschenbecher gehörten nämlich untrennbar zusammen. Das spürte sogar das ganz junge Servierpersonal, das zu Raucherzeiten vielleicht noch in den Kindergarten gegangen war. Genauso, wie es spürte, dass man Miss Biggy nicht mit einem Cappuccino kommen darf oder gar einem Caffè Latte. »Ein Cappuccino passt so gut in ein Wiener Kaffeehaus wie ein Sushi zum Heurigen«, sagte Miss Biggy immer. Miss Biggy ist eben schon lange nicht mehr bei einem Heurigen gewesen. Für sie ist die Zeit bald nach der Ära Vranitzky stehen geblieben.

Im *Café Venezia* ist die Zeit allerdings schon stehen geblieben, als noch Bruno Kreisky in der Löwelstraße ein- und ausging. Als Anna Bernini das Kaffeehaus betrat, war es fast 11 Uhr. Um diese Uhrzeit glich das *Venezia* einer Filmkulisse für einen 70er-Jahre Dokumentarfilm mit dem Titel »Wien ist eine sterbende Stadt«. So einen, wie man ihn früher in Anna Berninis Heimat den Kindern zur Abschreckung gezeigt hatte, wenn sie Interesse für Österreichs einzige Großstadt erkennen ließen. An zwei kleinen, abgeschlagenen Marmortischchen saßen ältere Damen, die sich über ihre Wiener Melangen hinweg eifrig über die verschwenderische Haushaltsführung der Schwiegertochter, die Verdauung ihrer kleinen vierbeinigen Lieblinge und die neuesten Krebsgeschichten der Kolleginnen aus dem Altersheim austauschten. Gleich daneben hielt sich ein mageres, altes Männchen eine Qualitätszeitung dicht vor die Nase. Ein paar Tische weiter verschlang ein magenkrank wirkender Anzugsträger sein verspätetes Wiener Frühstück. Neben ihm lag ein abgewetzter Musterkoffer. Irgendwo dudelte ein Handy, und über allem lag der süß-fettige Geruch von vielfach aufgewärmter Gulaschsuppe, vermischt mit dem Mief jahrzehntelanger Nikotinräucherung.

Hinter der Theke war eine Frau aufgetaucht, zu der Anna Bernini die Beschreibung »wie Milch und Honig« einfiel. Das sagte ihre Oma gerne über junge Mädchen, die ihr gefielen. Zum Beispiel über ihre Schwester Burgi. Auch die Kellnerin hatte eine Haut wie frische Milch, Haare wie heller Wiesenhonig und Augen von so einem warmen Braunton, dass sogar ein Felsbrocken geschmolzen wäre. Sie begrüßte Anna Bernini wie eine alte Freundin und deutete mit einem verschwörerischen Zwinkern auf die Theke, wo in einer kleinen Nische an der Wand, ursprünglich wahrscheinlich für schmusende Paare oder andere Heimlichtuer gedacht, Miss Biggy thronte. Vor ihr eine Tasse Kaffee und ein Extrateller, auf dem ein verdächtig nach Cappuccino-Schaum aussehendes Häufchen in sich zusammensank. Im Aschenbecher, auf dem man unter einem kleinen Berg Zigarettenstummel gerade noch die Kuppel von San Marco erkennen konnte, rauchte eine filterlose *Gauloise* vor sich hin.

»Für mich einen Caffè Latte, aber bitte Milch und Kaffee getrennt«, sagte Anna Bernini zur Kellnerin und lächelte entschuldigend. Natürlich erschienen auf der Stelle Verwirrungsfalten auf der glatten Kellnerinnenstirn. Das kannte Anna Bernini schon. Im Grunde taten ihr alle Kellnerinnen Wiens leid, wenn sie mit ihr zu tun hatten. Bestimmt schickten sie sich schon gegenseitig Warn-SMS vor der Bestellzicke, die einen Kaffee am liebsten in seine Einzelteile zerlegen würde, damit sie ihn selber zusammenmixen kann. Und Anna Bernini hätte es auch verstanden. Denn als normaler Mensch bestellt man eben keinen Kaffee, wenn man keinen Kaffee verträgt. Sondern nur Milch oder noch besser: Kräutertee.

»Ich will halt das Gefühl haben, dass ich einen Kaffee trinke«, wehrte sich Anna Bernini trotzig gegen den leisen Vorwurf in Miss Biggys verschmitztem Lächeln.

»Und für den Kaffeelöffel voll Kaffee quälst du die Kellnerinnen«, schüttelte Miss Biggy den Kopf, während sie der Kellnerin zuschaute, wie sie einen kleinen Espresso auf die fleckige Marmorplatte stellte und daneben ein winziges Kännchen Milch.

»Nein, entschuldigen Sie bitte«, rief Anna Bernini unglücklich, »ich wollte ein *Glas* heiße Milch. Wie beim Caffè Latte, aber getrennt.« Sie formte mit den Händen ein großes Glas.

»Aber Milch ist schlecht für Bauch!«, rief die Kellnerin und schüttelte missbilligend den Kopf. Anna Bernini wurde rot. Die Kellnerin konnte nicht wissen, was für einen wunden Punkt sie mit dieser Frage berührte. Unwillkürlich zückte Anna Bernini ihr Handy. Es waren zwei Anrufe vom Oberst und einer von Inspektor Schramek eingegangen. Erleichtert steckte sie es wieder zurück in den Rucksack. Ihre Schwester Burgi hatte offenbar nicht noch einmal wegen der *TCM*-Ärztin angerufen. Burgi gehörte zu den Menschen, die glaubten, dass man mit der richtigen Naturmedizin alles heilen kann. Auch Liebeskummer, Schlaflosigkeit und Alkoholmissbrauch. Miss Biggy betrachtete Anna Bernini, als könnte sie Gedanken lesen.

»Hat dir deine Schwester wieder einen Termin bei einer Alternativmedizinerin besorgt?«

»Ich dachte mir schon, dass du meine Telefonate abhörst!«, tat Anna Bernini so, als wäre das ein Witz.

»Was sagt die Witwe?«, fragte Miss Biggy.

Anna Bernini beobachtete ihre ältere Kollegin, wie sie mit der einen Hand eine leere Schachtel Zigaretten zerknüllte und mit der anderen in ihrer Oma-Handtasche nach einer neuen kramte. Miss Biggy fixierte Anna Bernini durch dicke Rauchschwaden hindurch, während diese ihr von dem offensichtlichen Hass der Witwe auf Andreas Zaucher erzählte.

»Sie glaubt offenbar, dass ihr Mann bei ihm übernachtet hat. Außerdem erzählte sie«, fuhr Anna Bernini fort, »dass ihr Mann mit einem gewissen Aleksander Florescu eine Biorosen-Firma gegründet hat. Die Firma gibt es jetzt zwei Jahre. Sie importieren Rosen aus Rumänien. Offenbar ist oder war Andreas Zaucher der Fahrer.«

Miss Biggy zündete sich eine neue Zigarette an. »Ich weiß. Aleksander Florescu ist der Sohn von Michail Florescu, dem *Rosenkaiser*. Er beherrscht den Rosenmarkt in Wien und ist an einer ganzen Menge Blumengeschäfte beteiligt. Verdacht auf Geldwäsche.«

»Was? Davon hat sie mir allerdings nichts erzählt!«

Aber Anna Berninis Erstaunen war ein wenig gespielt. Denn sie wusste, welche Computer-Hacker-Qualitäten sich hinter der glänzenden, zerfurchten Stirn der am ältesten gedienten Mitarbeiterin im Landeskriminalamt verbargen. Anna Bernini hatte immer geschaut, dass sie dabei sein konnte, wenn wieder ein neuer Kriminalbeamter merkte, dass die mollige Miss Biggy mit dem dreckigsten Grinsen in ganz Mitteleuropa schneller einen Computer knackte als die Spezialisten von der *Vega* auf den »Power«-Knopf drücken können. Aber Miss Biggy lächelte nur bescheiden, als würde sie den ganzen Tag nichts anderes machen, als dem Oberst eine Melange auf den Schreibtisch zu stellen. Was sie übrigens ebenfalls machte.

»Drogenhandel?«

»Ja, wahrscheinlich. Und Frauenhandel. Ukrainerinnen, sagt man. Die Kollegen vom internationalen Verbrechen sind schon länger hinter denen her, aber die Florescus sind geschickt«, ergänzte Miss Biggy. »Glaubst du, Sebastian Bauer hat etwas damit zu tun? Ein Mafiamord?«

»Gabriela Bauer behauptet, dass die Biorosenfirma des Sohnes, *FLORO* heißt sie, gar nichts mit der des Vaters zu tun hätte.« Anna Bernini nahm eine von Miss Biggy angebotenen *Gauloise* und betrachtete sie wie eine Portion Kugelfisch. Im Landeskriminalamt wusste jeder, dass Anna Bernini nur rauchte, wenn sie einen besonders verzwickten Fall zu lösen hatte. Anna Bernini nahm einen tiefen Lungenzug und hustete.

Miss Biggy grinste.

»Ich habe sie gefragt, ob es vielleicht irgendwelche Probleme oder Streitereien gegeben hätte, aber sie hat gesagt, das Geschäft ihres Mannes interessiere sie nicht.«

»Und glaubst du ihr?«

»Ich weiß es nicht«, sagte Anna Bernini und unterdrückte ein Gähnen. »Hast du schon etwas über die Handy-Daten herausgefunden?«

»Gespräche weiß ich noch nicht. Aber die Gesprächsteilnehmer weiß ich schon.«

»Und?«

Miss Biggy öffnete ihre Handtasche. Und Anna Bernini ertappte sich dabei, dass sie neugierig hineinschielte. Ich weiß nicht, ob man anhand der Handtasche einer Frau auf ihren Charakter schließen kann, aber in Miss Biggys Handtasche schien nichts drin zu sein. Und trotzdem kam auf wundersame Weise immer das Richtige heraus.

»Hier. Das ist der Ausdruck. Ich finde diese Nummer recht interessant.« Miss Biggy tippte auf einen Namen. »Es ist der Blumenhändler von gegenüber. Sebastian Bauer hat ihn gestern um 17 Uhr angerufen. Nicht erreicht, wie es aussieht. Eine Nummer, die er vor zwei Jahren das letzte Mal gewählt hat.«

»Gut gemacht!«, sagte Anna Bernini.

Die Tür ging auf, und ein eleganter alter Herr trat ein. Er nickte der Kellnerin kurz zu und setzte sich dann mit einer Qualitätszeitung an einen freien Tisch beim Fenster. Inzwischen hatte sich die Kellnerin vorsichtig mit einem Tablett genähert. Darauf stand ein kleiner Espresso und ein Glas Milch. Anna Bernini und Miss Biggy starrten darauf.

»Die Milch ist kalt, oder?«, fragte Anna Bernini.

»Sie wollen heiße Milch?«, fragte die Kellnerin so entsetzt, als hätte ihr die Polizistin soeben eröffnet, dass sich in der Küche ein Dschihadist mit einer Bombe verstecke.

»Finden Sie das nicht gut?«, fragte Anna Bernini ein bisschen verunsichert.

»Gar nicht gut! Alles Vitaminen sind weg!« Die Kellnerin blickte jetzt mitleidig auf ihren Gast, der nicht einmal die einfachsten Dinge wusste. Anna Bernini hätte sie gerne gefragt, ob sie den Vorteil durch die Vitamine höher einschätzte oder den Schaden für den Bauch. Ließ es aber lieber, als sie Miss Biggys Grinsen sah.

»Dann probiere ich's mal mit kalter Milch.«

Aber die Kellnerin schüttelte wieder den Kopf. Jetzt schnalzte sie sogar ein bisschen mit der Zunge. »Nein, das ist nicht gut für Seele! Sie immer müssen bekommen, was bestellen!«, sagte sie und nahm ihrem Gast das Milchglas wieder weg.

Die Kellnerin verschwand in Richtung Kaffeemaschine, und Miss Biggy lächelte ihr anerkennend nach. »Jetzt bekommst du zum Kaffee sogar noch eine Gratis-Therapiestunde dazu.«

»Stimmt!«, lächelte Anna Bernini.

In ihrem Rucksack läutete das Handy. Es war Inspektor Schramek. Anna Bernini legte das Smartphone auf die Theke und schaltete auf Lautsprecher.

»Na, sind wir bei der Maniküre, oder warum bist du nicht zu erreichen?«, bellte der Inspektor ins Telefon.

»Wolltest du nur so anrufen, oder wolltest du mir vielleicht mitteilen, dass der Zaucher aufgewacht ist?«

Kurzes Schweigen. Dann ein Räuspern. »Nein.«

»Er ist nicht aufgewacht?«

»Nein. Das heißt: Das weiß ich nicht!«, knurrte Inspektor Schramek.

»Und wieso nicht? Ich dachte, du wüsstest selbst, was zu tun ist?«

»Ich habe eh einen von der Wache hingeschickt«, brummte Inspektor Schramek halb versöhnlich.

»Und wo bist du jetzt?«

»Ich war gerade bei dem Typen, der gestern die Party geschmissen hat.«

»Und?«

»Und er behauptet, er habe den Bauer und den Zaucher streiten gesehen.«

»Wie streiten?«, fragte Anna Bernini.

»Sie haben geschrien, und einer ist türenknallend verschwunden. Er kann sich nicht mehr erinnern, welcher.«

»Wir brauchen mehr Zeugen.«

»Wir haben mehr Zeugen«, entgegnete Inspektor Schramek spöttisch und machte eine Pause, in die ohne weiteres der Satz: Was du kannst, kann ich schon lange, gepasst hätte. »Reichen dir fünf?«

Anna Bernini hörte ein kurzes trockenes Lachen, dann legte Inspektor Schramek auf. Sie schämte sich ein bisschen vor dem eleganten alten Mann, der sie und Miss Biggy schon längere Zeit verstohlen über seine Zeitung hinweg beobachtet hatte. Mehr Miss Biggy, wenn man ehrlich ist. Miss Biggy hatte das auch bemerkt, und da dürften sich für ein paar Sekunden die beiden Augenpaare begegnet sein, denn jetzt gab sich der alte Mann einen Ruck. »Entschuldigen Sie bitte die Störung. Aber – Sie ermitteln im *Rosenfall*, nicht wahr?«, fragte er vorsichtig.

Es war das erste Mal, dass jemand den Mordfall an Sebastian Bauer so nannte. Aber bald würden die Gratiszeitungen voll sein mit Schlagzeilen über den *Rosenfall*.

Anna Bernini nickte. Sie war immer wieder verblüfft, wie schnell sich ein Mord im Grätzl herumsprach.

»Wissen Sie etwas darüber? Kannten Sie Sebastian Bauer?«

Der Alte antwortete nicht direkt. Sein Gesicht nahm einen geheimnisvollen Ausdruck an.

»Ich weiß nur eines: ›Wer mit täppischer Hand nach einer Rose greift, darf sich nicht beklagen, dass ihn die Dornen verletzen.‹« Er verbeugte sich leicht. »Heinrich Heine!«

Anna Bernini und Miss Biggy schauten ihn ungläubig an.

»Ich war Deutschprofessor! Damals hat man in der Schule noch die Klassiker unterrichtet«, sagte er und richtete sich in seinem Kaffeehaussessel so hoch auf, dass man fast Angst bekam, er würde einen gleich *Die Bürgschaft* aufsagen lassen.

»Und was bedeutet das?«, fragte Anna Bernini vorsichtig.

Doch der pensionierte Deutschlehrer lächelte nur.

Anna Bernini gefiel der alte Mann. Aber realistisch gesehen muss man sagen: Er war schon in einem Alter, wo eine leichte Demenz auch nicht mehr ganz unwahrscheinlich gewesen wäre. Sie reckte den Kopf, um der Kellnerin zu winken. Doch diese stand bereits vor ihr. Mit einem Glas heißer geschäumter Milch auf einem silbernen Tablett.

»Bitteschön! Heiße Milch mit Schaum!«, sagte sie und verzog das Gesicht als handle es sich um Jauche.

»Oh, vielen Dank!«, sagte Anna Bernini und zückte das Portemonnaie.

»Nein, lassen Sie! Das geht aufs Haus. Dafür kommen Sie morgen wieder«, lächelte die Kellnerin.

»Abgemacht!«, sagte Anna Bernini und meinte es auch so. Denn die Kellnerin mit dem Menschenkennerinnenblick war ihr sympathisch. Und das beruhte offensichtlich auf Gegenseitigkeit. Doch beide Frauen konnten zu diesem Zeitpunkt noch nicht wissen, wie sehr sie der *Rosenfall* noch zusammenbringen würde.

KAPITEL 7

Man darf sich vom äußeren Schein eines Menschen, sprich: eines Zeugen, Tatverdächtigen oder Beschuldigten nicht beeinflussen lassen. Das hatte der Vorschlaganfall-Meier seinen Polizeischülerinnen und -schülern immer eingebläut. Anna Bernini war darin unbestechlich. Sicher, da gibt es diese gehirnphysiologischen Untersuchungen, wonach Menschen von Natur aus symmetrische Gesichter und Gestalten schöner finden als schiefe Nasen und Fettbäuche. Und okay, schöne Menschen halten wir angeblich auch für intelligenter und vertrauenswürdiger. Sie bekommen leichter Jobs, werden schneller befördert und weniger oft wegen Verkehrsdelikten angezeigt. Und wenn sie vor Gericht kommen, landen sie seltener im Gefängnis. Sogar an der Wursttheke kommen sie schneller dran. Sprich: Schöne Menschen haben auf der ganzen Linie Vorteile. Daran dachte Anna Bernini, als sie Xaver Hochegger, den Besitzer des *BlueMan*, einer gemütlichen Mischung zwischen Coffee-Shop und Blumengeschäft, zum ersten Mal sah. Er war groß, aber nicht zu groß, braun gebrannt, aber nicht zu braun gebrannt, und trug einen Bart, aber einen, der eher an Asthon Kutcher erinnerte als an James Last. Xaver Hochegger gehörte zu den Männern, die immer so wirkten, als kümmerten sie sich weder um ihr Aussehen noch um die für Normalsterbliche geltenden Außentemperaturen. Als hätten sie in der Früh das erstbeste zerschlissene T-Shirt und die am Boden liegenden alten Jeans angezogen und wären losgezogen, um die Welt vor einem Meteoriten oder den Killerameisen zu retten.

Bei aller Männlichkeit lächelte der Blumenshop-Besitzer jetzt aber freundlich, sodass sich viele kleine Fältchen um seine Augen und auf seinen Wangen bildeten, die ihn auch noch sympathisch wirken ließen.

»Was kann ich für Sie tun?«

Der Blumenladenbesitzer stand hinter der Theke und hielt ein kleines Gläschen mit einer grünen, breiigen Flüssigkeit in der Hand.

»Einen Green-Power-Smoothy vielleicht?«, sagte er und bewegte das Glas sachte hin und her. »Oder suchen Sie einen hübschen Blumenstrauß?«

Anna Bernini gehörte zu den Frauen, die sich von schönen Männern nicht beeindrucken ließen. Oder schon, aber eher in die umgekehrte Richtung. Ein Mann, der auch Model für ein teures Herrenparfum hätte sein können, war in ihren Augen sofort verdächtig. Zumindest im Beziehungsfähigkeitssinn. Also präsentierte sie dem Blumenladen-Besitzer-Model ihren Polizeiausweis mit einem Gesichtsausdruck, der die Wärmeausstrahlung eines Fünfstern-Kühlschranks hatte. Das Blumenladen-Besitzer-Lächeln wurde im Gegenzug um ein paar Grad wärmer.

»Bernini? Wie der Schauspieler, oder?«

»Barockbildhauer«, antwortete Anna Bernini mit einem schadenfrohen Lächeln, das vom Blumenhändler-Model charmant ignoriert wurde.

»In Natura sehen Sie viel besser aus.«

Anna Berninis Blickwärme sank auf Tiefkühlfach-Niveau.

»Sie haben gestern um 17 Uhr mit Sebastian Bauer telefoniert?«

Xaver Hocheggers Lächeln kühlte sich leicht ab. Es war offensichtlich, dass er schon wusste, was sich im gegenüberliegenden Blumenladen ereignet hatte. Mit einer betont lässigen Zeitlupenbewegung führte er sein Smoothy-Glas zum Mund. Er nahm einen Schluck und schaute Anna Bernini ernst in die Augen.

»Nein!« Xaver Hochegger nahm noch einen Schluck, den er aufreizend langsam in seinem Mund hin- und her bewegte. »Er hat mich angerufen, aber ich habe ihn nicht gehört. Erst als ich ihn in der Früh zurückrufen wollte, habe ich erfahren, was passiert ist. Einer Ihrer Kollegen war am Apparat. Inspektor Schara…« Zwei steile Falten waren neben den Mundwinkeln des Blumenladenbesitzers erschienen. Leider kann man nicht sagen, dass ihn das unattraktiver machte.

»Schramek, ja.«

»Er hat mir am Telefon schon ein paar Fragen gestellt.«

Anna Berninis Handy vibrierte. Verstohlen schielte sie in ihren Rucksack. Es war der Oberst. Genau, den Oberst hatte sie vergessen zurückzurufen. Bestimmt wollte er sie noch einmal an die Medienberatung erinnern. Sie zog den Reißverschluss zu. Das Blumenladenbesitzer-Model beobachtete sie. Winzige Grinsefältchen kräuselten sich in seinen Augenwinkeln. Ich weiß auch nicht, warum Anna Bernini jetzt rot wurde. Vielleicht weil sie Angst hatte, Xaver Hochegger könnte ihre Gedanken lesen, oder weil sein Lächeln irgendwo in ihrem Bauch die Heizung einschaltete. Im Gegenzug drehte sie ihren Tiefkühlfach-Blick noch weiter hinunter.

»Haben Sie hier irgendwo einen Raum, wo wir uns ungestört unterhalten können?«

Xaver Hochegger wies mit einer kleinen Bewegung auf eine unscheinbare Tür hinter einer Zimmerpalme.

»Am besten gehen wir in mein Büro.«

Anna Bernini folgte dem Blumenladenbesitzer durch den großen, mit unzähligen Pflanzen vollgestopften Raum und war dabei so auf das Gespräch konzentriert, das sie jetzt gleich mit ihm führen wollte, dass sie keinen Blick hatte für die Gestalt, die vor ihr ging. Sie bemerkte weder seinen trainierten geraden Rücken noch die tätowierten Arme, weder seinen schmalen Hinterkopf noch die vollen grau-braunen Haare, die sich im Nacken zu schönen Locken kräuselten, und als er sich zu ihr umdrehte, um sie als Erste durch die Tapetentüre treten zu lassen, nahm sie weder die Wärme, die von ihm ausging, noch seine grünen Augen wahr, die ein bisschen an einen Waldteich erinnerten, auf dem sich Sonnenstrahlen spiegelten. Denn sie hatte nur Augen für die vielen Pflanzen, die dicht nebeneinander in schönen emaillierten Blumenübertöpfen steckten. Für die Rosen, Tulpen, Nelken, Gerbera, Calla, Anemonen, Astern, Amaryllis, Dahlien, Narzissen, Paradiesvogelblumen, Ranunkeln, Montbretien, Schmucklilien, Freesien, Alstromerien, Nadelproteas. Aber da sieht man wieder einmal, wie wenig der Mensch Herr über sein Gehirn ist, denn als sie eine halbe Stunde später in der U-Bahn saß, konnte sie sich an keine einzige Pflanze erinnern, aber dafür wusste sie noch ganz genau, dass Xaver Hochegger eine Blume auf seinen Oberarm tätowiert hatte.

»Also, warum hat Sebastian Bauer Sie gestern angerufen?«, fragte Anna Bernini streng, sobald sie auf der zerschlissenen schwarzen Ledercouch saß, die fast den gesamten Büroraum ausfüllte. Xaver Hochegger hatte ihr gegenüber auf einem Drehsessel Platz genommen.

»Das weiß ich nicht. Er hat mich ja nicht erreicht.«

»Aber Sie wissen trotzdem, warum er Sie anrufen wollte«,

improvisierte Anna Bernini ungerührt. Für eine Zehntelsekunde waren über die sonnenbeschienene Teichoberfläche Wolken gezogen. Er schwieg.

»Nein«, zuckte Xaver Hochegger schließlich gelassen mit den Schultern. Die Blume auf seinem Unterarm zuckte anmutig mit. Anna Bernini wartete ein paar Sekunden und schob dann den Trick 17 nach: »Wir wissen von den Schwierigkeiten, die Sebastian Bauer hatte.«

Xaver Hochegger schwieg wieder. Seine langen, schmalen Finger hatten gedankenverloren nach dem Stückchen Bast gegriffen, das vor ihm auf dem niedrigen Nierentischchen lag. Sorgfältig faltete er das Baststückchen auseinander und legte es wieder hin.

»Ich weiß von keinen Schwierigkeiten.«

Er hob seinen Blick, doch Anna Bernini behielt ihr Pokergesicht.

»Sie wissen zweifellos schon, dass Sebastian Bauer mein Bruder war!«

Anna Bernini konnte nicht verhindern, dass ihre Augenbrauen überrascht in die Höhe schossen. Xaver Hochegger, der sie beobachtet hatte, lächelte leicht.

»Dann wissen Sie es jetzt. Wir sind Halbbrüder. Derselbe Vater. Aber wir sind nicht zusammen aufgewachsen. Bastian hat erst beim Tod unseres Vaters von meiner Existenz und der meiner Mutter erfahren. Das war vor 15 Jahren.«

Xaver Hochegger nahm das Baststückchen wieder auf und begann, es in kleine Stückchen zu zerpflücken.

»Unser Vater hat mir und meiner Mutter einen Bausparbrief in der Höhe von 3.576 Euro vermacht. Er hat die Wohnung, den Blumenladen, sein kleines Sommerhäuschen im Waldviertel und das Boot am Gardasee geerbt.« Xaver Hocheggers lachte unfroh. »Bei der Testamentseröffnung haben wir uns kennengelernt.«

Sorgfältig legte er die winzigen Bastschnipsel auf den Nierentisch, wo sie ein zartes Blättermuster auf die marmorne Oberfläche zeichneten.

»Und deshalb hatten Sie auch zu Ihrem Bruder keinen Kontakt?«

Xaver Hocheggers Fingerspitzen schoben die Bastfitzelchen auf dem Marmortisch hin und her.

»Es gab eine kurze Phase gleich nach dem Tod unseres Vaters, in der wir uns sogar sehr gut verstanden. Bastian war am Anfang ganz glücklich, dass er einen älteren Bruder hat. Er war damals ja erst 16. Ich habe ihn sogar in meine Band geholt.«

Alles, was ein Mann wie Xaver Hochegger noch brauchte, um auch noch in der am meisten beziehungsgeschädigten Frau einen Frühlingsgefühle-Funken zu entfachen, war eine E-Gitarre, die ihm um den Hals baumelte. Anna Bernini quittierte diese neueste Offenbarung mit einer blicktechnisch so niedrigen Temperatur, dass eine Kältekammer noch neidisch geworden wäre.

»Und was ist dann passiert?«

Xaver Hochegger, der die Bastrestchen inzwischen zu einer Blume zurechtgeschoben hatte, zuckte mit den Schultern.

»Ich wollte immer schon Florist werden. Sebastian hingegen wollte Musiker werden«, erzählte Xaver Hochegger weiter. »Also haben wir einen Deal gemacht: Ich helfe ihm in der Musik-Szene – damals war ich ein gefragter DJ – und er überlässt mir das Blumengeschäft zu einer fairen Pacht.«

Xaver Hochegger starrte auf die Marmorplatte.

»Aber daraus wurde nichts. Und jetzt haben wir keinen Kontakt mehr.«

Er wischte die Bastblättchenblume mit einer raschen Handbewegung vom Tisch und sah auf.

»Warum nicht?«

»Er wollte plötzlich selbst Florist werden.«

»Er? Oder seine Frau?«

Der Blumenhändler zuckte die Achseln.

»Sie waren der letzte Mensch, den Ihr Bruder vor seinem Tod angerufen hat. Und Sie können sich wirklich nicht vorstellen, was er gewollt haben könnte?«

Xaver Hochegger starrte zu Boden. Er war so jäh erblasst, dass man an seinem Oberlippen-Schweißfilm wahrscheinlich festgefroren wäre, wenn man ihn zu küssen versucht hätte. Aber Anna Bernini ist natürlich nicht im Entferntesten auf so eine Idee gekommen.

»Keine Ahnung!«

Das Lässige war jetzt ganz aus Xaver Hocheggers Haltung verschwunden.

»Wo waren Sie letzte Nacht?«

»Im Bett.«

Seine Stimme klang aufrichtig, aber er schaute nicht die Kriminalbeamtin an, sondern die Bastkrümel, die vor ihm auf dem Boden lagen. Und Anna Bernini hatte schon viel zu vielen Verbrechern die Handschellen angelegt, denen sie, ohne zu zögern, ein makelloses Leumundszeugnis ausgestellt hätte.

»Kann das wer bestätigen?«

»Meine Katze«, lächelte er plötzlich spitzbübisch.

Anna Bernini war von der Antwort gleichzeitig erleichtert und beunruhigt.

»Vorsichtshalber sollten Sie sich überlegen, ob Ihre Katze auch sprechen kann«, setzte sie nach. Erstaunlich, dass ihre Stimme ausgerechnet jetzt einen fast warmen Unterton bekam. Aber Xaver Hochegger lächelte nicht mehr.

Bevor Anna Bernini das *BlueMan* wieder verließ, kaufte sie dem Blumenhändler doch noch Blumen ab. »Wenn ich schon einmal da bin«, sagte sie. Und zwar eine langstielige rote Rose. Xaver Hochegger schenkte sie ihr natürlich. Dabei blitzte in seinen moosgrünen Teichaugen ein kleiner neugieriger Sonnenstrahl auf.

KAPITEL 8

Im Laufe eines Tages hat der Mensch 20.000 Entscheidungen zu treffen. Da sind große und kleine dabei. Mehr kleine, wenn man ehrlich ist. Stehe ich gleich auf oder mache ich zuerst noch ein bisschen Beckenbodengymnastik? Nehme ich einen Löffel Zucker oder zwei? Fahre ich mit dem Fahrrad zur Arbeit oder nehme ich die U-Bahn? Greife ich im Büro beim Marmorgugelhupf zu oder nicht? Bestelle ich zu Mittag einen Salat oder bestelle ich einen Salat und nachher noch ein Stück Tageskuchen? Keine Entscheidung bewegt den Zeiger auf der Waage, aber alle zusammen bewirken doch, dass man sich ein paar Jahre später ein Diät-App herunterladen muss.

Dass Anna Bernini nach dem Besuch im *Café Venezia* nicht sofort ins Büro zurückfuhr, sondern lieber noch schnell bei der *TCM*-Ärztin vorbeischaute, war so eine Entscheidung. Und zwar, wie so oft im Leben, zwischen einer kleinen Angst und einer etwas größeren. Die kleine Angst war die, dass sie der Oberst oder einer ihrer Kollegen dabei erwischen könnte, wie sie mitten in einer brisanten Mordermittlung für eine halbe Stunde etwas Privates erledigte. Die größere Angst aber war, dass Anna Berninis Schwester Wind davon bekommen könnte, dass sie wieder einen Termin bei einer Alternativmedizinerin platzen hatte lassen. Wo die gestresste Volksschuldirektorin und Mutter dreier Kinder alles stehen und liegen gelassen hatte, um der Schwester zu helfen. Eine Hilfe, die diese Schwester allerdings schon dreimal ausgeschlagen hatte. Beim Wunderheiler, beim Darmtherapeuten und bei der Aurachirurgin. Anna Bernini wusste genau: Sie hatte nur noch eine einzige Chance, sich helfen zu lassen. Sonst würde die Schwester höchstpersönlich in Wien auftauchen und nach dem Rechten sehen. Das musste natürlich um jeden Preis vermieden werden.

Würde die Burgi in Wien leben, dachte Anna Bernini, als sie in die Molkereistraße einbog, hätte sie jetzt allerdings selbst ein bisschen an ihrer Wahl gezweifelt. Vielleicht klang Molkereistraße in den Ohren einer Tiroler Bio-Fanatikerin besonders vertrauenerweckend, aber wenn man wusste, dass die Molkereistraße im Stuwerviertel hinter dem Praterstern lag, wäre man als Wien-Kennerin schon ein klein wenig misstrauisch gewesen. Denn trotz der zaghaft zwischen Internetcafés und *Nail-Studios* hervorsprießenden Coffeeshops und Veganburger-Lädchen und trotz des Alkoholverbots am Bahnhof Praterstern haben sich die Rotlichtelemente noch nicht völlig aus der Gegend verdrängen lassen.

Die Molkereistraße mit ihren Bäumen und den Studenten-Fahrrädern vor den Eingangstüren wirkte auf den ersten Blick auch wie eine ganz normale Wohnstraße, in der es nur so viele chinesische *Massage*-Institute gab, dass man glauben hätte können, die Bewohner des Viertels machen nichts anderes, als sich von Chinesinnen Tag und Nacht massieren zu lassen. Das war ein Überbleibsel aus der Zeit, als noch mindestens so viele Besucher aus anderen Gegenden extra hierherkamen, um sich massieren zu lassen. Und Anna Bernini wusste nur zu gut, dass damals höchstens jede zehnte chinesische *Masseurin* in dieser Gegend wirklich verspannte Rücken bearbeitet hatte. Denn vor ein paar Jahren ist eine Massagesalonbesitzerin aufgeflogen, die mithilfe ihres Liebhabers, eines Fremdenpolizisten, zig chinesische Frauen ins Land geschleust und mit Aufenthaltsbewilligungen versehen hatte.

Anna Bernini stieg von ihrem Fahrrad und stellte es neben einen mit bunten Hippie-Blumen bemalten Fahrradanhänger. Das Haus schien, abgesehen von der *TCM*-Praxis im Erdgeschoss, nahezu unbewohnt zu sein. Auch nicht gerade vertrauenerweckend. Anna Bernini schaute vorsichtshalber noch einmal im SMS ihrer Schwester nach. »Doktor Xiu

Lin. Molkereistraße 16, 1020. Spezialistin für Psychosomatik. Wenn du nicht hingehst, sag' ich der Oma, dass du aus der Kirche ausgetreten bist!« Anna Bernini drückte auf die Gegensprechanlage. Sofort ertönte ein Summerton, und sie trat ein.

Anna Bernini wusste zwar nicht, was sie sich unter einer *TCM*-Praxis vorgestellt hatte, aber sie wurde auf jeden Fall nicht enttäuscht. *TCM*-Ärztinnen geht es wahrscheinlich ähnlich wie den Tiroler Schuhplattlern. Damit ihnen die Leute glauben, dass sie echt sind, müssen sich die Schuhplattler beim Tiroler Abend mit »Pfüati!« verabschieden. Nicht mit »Tschüss!«, wie sie es unter sich machen, wenn keine Touristen zuhören. Weil ein paar von ihnen eigentlich in Frankfurt an der Oder oder in Schwerin geboren und aufgewachsen sind. Hauptsache, die Schuhplattler und -innen tragen Lederhosen und Dirndln. Die Touristen würden wahrscheinlich ihr Geld zurückverlangen, wenn sie wüssten, dass auch die Tiroler Eingeborenen am Abend im *Ikea*-Wohnzimmer live-streamen, anstatt in der 300 Jahre alten Bauernstube vor dem Kachelofen Bio-Schafwoll-Socken zu stricken. Und einer *TCM*-Ärztin, die nicht am Schreibtisch einen Buddha stehen und in der Ecke einen Bergkristall hängen hat, kauft man die teuren chinesischen Kräuter natürlich nicht so gern ab.

Das alles wusste Anna Bernini. Deshalb war sie fast ein bisschen überrascht, dass die kleine, zarte Frau mit dem weißen Arztmantel hinterm Schreibtisch tatsächlich asiatisch aussah. Ob sie Chinesin oder Wienerin mit asiatischen Wurzeln war, konnte sie allerdings nicht beurteilen, denn die Ärztin sagte nicht viel. In Anna Berninis Augen hätte sie auch Vietnamesin, Koreanerin oder Japanerin gewesen sein können. Aber eines war sicher: Zu den großen Lächlerinnen gehörte die *TCM*-Ärztin nicht. Aha, dachte Anna Bernini gleich, deshalb hat sie mir meine Schwester empfohlen. Damit sie streng zu mir ist.

Mit einem kaum merklichen Fingerschnippen bedeutete die Ärztin ihrer Patientin, den Mund aufzumachen und die Zunge herauszustrecken. Mit ausdruckslosem Gesicht inspizierte sie die Zunge. Dann ließ sie ihre Patientin die Hände auf ein rotes Samtkissen legen und fühlte den Puls. Dabei seufzte sie mehrmals hörbar und machte sich Notizen. Schließlich fragte sie streng: »Stuhl?«

»Äh, super, danke!«, antwortet Anna Bernini und wippte ein bisschen auf dem weichen Sessel auf und ab.

»Jeden Tag?«

»Achsooo! Ja, schon.«

»Welche Farbe?«

»Braun«, sagte Anna Bernini zögernd.

»Hell oder dunkel?«

»Mittel.«

»Fest oder locker?«

»Mittel.«

»Klebrig?«

»Äh, nein, ich glaube nicht.«

Während die Ärztin in einer ungeheuren Geschwindigkeit ein Blatt Papier von oben bis unten mit chinesischen Buchstaben vollschrieb, fragte sie weiter: »Schlaf gut?«

»Ja, wenn ich eine Schlaftablette nehme.«

Anna Bernini beobachtete die Ärztin scharf. Wenn sie mich jetzt zusammenscheißt oder fragt, wie viel Alkohol ich trinke, hat sie vorher mit meiner Schwester geredet. Aber nein, die Ärztin hob nicht einmal den Kopf, sondern schrieb einfach emsig weiter.

»Periode?«, fragte sie.

»Regelmäßig«, freute sich Anna Bernini, dass sie eine positive Antwort geben konnte.

»Starke Blutung?«

Jetzt war das Blatt vollgeschrieben, die Ärztin drehte es rasch um und schrieb auf der anderen Seite weiter. Anna Bernini hätte gerne gewusst, was da stand. Das Rezept wahrscheinlich, sagte sie sich. Aber es könnte auch eine Diagnose sein. Anna Bernini hörte die Ärztin mit der Stimme ihrer Schwester sagen: keine Leberenergie, keine Lungenenergie, keine Gallenblasenenergie, keine Dickdarmenergie, keine Blasenenergie, keine Magenenergie, keine Milzenergie. Als das Handy in ihrem Rucksack läutete, warf ihr die Ärztin einen genervten Blick zu. Das Handy verstummte gleich wieder.

»Wie viele Tage?«

»Vier.«

Endlich nickte die chinesische Medizinerin zufrieden, warf ihre Füllfeder hin und stand auf. Anna Bernini wich instinktiv zurück und hob die Hände. Doch jetzt lächelte die Ärztin, und Anna Bernini wunderte sich, dass sie erst jetzt ihre hübsche, leicht aufgeworfene Oberlippe bemerkte und den spöttischen Glanz in den Augen. Am meisten aber wunderte sich Anna Bernini, dass einem jemand nur bis zum Schlüsselbein reichen und trotzdem so schnurgerade in die Augen schauen kann.

»Geben Sie das der Sekretärin«, lächelte die Ärztin, als hätte sie Anna Berninis Gedanken gelesen. »70 Euro.«

Und während Anna Bernini durch den kurzen Flur ins Vorzimmer ging, spielte sie tatsächlich schon mit dem Gedanken, den chinesischen Kräutern eine Chance zu geben. Man kann ja ruhig einmal nur eine halbe Schlaftablette nehmen. Und nur ein Achtel Wein trinken statt zwei oder drei.

Die Sekretärin hinter der Theke im Vorzimmer war Anna Bernini beim Eintreten gar nicht aufgefallen. Dabei war sie im TirolerAbend-Sinn viel glaubwürdiger als Doktor Xiu Lin.

Sie trug ein besticktes rotes Seidenkleid und einen schwarzen Haarknoten. Ihr Gesicht war weiß geschminkt, und ihre Augen waren dick mit schwarzem Kajal umrandet, was ihrem Gesicht etwas Maskenhaftes verlieh. Anna Bernini schaute ihr zu, wie sie das Formular, das Anna Bernini ausgefüllt hatte, in den Computer übertrug. Da brach die weiße Gesichtsmaske der jungen Frau plötzlich auf, und ein höchst lebendiger Ausdruck der Überraschung kam zum Vorschein.

»Sie sind Polizei?«

Anna Bernini nickte ebenso überrascht. Die Augen der Assistentin waren ganz kugelrund geworden, und die ganze schmale Gestalt mit den zum Tippen bereiten Fingern erstarrte. Sie schien angestrengt nachzudenken.

»B – e – r – n – i – n – i«, buchstabierte Anna Bernini bereitwillig.

Aber die junge Frau starrte weiter verwirrt vor sich hin, so als hätte sie plötzlich vergessen, wie man eine Computertastatur bedient. »Wie der Bildhauer«, versuchte Anna Bernini zu helfen. Die Assistentin warf ihr einen verständnislosen Blick zu. »Bernini, wie der Barockbildhauer.«

Jetzt nickte sie mechanisch und tippte – nicht in chinesischer Schrift übrigens – Anna Berninis Namen in die elektronische Kartei, ihre Augen wieder starr auf den Bildschirm gerichtet. Anna Bernini betrachtete sie nachdenklich. Da war mehr in ihrem Blick gewesen als nur Verständnislosigkeit. Da waren auch Anspannung, Zweifel und Hoffnung gewesen und – interessanterweise – auch Angst. Aber gut, sagte sich Anna Bernini, die meisten Menschen fühlen sich grundsätzlich ertappt, wenn sie jemanden von der Polizei vor sich haben. Außer die Kriminellen vermutlich. Die fühlen sich wahrscheinlich erst ertappt, wenn die Handschellen klicken. Aber auch die Menschen, die noch nie etwas Schlimmeres gemacht haben, als bei Rot über die Kreuzung zu radeln, fühlen sich ertappt, wenn die Polizei auftaucht. Deshalb wechseln so viele Menschen die Straßenseite, wenn sie einer Polizistin oder einem Polizisten begegnen. Man sollte die jungen Menschen bei der Polizeiaufnahmeprüfung testen, mit wie wenig Freundlichkeit sie auskommen.

Als Anna Bernini ein paar Minuten später wieder auf der Straße stand, hatte sie das unangenehme Gefühl, etwas Wichtiges vergessen zu haben. Genauso wie man es hat, wenn man zu hektisch in die Ferien aufbricht. Kaum sitzt man im Taxi zum Flughafen, überlegt man schon, ob man auch die Herdplatte ausgeschaltet und der Nachbarin den Schlüssel fürs Postkastl unter die Fußmatte gelegt hat. Da war etwas an der Chinesin im Vorzimmer gewesen, das sie an den Fall erinnerte. Aber sie kam einfach nicht drauf, was es war. Ein winzig kleines Detail, wie ein dünner Faden, den sie nicht und nicht zu fassen bekam. Während Anna Berninis Gehirn an dem feinen Gedankenfädchen herumzupfte, meldete sich wieder ihr Handy. Es war die Ärztin aus dem AKH. Sie hatte die Ergebnisse der Blutuntersuchung von Andreas Zaucher.

»Da es sich ja um einen so wichtigen Zeugen handelt, kann ich Ihnen auch per Telefon Auskünfte geben. Naja, oder sagen wir so: Da Frau Sandner eine Freundin meiner Mutter ist, und meine Mutter … aber lassen wir das.«

Anna Bernini grinste.

Die Ärztin räusperte sich. »Es ist sehr unwahrscheinlich, dass Andreas Zaucher zwischen 3 und 4 Uhr in der Früh in der Lage gewesen sein könnte, einen brutalen Mord zu begehen. Wir haben bei ihm um 8 Uhr noch einen Alkoholspiegel von ein Komma fünf Promille festgestellt. Und dazu hatte er auch noch so viel Cannabis und Ecstasy konsumiert, dass man damit eine ganze Maturaklasse zudröhnen könnte. Und glauben Sie mir, die vertragen so einiges.«

»Was glauben Sie, wie bald der Zeuge vernehmungsfähig sein wird?«

»Nicht so bald, fürchte ich, im Moment schaut es nicht so gut aus.«

»Was heißt das? Warum nicht?«

»Er zeigt die Symptome einer akuten organischen Psychose, die vielleicht durch eine allgemein schwache psychische Konstitution vertieft werden könnte.«

»Bitte sprechen Sie Klartext mit mir, Frau Doktor.«

»Klartext ist, dass Ihr Zeuge schwere Bewusstseins- und Wahrnehmungsstörungen sowie paranoid-schizoide Symptome zeigt. Wir nehmen an, dass diese psychotischen Zustände durch den massiven Drogenmissbrauch und vielleicht einen Schock oder Trauerschock ausgelöst wurden.«

»Wie lange wird das dauern?«, fragte Anna Bernini, obwohl sie die Antwort schon wusste.

»Das können wir leider unmöglich vorhersagen.«

»Natürlich.«

Anna Bernini stieg nach dem Telefonat nicht wieder auf ihr Fahrrad. Nachdenklich schob sie es durch die Molkereistraße bis zur Ausstellungsstraße und ging am Wurstelprater entlang in Richtung Praterstern. Oder vielleicht ist »nachdenklich« nicht das richtige Wort. Meditierend trifft es vielleicht eher. Denn während das Gehirn beim Nachdenken angestrengt nach einer Lösung sucht, versucht es beim Meditieren, durch das genaue Gegenteil dasselbe zu erreichen. Nicht, dass Anna Bernini bewusst meditiert hätte, aber sie machte genau das, was ihr ihre Yogalehrerin, wäre sie je zu einer Yogastunde hingegangen, geraten hätte. »Wenn ein Gedanke kommt, versuchen Sie, ihn nicht festzuhalten. Lassen Sie ihn einfach weiterziehen.«

Auf diese Weise tauchten nacheinander Gedanken auf und verschwanden wieder. Anna Bernini betrachtete die gemalten

Figuren auf den alten Wurstelpraterbuden, die aus einer Zeit stammten, als die Damen der Gesellschaft einen Wettstreit um die schmalste Taille ausfochten. Sie dachte an die Frauen mit ihren zusammengeschnürten Wespentaillen und den flachen Asthmatikerinnen-Atemzügen, wie sie aus den vornehmen Kutschen stiegen und hinein ins Vergnügen trippelten. Und plötzlich tauchte ein Gedanke auf, den Anna Bernini nicht sofort weiterziehen ließ. Eigentlich war es eine Erinnerung. Die junge Chinesin im Vorzimmer. Sie sah sie wieder vor sich. Wie sie überrascht zusammengezuckt war, als sie Anna Berninis Beruf in den Computer eingetippt hatte. Sie sah wieder den Blick, den sie ihr zugeworfen hatte. Und dann bekam Anna Bernini das Gedankenfädchen zu fassen: Es war die Augenfarbe, die unter den dicken schwarzen Wimpern hervorgeschimmert war. Sie war Türkis. Anna Bernini ließ den Blick über die bunten Buden des Wurstelpraters schweifen, und plötzlich schnürte es ihr die Kehle zu, so als hätte ihr die chinesische Ärztin keine Kräuter verschrieben, sondern ein Korsett, das sich langsam um ihre Brust zuzog.

KAPITEL 9

Die meisten Polizeibeamtinnen hätten gewartet, bis Miss Biggy mehr Fakten zur rumänischen *Rosenhandelsgesellschaft Florescu Company* zusammengetragen hätte oder wenigstens darauf, dass ein Kollege Zeit hatte, einen zum Brunnenmarkt, wo die *Florescu Company* ihren Stammsitz hatte, zu begleiten. Das sind dieselben Menschen, die sich zum Beispiel vor dem Kauf eines neuen Handys im Internet erkundigen. Was kann das Handy? Wie viel Speicherplatz hat es? Wie gut ist die Kamera? Wo gibt es die coolsten Apps? Passt die Handyfirma zu meinen anderen elektronischen Geräten? Das hat den Vorteil, dass man den Kauf später nicht bereut, aber den Nachteil, dass man das neue Handy vielleicht nie kauft, weil man beim Käufermeinungen-Lesen Angst vor den Handystrahlen oder dem Abhören durch die *NSA* bekommen hat oder weil man doch auf die nächste Handygeneration wartet, die vielleicht mehr kann.

Aber Anna Bernini gehörte zu den Menschen, die sich ein neues Handy kaufen, weil sie zufällig während eines Regengusses unter dem Vordach eines Handyshops Schutz gesucht haben. Und dann ist natürlich alles möglich. Das neue Handy kann der sensationell günstigste Geheimtipp sein, mit dem man alle Designer-Handy-Besitzer unter der Kollegenschaft alt aussehen lässt, oder der größte Schrott, der jemals von einem Lastwagen gefallen ist.

Ich weiß es auch nicht, welcher Regenguss dafür verantwortlich war, dass Anna Bernini, als sie, von der Karmelitergasse kommend, auf die Leopoldsgasse einmündete, nicht nach rechts die paar Meter zum Landeskriminalamt gefahren ist, sondern nach links in Richtung Schwedenplatz, von wo aus die U4 nach Westen fährt, einmal Umsteigen am Schottenring, eine Station mit der U2 bis zum Schottentor und dann mit dem 44er zum Brunnenmarkt, wo der *Rosenkaiser* residierte.

Natürlich hatte auch Wiens größter Rosenimporteur einmal klein angefangen. Auf einem Wiener Markt geht es nämlich auch nicht viel anders zu als an anderen Arbeitsplätzen. Wenn man neu anfängt, muss man sich mit dem Katzentisch zwischen Chefzimmer und Toilette zufriedengeben. Dort, wo die Leute nur hingehen, wenn sie unbedingt müssen. Wenn man trotzdem zu Kunden kommen möchte, muss man schon gute Ideen haben oder gute Verbindungen oder gute Preise. Michail Florescu hatte alle drei. Ein paar Jahre, nachdem der erste *Holland-Blumenmarkt* am Praterstern seine Tore geöffnet hatte – 1979 muss das gewesen sein – stellte er am Brunnenmarkt sein erstes eigenes Klapptischchen auf. Darauf platzierte er die Marien-Ikone seiner Großmutter, eine Vase mit Plastikrosen und ein Schild, auf dem in ungelenken Lettern »Florescu Company« gekritzelt war. Heute ist das handschriftliche Schildchen von einem sündteuren Profi-Logo ersetzt worden, aber die Marien-Ikone und die Plastikrosen standen immer noch dort und waren längst zum allseits bekannten Markenzeichen des *Rosenkaisers* geworden.

Niemand fragte den jungen Rumänen damals, wie er seine Rosen zu einem so günstigen Stückpreis verkaufen konnte – zu einem noch günstigeren als der Holländer. Und wenn ihn jemand gefragt hätte, hätte er wahrscheinlich gesagt: »Meine Oma hat einen grünen Daumen«, und nicht: »Weil ich ein paar Leuten hin und wieder einen Gefallen tue.« Genauso wie der Chef eines erfolgreichen multinationalen Internet-Handelsunternehmen auch nicht sagen würde: »Weil ich meinen Angestellten einen Hungerlohn zahle.«

Seit dieser Zeit hatte sich vieles verändert. Zum Beispiel die Blumen. Früher haben die Menschen Rosen, Tulpen, Nelken, Gerbera, Lilien und im Sommer vielleicht Gladiolen und Dahlien gekauft. Heute bevorzugen die Leute in der Stadt Blumen, die eigentlich hinterm Haus auf der Wiese wachsen: Schlüsselblumen, Vergissmeinnicht, Veilchen, Wiesensalbei, Helmknabenkraut, Scharfgarbe, Natternkopf, Flockenblumen, Skabiosen, Spinnenragwurz.

Wäre der alte Florescu ein Mensch gewesen, der sich über solche Dinge Gedanken macht, hätte er es vielleicht interessant gefunden. Vielleicht hätte er zu seinem Sohn Aleksander gesagt: »Heute erkennt man einen wohlhabenden Städter daran, dass er für Dinge zahlt, die man früher gratis bekam.« Aber leider war der alte Florescu nicht besonders philosophisch veranlagt. Im Gegensatz zu seinem Sohn, der ein Master-Diplom in Amerika abgeschlossen und seither ununterbrochen von »Nachhaltigkeit«, »Klimafitness« und »Consumer Insights« redete. An seinem Vater perlten diese Begriffe allerdings ab wie der Inhalt einer Spritzpistole von einem Stahltresor. Er wich keinen Millimeter von seiner Rosen-Tulpen-Nelken-Strategie ab. Denn sie hatte ihn vom kleinen Marktstandler zum größten Rosenhändler am Blumengroßmarkt und Miteigentümer von mehr als einem Dutzend Wiener Blumengeschäften gemacht. Und manch anderer Dinge auch. Aber seinen kleinen Blumenstand am Brunnenmarkt mit dem Klapptischchen und der Marien-Ikone hatte er trotzdem nie aufgegeben. Es war sein Büro, sein Wohnzimmer und sein Zuhause seit 45 Jahren. Für ihn machte es keinen Unterschied, dass ihm inzwischen das Zinshaus neben seinem Blumenstand gehörte. Und das Zinshaus daneben ebenfalls. Genauso wie das vis-à-vis und überhaupt die halbe Brunnengasse.

Das alles hatte Anna Bernini schon erfahren, als sie den unscheinbaren Blumenstand am Brunnenmarkt noch nicht einmal gefunden hatte. »Eines der wichtigsten Dinge, die ein Polizist haben muss, ist ein guter Magen«, hatte der Oberst früher gerne gesagt. »Weil am meisten erfährst du bei einer Käsekrainer oder einer Burenwurst.«

Inzwischen haben sich die Zeiten allerdings geändert, und Anna Bernini hatte immerhin die Wahl zwischen einem Kebab-Stand, einem *Würstl-Eck* und einer *Wok-Insel.* Und überall stand groß dabei: »Vegane Speisen.« Aber Anna Bernini interessierte sich sowieso mehr für die Gäste als für die kulinarischen Angebote. Doch die waren kaum voneinander zu unterscheiden: Männer mit Schnurrbärten, Lederblousons, roten Gesichtern und Zigaretten zwischen gelben Fingern. Nur dass am Kebab-Stand auch eine kleine, drahtige Frau mit einer dunkelgrünen Schürze mit dem Aufdruck »Blumen-Hanni« stand und gerade herzhaft in ein üppig gefülltes Weißbrot biss.

Also stellte sich Anna Bernini ebenfalls am Kebab-Stand an und hoffte, zusammen mit einer kräftigen Vormittagsjause auch ein paar Informationen über den *Rosenkaiser* zu bekommen.

»Einen Veggie-Kebab. Aber bitte mit glutenfreiem Brot, ohne Zwiebeln, ohne Senf und ohne Essiggurke.« Offenbar, dachte Anna Bernini, bewirkt bereits ein einziger Besuch bei einer *TCM*-Ärztin, dass man mit dem Essen vorsichtiger wird.

Aber der Kebab-Stand-Besitzer zuckte nicht einmal mit der Wimper, sondern fragte sogar, ob sie ein Reisbrot oder lieber ein Buchweizenbrot hätte. Dabei hätte Anna Bernini ruhig einen Original-Döner-Kebab bestellen können, denn bevor sie auch nur ein einziges Mal in ihre vegane Vormittagsjause gebissen hatte, sind die Informationen schon geflossen wie die Rote-Rüben-Safran-Soße aus dem Buchweizen-Tofu-Kebab. So als hätten die umstehenden Blumen- und Gemüsehändler nur darauf gewartet, über die Florescus herzuziehen. Darüber, dass der Sohn nicht an einer teuren Privatuniversität einen »Master« in Irgendwas machen hätte können, wenn der Vater nicht so viel von seinem Geschäft verstanden hätte. Gut, die ungeheure Expansion, die der *Rosenkaiser* in den letzten 20 Jahren geschafft hatte, wäre bestimmt nicht mit Methoden passiert, die man auf einer Eliteschule lernt, ließen sie durchblicken. Und sicher waren sie insgeheim ein bisschen neidisch auf den Riesenerfolg, aber mehr noch bedauerten sie den Vater, dass er jetzt einen neunmalklugen Sohn hatte, der dauernd etwas von Modernisierung faselte. Sie hatten vielleicht keine 20 gutgehenden Filialen in halb Wien, dafür aber eine Ruhe von ihren Kindern. Und von der Finanzpolizei, die einem dauernd auf dem Schoß hockte.

Und mit jedem Bissen Vegan-Burger, den Anna Bernini aß, hatte sie mehr Informationen über das ungleiche Vater-Sohn-Duo zu verdauen. Vor ein, zwei Jahren, erzählten die Nachbarstandler, gründete der Sohn zusammen mit einem jungen Blumenhändler in der Praterstraße eine Biorosenfirma mit Blumen aus Rumänien. Seinem Vater zu Fleiß wahrscheinlich, mutmaßten die Nachbarstandler, denn die Rosen vom Alten stammten ja aus Afrika.

»Jede dritte bei uns verkaufte Rose kommt aus Kenia«, erfuhr Anna Bernini von der drahtigen Blumenhändlerin. »Ich verkaufe aber nur inländische Blumen. Da sind die Knospen zwar ein bisschen kleiner, aber dafür halten sie länger.«

»Naja, dafür möchte ich jetzt aber nicht die Hand ins Feuer legen, dass du nur inländische Blumen verkaufst«, grinste ein großer, hagerer Mann, der intensiv nach Fisch roch.

»Was soll das heißen?«, ereiferte sich die Blumenhändlerin sofort.

»Nichts«, versuchte ein gemütlicher, dicker Gemüsebauer aus dem Tullner Feld gleich zu kalmieren, »der Herr Kollege ist heute mit dem linken Fuß aufgestanden.« Er lachte scheppernd. »Aber die Kenia-Rosen, das sind schmutzige Blumen. Die riesigen Rosenfarmen verbrauchen das ganze Wasser. Und die kleinen Bauern verhungern.«

Anna Bernini nickte mit vollem Mund.

»Und dann die Umweltverschmutzung durch den Transport!«, gab der Kebab-Stand-Besitzer düster zu bedenken.

»Und dem jungen Florescu hat das nicht geschmeckt, oder?«, half Anna Bernini ihren Informanten wieder auf den richtigen Weg zurück.

»Er ist halt jung«, meinte der Gemüsestandler, »da glaubt man noch, man kann die Welt verändern.«

»Aber?«

»Aber dem Alten hat das erst recht nicht geschmeckt. Der wollte keine Konkurrenz im eigenen Haus haben.«

»Und?«

»Und so schnell hat der Junge gar nicht geschaut, hat ihn der Alte schon abgemurkst gehabt«, sagte die Blumenhändlerin grimmig lächelnd. Anna Bernini konnte nicht feststellen, ob sie mehr den jungen Florescu bedauerte oder den alten bewunderte.

»Was heißt das?«

»Naja, die Biorosen hat dem Jungen kein Blumenhändler abgenommen.« Die dunklen Augen der Blumenfrau leuchteten vor Vergnügen. »Alle hatten plötzlich ›keinen Bedarf‹. So ein Zufall, gell? Sogar, als der Junge mit dem Preis ordentlich heruntergegangen ist.«

»Und was ist dann passiert?«

»Keine Ahnung. Der Junge ist schon vor dem Konkurs gestanden, da hat der Alte plötzlich doch nachgegeben.«

Die Blumenhändlerin zuckte die Achseln.

»Was weiß man. Vielleicht hat ihn die neue Schwiegertochter umgestimmt. Auf die soll der Alte sehr große Stücke halten. Bevor sie den Jungen geheiratet hat, war sie ja seine Sekretärin.«

»Und noch davor war sie Miss Siebenbürgen«, grinste der Gemüsehändler vielsagend. Er entblößte eine Reihe kleiner gelber Zähne und kicherte, dass es Anna Bernini ganz kalt über den Rücken lief.

Als sie wenig später den Florescu-Blumenstand gefunden hatte, sind ihr aber interessanterweise die Gemeinsamkeiten zwischen Vater und Sohn mehr ins Auge gestochen als die Unterschiede. Genauso wie es einem geht, wenn man als Fremder eine Familie kennenlernt. Zum Beispiel liebten beide Florescus Düfte. Wenn einem in einem Meer von Rosen, Tulpen, Nelken und Lilien noch ein Herrenparfum auffallen kann oder der Geruch von Haargel oder von mir aus von Bartwichse, darf nämlich nicht wenig davon verwendet worden sein. Natürlich hätte der junge Mann, der gleichzeitig in sein Smartphone sprach und sich freundlich lächelnd zu Anna Bernini umdrehte, sofort jede Duftähnlichkeit mit seinem Vater, der am Nachbarstand einen außerordentlich breitschultrigen Mitarbeiter zusammenstauchte, geleugnet. Und wenn sie behauptet hätte, dass Vater und Sohn auch Ähnlichkeiten im Kleidungsstil zeigten, hätte er vielleicht einen Depressionsanfall bekommen. Denn was haben die breiten Goldhalsketten und funkelnden Armbänder seines Vaters mit seinen Freundschaftsbändchen aus veganem Lederersatz zu tun? Oder mit dem Bergkristall, den er um den Hals hängen hat? Außer die Freude vielleicht, mit der die beiden damit herumstolzierten. Noch mehr hätte man den jungen Mann nur beleidigen können, wenn man ihm gesagt hätte, dass sein gut gepflegter Hippster-Vollbart und der üppige dunkle Zopf, der ihm auf die Schulter fiel, nur die Negativvariante des väterlichen Kahlschädels war. Aber das wäre vielleicht auch überinterpretiert gewesen. Und endgültig am Boden zerstört wäre der Bobo-Florist natürlich gewesen, wenn er gewusst hätte, dass Anna Bernini sich dachte, dass Vater und Sohn ihre Geschäfte auf genau dieselbe Art führten. Nämlich mit dem Handy am Ohr. Denn der Sohn hätte natürlich eher seine gesamte Facebook-Freunde-Liste gelöscht als den *Nokia*-Prügel seines alten Vaters auch nur mit den Fingerspitzen berührt.

Anna Berninis Gedanken waren, als sie den mickrigen Blumenstand mit dem Klapptischchen, der Ikone, den Plastikrosen und den beiden nach Parfum duftenden Florescus betrachtete, nicht ganz so vorurteilsfrei, wie sie vielleicht hätten sein sollen. Vor allem nicht, wenn sie die zwei muskulösen Blumenhändler-Angestellten mit einbezog, die links und rechts neben dem Klapptischchen standen. Für Anna Bernini sahen sie so aus, als hätten sie ihre Ausbildung nicht in einer Gärtnerei, sondern irgendwo in den rumänischen Bergen absolviert. Und auch nicht gerade im Blumen-Züchten sondern eher im Geschäftspartner-Züchtigen. Die Arbeitskleidung hatten die beiden Angestellten offenbar bei einem teuren Herrenschneider gekauft. Obwohl man mit dem feinen Tuch fast Mitleid hätte haben können, so einer gewaltigen Spannbelastung war es an den Oberarmen und Schultern ausgesetzt. Anna Bernini konnte sich gut vorstellen, dass sie 20 Kilo-Blumenerde-Säcke schupften wie andere Menschen Wollknäuel. Ob sie mit feinem Seidenpapier und zarten Schleifchen ebenso gut zurechtkamen, war schon ein bisschen weniger wahrscheinlich. Vorurteile bildet man ja unbewusst. Angeblich braucht der Mensch nur eine Zehntelsekunde, um sein Gegenüber einzuschätzen. Und eine Polizistin, die schon seit ein paar Jahren im zweiten Wiener Gemeindebezirk tätig ist, braucht vielleicht nur eine Hundertstelsekunde, um sich zu denken: Die *Florescu-Company* verkauft vielleicht Blumen. Aber ihr Geschäft macht sie mit etwas ganz anderem. Allerdings darf man nicht auf seine eigenen Vorurteile hereinfallen. Ein Mörder kann zehnmal wie ein Mörder aussehen, aber beim elften Mal erwischt man einen, der wie ein Pfarrer aussieht. Oder umgekehrt.

Als Anna Bernini Aleksander Florescu ihren Dienstausweis gezeigt hatte, beendete er sein Telefonat sofort. Sie hätte gerne gewusst, ob sich beim jungen Mann die Gesichtsfarbe verändert hatte. Oder der Gesichtsausdruck. Aber das ist bei einem Vollbart natürlich schwierig. Vor allem, wenn der Rest von einer riesigen verspiegelten Sonnenbrille bedeckt ist. An seinen Augen konnte Anna Bernini also auch nichts ablesen. Außer, dass die Frau, die vor ihm stand, langsam Tränensäcke bekam, von den Schlaftabletten vielleicht, dachte Anna Bernini.

»Bernini?«, sagte der junge Florescu mit einem verbindlichen Lächeln. »Wie der Komponist, oder?«

»Nein, der Bildhauer.«

»Ach, ich dachte, er war Komponist.«

Zu seiner Entschuldigung muss man sagen, dass der Juniorchef in Amerika etwas Wirtschaftliches studiert hatte.

»Sie führen zusammen mit Sebastian Bauer die Biorosenfirma *FLORO*?«

»Ja und?«

So ein barscher Tonfall passte gar nicht zu dem sensiblen Mund des jungen Florescu. Das lag allerdings daran, dass die Antwort vom alten Florescu kam. Oder sagen wir so: Es muss der alte Florescu gewesen sein, obwohl es geklungen hat, als würde Sarastro aus einem zwei Meter tiefen Brunnenschacht sprechen. Anna Bernini drehte sich um. Der alte Florescu saß hinter seinem Klapptischchen auf einem Klappsessel. Das war allerdings eine Vermutung, denn die Sitzfläche war unter seinem gewaltigen Hinterteil verschwunden. Er trug als einziger anwesender Mann keine Sonnenbrille und keinen Maßanzug. Der Chef einer multinationalen Ölfirma trägt ja auch nicht sein Firmen-Logo spazieren. Dafür hat er schließlich seine Verkäufer, Fahrer und Lagerarbeiter.

»Ihr Kompagnon, Sebastian Bauer, wurde heute in der Früh in seinem Geschäft in der Praterstraße tot aufgefunden.«

Nicht, dass Anna Bernini gesehen hätte, dass Aleksander Florescu erblasste, aber sie hätte schwören können, dass die Sonnenbrille vorher nicht so tiefschwarz aus seinem Gesicht herausgeleuchtet hatte.

»Na und?«, ertönte wieder der Florescusche Bass hinter ihr.

Doch Anna Bernini wandte sich diesmal nicht um. Sie hielt den Blick starr auf das Gesicht seines Sohnes gerichtet. Darin rührte sich eigentlich nichts. Aber Anna Bernini hatte scharfe Augen. Sie registrierten auch das winzigste Lippenzucken, das leiseste Nasenflügelbeben und das verhaltendste Atem-Anhalten.

»Von wem haben Sie es erfahren?«, fragte sie ruhig.

»Von Gabriela«, sagte er schnell, bevor sich Sarastro auch nur räuspern konnte. »Gabriela Bauer. Sie hat vorhin angerufen.«

Anna Bernini schaute sich um. »Können wir uns irgendwo allein unterhalten?«

»Wir haben keine Geheimnisse in Familie«, brummte der Alte.

»Wissen Sie von irgendwelchen Feinden, die Ihr Kompagnon hatte? Hat er je erzählt, dass er bedroht wurde?«, fragte Anna Bernini, ohne den Alten zu beachten.

Der junge Florescu schluckte. Anna Bernini sah, wie sich sein Adamsapfel auf und ab bewegte. Aber es wirkte trotzdem so, als steckte das, was er da hinunterschlucken wollte, immer noch in seinem Hals. Anna Bernini würgte es fast beim Zuschauen.

»Gab es irgendwelche geschäftlichen Schwierigkeiten?«, fragte sie weiter. Aleksander Florescu warf seinem Vater einen fragenden Blick zu.

»Können Sie das nicht ohne Ihren Vater beantworten?«

Der junge Florescu wurde rot. »Doch. Natürlich! Ich meine: Nein, die gab es nicht.«

»Wie ist es überhaupt zu dieser Geschäftsbeziehung zwischen Ihnen beiden gekommen?«

»Da ist eigentlich nichts Geheimnisvolles.«

»Und uneigentlich?«

Aleksander Florescus Blick zuckte zu den Blumenverkäufer-Bodyguards, die inzwischen einen nervösen Tick bekommen hatten, der ihre dicken, mit breiten Goldringen geschmückten Hände immer wieder in Richtung Hosentaschen fahren ließ.

»Stimmt es, dass Ihre Firma *FLORO* in den ersten Monaten Absatzschwierigkeiten hatte?«, fragte Anna Bernini und drehte sich zum Alten um.

»Alles nur Gerüchte von Neidern.«

»Das werden wir schon herausfinden, wenn es etwas zum Herausfinden gibt«, sagte Anna Bernini.

Der alte Florescu starrte Anna Bernini an, als wollte er sie durchbohren. Aber Anna Bernini hat noch nie ein Niederstarrduell verweigert. Deshalb dachte sie auch jetzt nicht daran, die Lider zu senken. Bestimmt hätte sie das Blickduell auch gewonnen, wenn sie nicht durch ihren Handyklingelton aus der Konzentration gerissen worden wäre. Anna Bernini hatte abgehoben, ohne vorher auf das Display zu schauen.

»Sprechen mit Anna Bernini?«, fragte eine unbekannte junge Frauenstimme.

»Ja«, sagte Anna Bernini und wartete gespannt.

»Sie holen Rezept heute?«, fragte die Stimme. »Chinesisches Medizin?«

Anna Bernini brauchte ein paar Sekunden, um zu begreifen. Und noch ein paar, um ein bisschen in Panik zu geraten. Vielleicht steckte hinter dem Anruf ihre Tiroler Schwester, die sie kontrollieren wollte. »Ah, die Kräuter! Natürlich!«, rief sie. »Ja, vielleicht«, sagte sie, obwohl sie im Stillen schon an einer Notlüge arbeitete, warum sie heute noch keine Zeit haben würde, die Kräuter abzuholen. »Danke! Auf Wiederhören!«

»Warten! Medizin dringend!«

Anna Bernini war ein paar Schritte von den Florescus weggegangen. Jetzt stand sie hinter dem Markstand der *Blumen Hanni*. Ihr Blick fiel auf einen Blumenkübel mit der Aufschrift »Bloemes Leiden«. Aha, dachte Anna Bernini, von wegen »nur heimische Blumen«.

Sie schob ihr Smartphone wieder in die Tasche und kehrte zum Florescu-Stand zurück. Dort fand sie allerdings nur mehr die Sonnenbrillenträger vor. Der Vater sei zum Mittagessen nach Hause gegangen, erfuhr sie von seinem Sohn.

»Mein Vater fürchtet nichts mehr als den Zorn meiner Mutter.«

Sein leichtes Lächeln übertrug sich sogar auf die menschlichen Bulldoggen am Nebenstand und auch Anna Bernini musste sich gegen ein Verbrüderungslächeln wehren. Da sieht man wieder einmal, dass kollektive Ängste unter Umständen auch zur Völkerverständigung beitragen können.

»Junior nix machen eigenes Geschäfte«, mischte sich zur Überraschung aller plötzlich eine der Bulldoggen in das Gespräch ein. »Geschäfte nur altes Florescu.«

Das ist das Problem bei einer fremden Sprache. Man kennt nicht genug Wörter, um einen brutalen Sprechinhalt durch ein paar nette Wörter abmildern zu können. Dafür kann man sich auch im Gegenzug den verächtlichen Tonfall ohne Weiteres sparen. Die Bulldogge versuchte sogar ein Lächeln. Aber dem jungen Florescu war das Blut so heftig in die Wangen geschossen, als hätte ihn jemand mit Farbe übergossen. Anna Bernini konnte gar nicht anders als auch zu erröten. Trotzdem fragte sie: »Wo waren Sie heute zwischen 3 und 4 Uhr in der Früh?«

Beide Männer antworteten gleichzeitig.

»Zu Hause!«

»Das kann meine Frau bezeugen!«, setzte Aleksander Florescu hinzu.

Anna Bernini lächelte nur schwach und wandte sich zum Gehen. Sie sah so deutlich, als hätte sie im Rücken Augen, die Steine, die den zwei Männern vom Herzen fielen. Und als sie sich nach ein paar Schritten noch einmal umdrehte, ertappte sie vier Sonnenbrillengläser dabei, wie sie auf ihren Rücken gerichtet waren, als könnten sie die zehn Gebote davon ablesen.

»Ich habe noch eine Bitte«, sagte sie zum jungen Florescu, der sich nicht rührte. »Würden Sie mir eine Rose schenken?«

Das Lächeln, das sich jetzt über die Züge des jungen Florescu ausbreitete, war so strahlend, dass sich Anna Bernini auch fast eine Sonnenbrille gewünscht hätte. Mit einer anmutigen Verbeugung überreichte er ihr die schönste rote Rose am ganzen Florescu Stand. »Und noch eine von meinen Biorosen bekommen Sie auch. Dann werden Sie feststellen, dass meine Rosen länger halten als die meines Vaters«, bemerkte er spitzbübisch.

Anna Bernini nahm ihm beide Rosen ab, natürlich um sie mit ins Labor zu nehmen. Aber sie war nicht sehr optimistisch, dass die Untersuchung viel ergeben würde. Welcher Mörder würde die Beweismittel schon so freudig der Polizei aushändigen. Gerade, als sich Anna Bernini endgültig verabschieden wollte, fiel ihr noch etwas ein.

»Jetzt habe ich noch eine Bitte! Nehmen Sie doch Ihre Sonnenbrille ab!«

Der junge Florescu wusste auch, dass »Bitte« nur ein höflicher Ausdruck war für: Jetzt sofort Sonnenbrille abnehmen, sonst werde ich ungemütlich! Deshalb zögerte er auch nur den Sekundenbruchteil, den auch ein Verkehrt-gegen-die-Einbahn-Radler braucht, um beim Auftauchen eines Polizisten abzusteigen.

Anna Bernini sah jetzt nicht, wie erwartet, Augen, die so schwarz waren wie die des Vaters und wahrscheinlich des Vaters des Vaters und des Vaters des Vaters des Vaters bis zurück zum ersten Florescu. Sondern blaue Augen. Besser gesagt ein blaues Auge, das aber so groß war, dass es für zwei gereicht hätte. Anna Bernini wies darauf. »Woher haben Sie das?«

»Autotür«, antwortete der junge Mann, als versuche er, durch die Kürze der Antwort die Gefahr, des Schwindelns überführt zu werden, zu verringern. Aber da wäre es besser gewesen, er hätte die Sonnenbrille vorher wieder aufgesetzt. Denn die Lüge stand jetzt so groß in seinen Augen, dass das blaue Auge dagegen schon wieder winzig gewirkt hat.

KAPITEL 10

Das Psychologiestudium und Anna Bernini sind leider nicht sehr lange miteinander ausgekommen. Das war nicht unbedingt die Schuld vom Psychologiestudium. Vielleicht auch nicht die Schuld von Anna Bernini. Mit 18 sind manche Menschen eben noch zu sehr auf der anderen Seite der Psychologie. Und da dauert es ein paar Semester, bis man draufkommt, dass man gar nicht wissen will, welche Gehirnaktivitäten bei einer Morgendepression beteiligt sind, sondern nur, wie man sie loswird. Solche jugendlichen Verwechslungen sind ja gang und gäbe. Wahrscheinlich wären auch die Hörsäle auf Germanistik- oder Kunstgeschichteinstituten halb leer, wenn alle zu Hause blieben, die eigentlich Schriftsteller oder Künstler werden wollen. Natürlich kann man das nicht auf alle Berufsfelder übertragen. Bei Polizisten ist es zum Beispiel anders. Niemand macht die Aufnahmeprüfung in einer Polizeischule, weil er eigentlich Verbrecher werden will. Aber auch Polizisten haben ihre Momente, wo sie einmal die Regeln einen guten Mann sein lassen wollen. Deshalb ist es gut, wenn es Orte gibt, an denen sie ein bisschen anders sein können, als es die Vorschrift eigentlich erlaubt.

Für solche Zwecke hatten die Polizisten in der Leopoldsgasse das *Café Vis-à-Vis*. Das war genau vis-à-vis vom Landeskriminalamt. Wenn die Kriminalbeamten aus ihrem Bürogebäude hinausgingen, fielen beim Überqueren der Straße ein paar zivilisatorische Schichten von ihnen ab. Zum Beispiel das Gendern. Oder das Teamworken. Ins *Vis-à-Vis* gingen sie aber auch, wenn sie einmal in Ruhe ein bisschen streiten oder Kollegen ausrichten wollten. Kein Wunder also, dass im *Vis-à-Vis* eher die Charaktereigenschaften hervorkamen, die vis-à-vis vom allerbesten Benehmen angesiedelt waren.

Es war schon nach 20 Uhr, als Anna Bernini mit Inspektor Stammer, Inspektor Schramek und Miss Biggy das Lokal betrat. So lange hatte es nämlich gedauert, bis es ihr gelungen war, den Oberst abzuschütteln. Als sie nach ihrem Ausflug zum Brunnenmarkt ins Büro gekommen war, hatte der Oberst bereits auf sie gewartet. Miss Biggy hatte er mit seinem ungeduldigen Auf- und Abmarschieren auf dem Gang schon so nervös gemacht, dass sie nahe daran war, ihn in sein Büro zurückzuschicken. Mit seinen hochgezogenen Schultern und den langen dünnen Beinen erinnerte er ein bisschen an eine Bachstelze. Als er Anna Bernini endlich am oberen Treppenabsatz auftauchen sah, stürzte er auf sie wie auf einen besonderen Jungforellen-Leckerbissen.

»Wie gut, dass ich Sie sehe! Gerade hat mich jemand vom Fernsehen angerufen.«

Anna Bernini wäre gern einfach in ihrem Büro verschwunden. Aber natürlich war es besser, das Mediencoaching gleich hinter sich zu bringen. Das ist wie bei einer Zahnbehandlung: Vom Aufschieben wird der Schmerz auch nicht kleiner.

Den Oberst davon zu überzeugen, dass er die dürftigen

Neuigkeiten zum *Rosenfall* heute lieber seinem Pressesprecher überlassen und seinen großen Auftritt auf morgen verschieben sollte, kostete Anna Bernini eine Dreiviertelstunde. Wobei die Netto-Überredungszeit eigentlich nur zwei Minuten gewesen war. Die restlichen 43 Minuten vergingen mit Spekulationen über den Fall. Natürlich nicht über den aktuellen Fall. Seit seinem Schlaganfall lebte der Oberst mehr in der Vergangenheit. So erzählte er Anna Bernini jedes Detail aus den spannenden Kriminalfällen der frühen 80er-Jahre. Nicht zum ersten Mal allerdings. Aber man muss zugeben: Der Oberst war ein begnadeter Erzähler. Schließlich wurde er aber doch endlich zu einem dringenden Termin abberufen. Kann sein, dass dieser Termin etwas mit einem verstopften Ausguss in seiner Villa in Döbling zu tun hatte.

Die Stimmung in der Mordgruppe Bernini war leider auch sehr angespannt. Die Sympathie zwischen den beiden Streithähnen Schramek und Bernini ist durch acht Stunden getrennte Ermittlungen leider auch nicht gewachsen. Dafür haben sich die Überzeugungen noch weiter auseinanderentwickelt. Inspektor Schramek hätte Andreas Zaucher am liebsten noch im Krankenhaus verhaftet, vernehmungsunfähig hin oder her, Anna Bernini hingegen fand, dafür reichen die Beweise noch nicht. Und bevor die beiden ihre Argumente per Dienstpistole austauschten, hatte Miss Biggy das *Café Vis-à-Vis* vorgeschlagen.

Bevor sie dorthin aufbrachen, hatte Anna Bernini noch in der Gerichtsmedizin angerufen. Doktor Kramer hatte sofort abgehoben. Anna Bernini mochte den brummigen alten Mediziner, obwohl er manche Kollegen mit seiner wortkargen Art oft ein bisschen zur Verzweiflung brachte. Er war eben ein Mensch, der die gesprochene Sprache wie wertvolles Porzellan benutzte: selten. Dafür waren seine schriftlichen Berichte die ausführlichsten der ganzen Gerichtsmedizin.

»Herztamponade«, hatte er gleich nach »Hallo« gesagt.

Anna Bernini hatte nicht nachfragen wollen, was das heißt. Wozu gab es Suchmaschinen. Stattdessen hatte sie nur präzisiert: »Das war die Todesursache?«

Das Schweigen in der Leitung hatte sie als Nicken gedeutet, sprich: Bejahung.

»Was ist mit der Verletzung am Hinterkopf?«

»Hinterhauptbein gebrochen, viel Blut verloren.«

»Kampf?«, hatte sich jetzt auch Anna Bernini kurzgehalten.

Wieder hatte Doktor Kramer nichts gesagt, sprich: ja.

»Haben Sie sonst noch Kampfspuren gefunden?«

»Bluterguss an der rechten Hand.«

»Faustschläge?«

Doktor Kramers Schweigen hatte Anna Bernini wieder als Zustimmung gedeutet.

»Haben Sie fremde DNA gefunden?«

Schweigen. Aber dieses Mal, dachte Anna Bernini, könnte es außer »ja« auch »nein« heißen oder: »Das weiß ich noch nicht.«

»Was hat der Blutbefund ergeben?«

»Kommt morgen.«

»Hm«, hatte Anna Bernini gemacht und gewartet, dass Doktor Kramer, wie üblich, auflegt. Dass er das nicht gemacht hatte, war auffällig. Also hatte auch Anna Bernini noch ein bisschen gewartet.

»Er war Linkshänder«, war Doktor Kramer schließlich mit dem herausgerückt, was er offenbar noch loswerden wollte.

»Wer? Der Täter?«, hatte Anna Bernini nachgefragt.

Aber da hatte es schon in der leeren Leitung getutet. Also »ja«, hatte Anna Bernini gedacht und ebenfalls aufgelegt.

Ein paar Minuten später betrat die Gruppe Bernini das *Café Vis-*à-*Vis*. Rasch durchquerte sie den fast leeren Gastraum. Das heißt, dem Kollegen Schramek musste Anna Bernini natürlich eine Extraeinladung schicken. Er war nämlich – wie üblich – bei ein paar Polizistinnen hängen geblieben, obwohl sie extra ins Kaffeehaus gegangen waren, um endlich einmal vis-à-vis der dummen Sprüche ihrer Kollegen eine Melange zu trinken. Aber natürlich konnte es einem auch passieren, dass man im *Vis-à-Vis* vom Regen in die Traufe kam. Zeig mir die Situation im Leben, in der das nicht so ist.

Das muffige, nach Nikotin stinkende Extrazimmer wäre natürlich in jedem anderen Lokal das gewesen, was es in Wirklichkeit war: der Vorraum zu den Toiletten. Aber im *Vis-à-Vis* war eben alles verkehrt. Da war das kleine Extrazimmer die eigentliche Attraktion, und zwar, weil man hier ungestraft rauchen konnte. Nirgends, sagte der Wirt immer, ist man sicherer vor einer Strafanzeige, als wenn die Gesetzes-Übertreter Polizisten sind. Deshalb war das Extrazimmer immer als Erstes voll. Während man im großen Gastraum getrost Staatsgeheimnisse auspacken hätte können, wurde so mancher Personalvertreter nur deshalb bei der Wahl wiedergewählt, weil er mit den richtigen Leuten im Extrazimmer gesessen ist.

Die Mordgruppe Bernini setzte sich geschlossen an einen großen Tisch. Besser gesagt: Gesetzt haben sich nur drei Personen, eine hat sich hingelegt. Anders kann man das nicht nennen, was Inspektor Schramek mit seinem großen, schweren Körper gemacht hat. Obwohl er sich nicht genau in die Horizontale begab, sondern in die Schräge. Lümmeln sagt man eigentlich dazu.

»Also, was haben wir?«, fragte Anna Bernini munter in die Runde. Denn, alte Führungskräfteentwicklungsweisheit: Verhalte dich immer so, wie du willst, dass sich deine Leute verhalten. Möglich, dass das ursprünglich ein Philosoph gesagt hat. So oder so halten sich die wenigsten daran. Schon gar nicht im *Café Vis-a-Vis*.

»Mmm Mmmm Mmmord …«, begann Inspektor Stammer und brach nach einer schmerzhaft langen Pause ab. Wenn in einem Weinkeller die Kohlenmonoxidkonzentration zu hoch ist, erwischt es als erstes die Kleinsten. Im Extrazimmer des *Café Vis*-à-*Vis* war die Grantkonzentration zu hoch, und erwischt hat es als Erstes den Jüngsten.

»Mordopfer, Mordzeitpunkt und das Mordwerkzeug sind bekannt«, vollendete Inspektor Schramek den Satz mit einem Unterton wie ein brennendes Streichholz, das man in ein Benzinfass fallen lässt. Aber Anna Bernini dachte gar nicht daran zu explodieren. Zumindest noch nicht. Aber wenn Blicke bei Inspektor Schramek etwas bewirkt hätten, hätte er zumindest Magenschmerzen bekommen müssen. Stattdessen schien es ihm besser denn je zu gehen. So wie er dalümmelte, mit dem neuesten Tablet auf seinem Bauch, wirkte er, als läge er gemütlich zu Hause auf seinem Sofa.

Miss Biggy zündete sich eine Zigarette an und stieß den Rauch so heftig aus der Nase, als ginge es darum, Löcher in die dicke Luft zu bohren, die ihre Kollegen verbreiteten. Die Kellnerin kam jetzt mit einem Tablett voller *COP*s herein. Ein *COP* war eine Mischung aus *Cola* und *Pimm's* und stammte noch aus der Zeit, als das *Vis-à-Vis* einem Engländer gehörte. Natürlich trinken Polizisten im Dienst keinen Alkohol. Aber im *Vis-à-Vis* war eben alles anders.

»Ja«, sagte Anna Bernini, bemüht, die Grantkonzentration etwas zu senken. Schwierig, wenn man selbst zu den größten Produzenten des gefährlichen Gases gehört. »Mordwerkzeug wissen wir. Aber noch haben wir keine ausgewerteten Daten dazu.«

Inspektor Schramek, der nicht aufgehört hatte, auf sein Tablet zu starren, zuckte die Achseln.

»Zzzz-, Zzz-zzeu …«, versuchte Inspektor Stammer jetzt noch einmal, die Stimmung aufzuhellen. Aber wieder kam er nicht weiter. So etwas tut einem ja weh beim Zuschauen. Es sei denn, man wäre Inspektor Schramek. »Zeugen gibt's dafür auch«, gähnte er, ohne von seinem Tablet aufzuschauen.

»Dddder Mmmm Mmm …«, gab Inspektor Stammer nicht auf. Da muss man sagen: Hut ab, das ist genau die Hartnäckigkeit, die man als guter Polizist braucht.

»Der Mörder ist uns bekannt«, brummte Inspektor Schramek in sein Doppelkinn und gähnte so herzzerreißend, als wäre er gezwungen worden, einer sechsstündigen Wagneroper beizuwohnen. Natürlich dachte Anna Bernini: Bestimmt lasse ich mich nicht vom Schramek provozieren. Aber selbst im Extrazimmer ist ein *COP* noch nie so schnell eine Kehle hinuntergeronnen. Geschmacklich war er gewöhnungsbedürftig, aber gegen einen aufsteigenden Blutrausch gab es nichts Besseres.

»Ach«, sprang jetzt Miss Biggy ein, »du meinst den Zeugen, der auf der Psychiatrischen liegt und nicht mehr weiß, wie er heißt?« Sie kniff die Augen zusammen und betrachtete den Kollegen durch den Rauch ihrer frisch angezündeten Zigarette wie eine Fliege auf dem Küchentisch. Noch nicht bereit zuzuschlagen, aber wehe, sie krabbelt in die Obstschüssel. So ein Blick lässt auch einen Inspektor Schramek nicht ganz kalt. Aufgesetzt hat er sich zwar nicht, aber wenigstens bemühte er sich um eine ausführlichere Antwort: »Naja, wir haben ihn bei der Leiche gefunden, und Zeugen sagen aus, dass sie ihn kurz vorher mit dem Mordopfer streiten gesehen haben. Anderswo würde man sagen: Das ist schon ein bisschen verdächtig«, gähnte Inspektor Schramek mit weit aufgerissenem Maul und gab dabei ein sehr unfeines Geräusch von sich.

»Ja, nur dass wir einer dieser Zeuginnen vor 15 Jahren den Führerschein abgenommen haben, weil sie ein Auto nicht mehr von einem Bügelbrett unterscheiden konnte«, konterte Miss Biggy.

»Es gibt auch die Aussage vom Party-Gastgeber«, maulte Inspektor Schramek und versuchte wieder zu gähnen, aber unterdrückter Ärger ist natürlich schlecht für die Entspannung.

»Ja, da hast du recht«, gab Miss Biggy zu. »Allerdings haben die Kollegen inzwischen noch 21 Partygäste befragt.« Miss Biggy setzte ihre Lesebrille auf und spähte durch die Rauchschwaden auf ein paar Zettel hinunter. Obwohl sie die beste IT-Spezialistin des Landeskriminalamts war, weigerte sie sich stur, sich von der Besoldungsstelle ein Tablet zu holen. »Die Angaben variieren zwischen: ›Die beiden sind gleichzeitig um 1 Uhr weggegangen‹«, las sie laut vor. »Bauer ist um 1 Uhr gegangen, Zaucher um 3 Uhr, Bauer um 2 Uhr, Zaucher um 4 Uhr, Bauer um 1.30 Uhr, Zaucher um 5 Uhr.« Sie sah kurz auf. »Das geht so weiter bis zu: Zaucher ist um 2 Uhr gegangen, Bauer um 7 Uhr. Nur, dass er da schon drei Stunden tot war.«

»Und diese ›Zeugen‹ waren alle stocknüchtern und im Vollbesitz ihrer Urteilskraft!«, grantelte Inspektor Schramek. »Außerdem: Wie erklären wir uns, dass Andreas Zaucher mit dem Mordopfer eingeschlossen war?«

»Noch gar nicht, weil wir warten müssen, bis er vernehmungsfähig ist«, schnappte Anna Bernini gereizt zurück. »Und wenn wir schon dabei sind: Ich mache dich persönlich dafür verantwortlich, dass der Zaucher in seinem Krankenbett keine Sekunde aus den Augen gelassen wird.«

»Was, willst du, dass ich mich vor die Tür stelle?«, bellte Inspektor Schramek.

»Wenn du es nicht schaffst, das anders sicherzustellen, von mir aus!« Anna Bernini bebte vor Wut und hoffte inständig, dass sich der braune Vorhang bald teilen und die Kellnerin zwecks Bestellung weiterer *COP*s erscheinen würde. Für ein paar Sekunden herrschte ein Schweigen, an dem man seine

Messer wetzen hätte können. Anna Bernini holte tief Luft und wandte sich Inspektor Stammer zu: »Und was hat die Klingeltour gebracht? Was sagen die Nachbarn der Bauers?« Und ich muss sagen: Wenn Inspektor Stammer wie der junge Florescu verspiegelte Sonnenbrillen getragen hätte, wäre Anna Bernini erschrocken gewesen, wie sehr sie in diesem Moment ihrer Volksschuldirektorinnen-Schwester glich.

Inspektor Stammer wich Inspektor Schrameks Blick aus. »Vvvvvielleicht hatte Ggggabbbriela Bbbbauer eine Aaaafföre ggggehabt.«

Glücklicherweise erschien in diesem Moment die Kellnerin, und Anna Bernini bestellte gleich noch einen *COP*. Zwei *COP*s wären ihr lieber gewesen, aber die Genugtuung, vor Inspektor Schramek als die Stressalkoholikerin dazustehen, die sie in Wirklichkeit war, wollte sie ihm nicht gönnen.

»Eine Nnnnnachbbbarin hat das aaausgesagt. Ein Mmmman ist aaaaus iiiihrer Wohnnnnnung gggggekommen. Zwischen zzzwwwei und ddddrei U-u-u-u-uhr mmmorgens.«

Alle bis auf Inspektor Schramek starrten konzentriert auf Inspektor Stammer, als wäre er ein Stuntman, der gerade an einem sich selbst aufreibenden Seil über einer Felsklippe hängt. Man würde ihn gerne heraufziehen, aber dann reißt womöglich das letzte Fädchen.

Anna Bernini holte tief Luft: »Wie hat er ausgesehen?«

»Fffffesch, sssssssagt sie.«

»Fesch wird dem Zeichenprogramm halt nichts sagen.«

»Eeeeeiinsffffffünfundachzig, schschschschlank, ggggeww...«

»Gewellte Haare, schwarzer Bart«, sagte Anna Bernini resigniert.

Inspektor Stammer muss froh gewesen sein, dass er endlich einmal nur nicken musste.

»Kannte sie ihn?«

Inspektor Stammer nickte wieder.

»Kauft sie bei ihm Blumen ein?«, fragte Anna Bernini ahnungsvoll.

Inspektor Stammer nickte immer noch.

»Ist es der Besitzer das *BlueMan* in der Praterstraße?«

Inspektor Stammer starrte seine Chefin ungläubig an.

»Xaver Hochegger.«

Sich innerlich auf das Schlimmste einzustellen, bedeutet etwas ganz anderes, als damit fertig zu werden, wenn es eintritt. Wenigstens tauchte jetzt die Kellnerin mit den bestellten *COPs* auf. Anna Bernini musste sich zusammenreißen, den ihren nicht wieder in einem Zug zu leeren.

Inspektor Stammer hatte die kurze Unterbrechung offenbar gereicht, um neuen Mut zu sammeln. Denn kaum war der schwere Vorhang hinter der Kellnerin zugefallen, begann er von Neuem: »Ich hhhhhhabe mir ggggedacht, dass ich ddddas vielleicht ü-ü-ü-ü-ü-berprüfe. Bbbbbei sssssseinen Nnnnnachbarn.«

Anna Bernini, die inzwischen ebenso verschwommen gesehen, wie Inspektor Stammer geredet hat, nickte vage in seine Richtung. Dabei wurde der junge Inspektor Stammer so rot, als hätte er gebeichtet, dass er während der Arbeitszeit ein Bordell besucht hatte.

»Dddder Hochegger www wwwar iiiii iiiiiin«, begann Inspektor Stammer in einer nicht sehr vielversprechenden Geschwindigkeit.

»Der Hochegger war in der Bauer!«, wieherte Inspektor Schramek.

Der junge Kriminalbeamte schwieg betreten. Selbst für *Café Vis-à-Vis*-Verhältnisse war die Mordgruppe Bernini jetzt knapp vor einer Schlägerei. Und wer weiß, wie es ausgegangen wäre, hätte nicht Miss Biggy die Regie übernommen.

Sie brachte Inspektor Schramek mit einem einzigen Blick dazu, auf der Stelle um 30 Zentimeter zu schrumpfen. Dann wandte sie sich mit einem nicht viel weniger einschüchternden Gesichtsausdruck an Inspektor Stammer, drückte ihm ihre Zigarette in die Hand und kommandierte: »Rauchen!«

Der perplexe Inspektor Stammer tat, wie ihm geheißen. Er zog fest an Miss Biggys filterloser schwarzer *Gauloise*, kein Mensch weiß, woher sie diese Zigaretten bezog, wahrscheinlich aus dem Darknet, und erzählte unter Husten und Keuchen, was er herausgefunden hatte. Xaver Hocheggers Katze, berichtete er, sei in der Nacht zur Nachbarin gelaufen. Das mache sie oft. Die Nachbarin habe extra dafür eine Katzenklappe anbringen lassen. In der Früh bringe die Nachbarin die Katze dann immer zurück. Nach einem weiteren Zug aus Miss Biggys *Gauloise*, die interessanterweise auch einen leichten Duft von Cannabis verströmte, wurde das Keuchen leiser und das Stottern versiegte. Die Nachbarin habe dafür sogar einen Schlüssel. Xaver Hochegger sei nämlich oft verreist. Deshalb wisse sie genau, dass Xaver Hochegger die letzte Nacht nicht in seinem Bett verbracht hatte.

Als Inspektor Stammer mit seinem Bericht zu Ende war, trat Schweigen ein. Anna Bernini versuchte zu schlucken. Aber das ist schwierig, wenn die Kehle trockener ist als eine ganze Zementfabrik.

»Dann werden wir die beiden wohl für morgen zu uns bestellen«, sagte Miss Biggy und notierte etwas auf ihren Zetteln. Inspektor Schramek, der während der ganzen Rede weder seine Lümmelposition noch seinen betont desinteressierten Gesichtsausdruck aufgegeben hatte, feixte. »Eigentlich kein Wunder, dass die Gattin fremdgeht, wenn der Ehemann lieber Männer pud…«

Weiter ist er nicht gekommen, denn während die vis-à-vis-Anna Bernini noch mit dem Gedanken gespielt hat, Inspektor

Schrameks Sesselbeinen einen kleinen Stoß zu versetzen, war der reale Arm der vis-à-vis-Miss Biggy schon vorgeschossen und hatte dem verdatterten Schramek das Tablet vom Bauch geschnappt. So blitzschnell konnte er sich gar nicht in die 90 Grad-Sitzposition begeben, wie die vis-à-vis-Miss-Biggy schon laut vorlas: »Ich bin Elvira. Meine Freunde nennen mich Miss Lollipop.«

Im selben Augenblick jaulte der gequälte Sessel auf, als stünde er mit der vis-à-vis-Anna Bernini im telepathischen Austausch und stürzte mit einem lauten Krachen unter dem Schwergewicht Inspektor Schramek zusammen. Das war der Moment, in dem sich leider die vis-à-vis-Anna Bernini gegen ihr nobleres Alter Ego endgültig durchgesetzt hat. Denn anstatt Bedauern oder Mitgefühl zu zeigen oder wenigstens zu schweigen, lachte sie los und hörte nicht mehr auf, obwohl ihr die Tränen schon die Wangen hinunterliefen. Aber bei den vis-à-vis-Charakterzügen ist es ja leider so, dass sie kaum mehr im Zaum zu halten sind, wenn man sie einmal von der Leine lässt. Deshalb ist es kein Wunder, dass Anna Bernini noch drei *COPs* trank, bevor sie von der Kellnerin rausgeschmissen wurde. Das ungute Gefühl, das seit Inspektor Stammers Bericht von ihr Besitz ergriffen hatte, hat sie deshalb aber nicht losgelassen. Das hätte ihr übrigens jeder Alkoholiker vorhersagen können. Unbehagen mit Alkohol zu bekämpfen, funktioniert ungefähr so gut, wie eine Wespe mit Honig zu vertreiben.

KAPITEL 11

Dass man bei Rot nicht über die Straße geht, lernte Anna Bernini schon von ihrer Mutter, da hatte sie noch gar nicht gewusst, was eine Ampel ist. Denn in dem kleinen Dorf, in dem die Polizistin aufgewachsen ist, gibt es heute noch keine Verkehrsampel. Und trotzdem war klar: Bei Rot geht man nicht über die Straße. Anna Bernini war bestimmt schon zehn Jahre alt, als sie merkte, dass man in bestimmten Ausnahmefällen schon bei Rot über die Straße gehen kann. Zum Beispiel, wenn gerade niemand schaut. Und sie war noch ein bisschen älter, als sie lernte, dass das auch für andere Dinge gilt. Am Schulklo rauchen, Drogen nehmen oder dem Finanzamt nicht alle Einnahmen verraten. Und dann gibt es eben einen bestimmten Prozentsatz von Menschen, für die ist Jemandem-die-Brieftasche-Wegnehmen oder Mit-dem-Hammer-Zuschlagen, wenn man schlecht gelaunt ist, auch so etwas wie bei Rot über die Straße gehen. Nicht in Ordnung, aber wenn niemand schaut, kann man es schon machen.

Als Polizistin hat man es nur mit diesem Prozentsatz zu tun. Als Reaktion darauf könnte man paranoid werden. Hinter jedem freundlichen Kaffeehaus-Nachbarn gleich einen potenziellen Taschendieb vermuten und unter jedem liegen gelassenen Gacki-Sackerl eine Bombe. Anna Bernini war beruflich zwar immer sehr misstrauisch, blieb aber privat weiterhin blauäugig. Ungefähr so wie diese Lungenfachärzte, die einen ganzen Vormittag lang versuchen, Menschen schonend beizubringen, dass sie Lungenkrebs haben und in der Zehn-Minuten-Pause schnell vor der Tür eine Zigarette hinunterheizen.

Als Anna Bernini um 1 Uhr morgens mit dem Fahrrad die Leopoldsgasse hinauffuhr, bremste sie am Zebrastreifen nicht, obwohl die weibliche Gestalt, die ihn überqueren wollte, schon längst ihren Fuß daraufgesetzt hatte. Nicht nur aus Müdigkeit und nicht nur aus Frust und nicht nur aus Prinzip, weil Radfahrer nie für Fußgänger bremsen, sondern deshalb, weil Bremsen gar nicht mehr möglich gewesen wäre. Die *COP*s waren natürlich schuld daran, dass Anna Berninis Reaktionszeit erheblich herabgesetzt war, aber dass auf ihre Bremsen kein Verlass mehr war, dafür konnten sie nichts. Das lag eher daran, dass Anna Bernini heuer mit dem Frühjahrsservice bis zum Herbst gewartet und sich nun gedacht hatte: Vor dem Winter rentiert es sich nicht mehr, also kann ich es gleich auf nächstes Frühjahr verschieben.

Doch als Anna Bernini gerade um die zarte kleine Person herumgefahren war, vielleicht in einer ausgeprägteren Schlängellinie, als nötig gewesen wäre, drückte sie doch auf ihre Bremsen. Für den Bruchteil einer Sekunde hatte die bleiche Straßenlampenfunsel nämlich ein Profil aufblitzen lassen, das der Polizistin vage bekannt vorkam. Leider wäre sie bei diesem Manöver beinahe vom Fahrrad gefallen. Dieser Schock musste eine größere Menge Alkoholmoleküle auf einmal abgebaut haben, denn in der nächsten Sekunde wusste sie schon, an wen sie das Mädchen erinnerte. An die Chinesin, besser gesagt, Wahrscheinlich-Nicht-Chinesin im Vorzimmer der *TCM*-Ärztin.

»Halt! Fräulein! Bleiben Sie stehen!«

Natürlich sagte Anna Bernini normalerweise nicht »Fräulein«. Denn schon ihre Mutter kam irgendwann von einer Pfarrgemeinderatssitzung mit der Weisheit nach Hause: »Man sagt ja auch nicht Herrlein.« Aber im Stress fallen viele Menschen in Gewohnheiten aus der Kindheit zurück.

Aber das »Fräulein« wäre vermutlich auch nicht stehen geblieben, wenn Anna Bernini »Hallo, Sie!« gerufen hätte. Oder gar »Gnädige Frau«, wobei das ebenfalls unkorrekt gewesen wäre. Sie tat sogar genau das Gegenteil. Ohne den

Kopf zu wenden, begann die junge Frau, den Gehsteig entlangzulaufen. Unter dem Arm trug sie ein viereckiges Paket etwa in der Größe einer Aktenmappe oder eines Laptops. Anna Bernini trat mächtig in die Pedale. Doch nichts geschah. Die Kette war herausgesprungen. Sie stieg ab, legte das Fahrrad auf den Boden und lief der zarten Gestalt hinterher. Aber als sie schwer atmend bei der nächsten Kreuzung stehen blieb, sah sie nur noch, wie die junge Frau in ein wartendes Leihauto stieg. Die Tür war noch gar nicht ganz zugefallen, war der Wagen auch schon in der nächsten Seitengasse verschwunden. Anna Bernini konnte nur noch die Person hinter dem Steuer vage erkennen. Es war eine Frau. Sie trug eine wasserstoffblonde Turmfrisur.

Anna Bernini stand einen Augenblick da und schaute die Straße hinunter. Nichts regte sich, kein Laut war zu hören. Doch dann begannen sich raschelnd ein paar Blätter am Boden zu bewegen, irgendwo klapperte eine weggeworfene Dose über einen Kanaldeckel. Wie ein Orchester, das sich auf das Konzert einstimmt, waren da und dort die ersten Laute des kommenden Föhns zu hören. Es war Ende November, und die Temperatur sollte auf knapp 20 Grad ansteigen. Anna Bernini überkam mit einem Mal eine so große Müdigkeit, dass sie sich am liebsten auf den Laubhaufen unter der kümmerlichen Kastanie gelegt und die Augen zugemacht hätte. Mit unendlicher Anstrengung drehte sie sich um und wanderte langsam zu ihrem Fahrrad zurück. Erst in diesem Moment bemerkte sie, wo sie überhaupt war. In der Nestroygasse. Irgendwo hinter dem Alkoholnebel tauchte eine vage Erinnerung auf. Hier wohnte jemand, den sie kannte. Jemand, der mit dem Fall zu tun hatte. Aber es wollte ihr nicht mehr einfallen, wer.

Zehn Minuten später war Anna Bernini zu Hause. Doch der Alkoholpegel war schon so weit gesunken, dass sie an diesem ersten Arbeitstag nach dem Krankenstand mehrere von den Tabletten brauchte, die ihr Doktor Egger zum Wirklichkeit-Ausblenden verschrieben hatte. Die erste nahm sie gleich, die zweite eine Stunde später und die dritte drei Stunden später. Die letzte hätte sie natürlich besser nicht mehr genommen, denn nichts ist brutaler als ein Wecker, der einen um 7 Uhr wachrüttelt, nachdem man gerade erst eingeschlafen ist. Außer natürlich ein Wecker, der einen nicht um 7 Uhr wachrüttelt, weil man ihn nämlich irgendwann in der Nacht im Schlaftabletten-Dusel abgestellt hatte.

Was Anna Bernini schließlich doch noch wachgerüttelt hatte, waren nicht die 37 Anrufe von Miss Biggy, denn das Handy hatte sie auch abgeschaltet, sondern ein Traum. Kaum hatte sie die Augen aufgeschlagen, war der Traum auch schon weg. Zurückgeblieben ist nur der dringende Wunsch, sofort im AKH anzurufen. Es kostete Anna Bernini ein paar Minuten, bis sie endlich mit der Ärztin von gestern verbunden war. Nein, sagte die Ärztin, der Patient sei noch immer in demselben psychotischen Zustand. Er bekäme aber recht starke Medikamente, die ihn wahrscheinlich sedierten. Nein, im Moment sei es strikt untersagt, den Zeugen zum Mord zu befragen. Ja, sie werde sich sofort melden, sollte sich sein Zustand bessern.

Das Zweite, das Anna Bernini unbedingt noch machen musste, bevor sie überhaupt ihre Beine aus dem Bett schwang, war ebenfalls ein Anruf.

»Praxis Doktor Xiu Lin!«

Das klang nicht nach der jungen Frau im Vorzimmer, die ihr gestern das Rezept ausgestellt hatte.

»Mit wem spreche ich?«

»Doktor Xiu Lin!«

»Ist Ihre Assistentin zu sprechen?«

»Ich habe keine Assistentin.«

Das kam so schnell und bestimmt, dass jetzt auch Anna Bernini ein bisschen zögerte.

»Die Frau, die gestern bei Ihnen im Vorzimmer gesessen ist.«

»Ich haben keine Zeit, ein Patient wartet. Wiederhören.«

Anna Bernini starrte ein paar Minuten reglos auf die Zimmerdecke, an der schon seit Monaten dieselben Spinnweben klebten, und dachte nach. Aber es fiel ihr kein Grund ein, warum sie das Telefonat beunruhigen sollte, und so stand sie auf.

Das Dumme an den Schlaftabletten, überlegte Anna Bernini, als sie wenig später die Treppe hinunterstürzte, sind nicht die Nebenwirkungen, sondern die Hauptwirkungen. Denn ausgerechnet jetzt, wo Anna Bernini ihre fünf Sinne gebraucht hätte, begannen die Drogen langsam ihre Wirkung zu entfalten. Deshalb wusste sie auch beim Fahrrad-Aufsperren noch nicht, wohin sie eigentlich unterwegs war. Was war am dringendsten? Doch zu Andreas Zaucher ins Krankenhaus fahren, egal, was die Ärztin sagte? Ins Büro radeln und die weiteren Aussagen studieren? Oder der Kriminaltechnik Feuer unterm Hintern machen, damit sie endlich die ersten Daten herausrückte?

Das ist eine klassische Dilemma-Situation. So etwas hatte Anna Bernini auf dem Führungskräfte-Ausbildungsseminar am Semmering auch oft geübt. Da hatte sie sich stundenlang systemisch zuerst auf den einen »Standpunkt« gestellt und dann auf den anderen. Aber das Gefühl, welcher der bessere ist, hatte sich nicht und nicht eingestellt. Damals hatte ihr der Oberst einmal einen sehr guten Satz gesagt: »Wenn man sich nicht entscheiden kann, kann man sich nicht entscheiden.« Zugegeben, das klingt im ersten Moment wie »Ein Pferd ist ein Pferd«, aber komischerweise hilft es trotzdem oft.

Denn anstatt sich zu entscheiden, dachte Anna Bernini über den Traum nach. Aber an einen Traum kann man sich nicht durch Nachdenken erinnern. Genauso wenig wie man einen Fisch aus einem Bach fischen kann, indem man mit den Händen ins Wasser fährt. Manche Menschen sollen Träume ja mit einem Netz und einem Weidenreifen einfangen können. Aber Anna Bernini gehörte nicht zu ihnen. Wenn sie sich an einen Traum erinnern wollte, der zwischen Wachen und Schlafen hängen geblieben war, dann war die einzige Möglichkeit, ihn dem Vergessen zu entreißen, an nichts zu denken. Nicht an den Traum, nicht an den Fall, nicht an den Schramek, den Oberst oder sonst irgendwen, der etwas Dringendes von ihr wollte. Und natürlich auch nicht daran, wohin sie eigentlich unterwegs war, nachdem sie 10 Minuten und ihr gesamtes Flucharsenal gebraucht hatte, um die Fahrradkette wieder einzuhängen. Allerhöchstens durfte sie spüren, dass der leichte Südwind von gestern heute noch stärker geworden war und sich die Temperaturen ein bisschen nach Sommer anfühlten. Und das kann ohne Weiteres schon ausreichen, um eine Assoziationskette in Gang zu bringen. Sommer, Wärme, Baden. Als Anna Bernini im warmen Föhn die Castellezgasse hinuntersegelte, tauchte im morgendlichen Zwielicht ihr erstes Traumbild auf.

Ihr Badezimmer, das gar nicht ihr Badezimmer war, sondern eine römische Therme mit einem tiefen heißen Dampfbecken im Boden, in dem sich mehrere Menschen nackt tummelten. Sie trat an den Rand des Beckens und sah als Erstes die Gerda in ihrer ganzen großbusigen Pracht. Gerda lächelte ihr zu und sagte: »Du bist die Einzige, die angezogen ist!« Dazu lachte sie lasziv. Natürlich ärgerte sich Anna Berninis Traum-Ich. Dann merkte sie, wie das Wasser im Becken kaum wahrnehmbar seine Farbe änderte. Gerda wurde unruhig. Beide Frauen schauten zum weit entfernt liegenden Ausguss, aus dem rotes Wasser heraufsickerte. Zuerst war es nur ein kleines rotes Rinnsal, das sich widerstrebend mit dem

Badewasser verband. Doch das Rinnsal schwoll an, wurde zu einer roten wolkenartigen Unterströmung, die sich rasch vergrößerte. Gerda versuchte, aus dem Bad zu steigen, doch der Rand war zu hoch. Angstvoll schaute sie zu Anna Bernini auf, doch die konnte sich nicht rühren. Gerda begann zu schreien, Anna Bernini wollte die Hand nach ihr ausstrecken, wollte ihr heraushelfen, aber sie war wie gelähmt. Fassungslos schaute sie zu, wie das rote Wasser immer höher stieg, Gerda zuerst bis zum Hals reichte, dann bis zum Kinn. Gerda schrie und schrie, bis das Wasser in ihre Nasenlöcher drang, in ihren Mund, und der rote Tsunami schließlich über sie hinwegschwappte. Gerda war lautlos in den roten Fluten untergegangen. Erst jetzt konnte sich Anna Bernini wieder bewegen. Entsetzt beugte sie sich über den Beckenrand und starrte auf die glatte Oberfläche. Doch das Gesicht, das mit weit aufgerissenen Augen durch den roten Schleier zu ihr heraufstarrte, war nicht das der Gerda Gregorius. Sondern es war Andreas Zaucher.

Anna Bernini erschrak so heftig, als hätte sie der Versager-Wecker eineinhalb Stunden nach der eingestellten Weckzeit doch noch mit lautem Piepen aus dem Schlaf gerissen. Sie bremste abrupt und kam schlingernd auf der Motorhaube eines geparkten Wagens zum Stehen. Sie musste dieses Fahrrad in die Reparatur bringen, sonst kostete es sie entweder noch das Leben oder weitere zwölf Monate Führerscheinentzug. Anna Bernini suchte den Autolack des dunkelgrünen VW Sharan nach Schäden ab. Genauestens beobachtet übrigens von einem alten Rentner, der geifernd bis auf zwei Schritte nähergekommen war.

»Ich habe alles gesehen. Das gehört angezeigt. Das müssen Sie der Versicherung melden.« Dabei lächelte er so erfreut, als hätte ihm sein Arzt mitgeteilt, dass seine Prostataoperation doch keinen Einfluss auf die Zeugungsfähigkeit gehabt hat.

»Aber da sieht man ja überhaupt nichts!«, verteidigte sich Anna Bernini ungeduldig. Sie schob ihr Hinterteil wieder auf den Sattel und trat vorsichtig in die Pedale.

»Die Polizei ist in Wien nie da, wenn man sie braucht!«, keifte der Rentner hinter ihr her.

Anna Berninis Herz klopfte so stark, dass sie sich nicht gewundert hätte, wenn sie noch einmal gegen ein geparktes Auto gefahren wäre, weil sie mitten unter der Fahrt vor lauter Schlafmangel, Unterzucker, bösen Vorahnungen und Grant einen Herzinfarkt bekommen hat.

KAPITEL 12

Multitasking ist eine Erfindung der 80er-Jahre. Bekannt gemacht von Figuren wie dem reichen Unsympathen Gordon Gekko in *Wallstreet*. Damals lernte man: Reich werden kann nur, wer wie Gott und Napoleon viele Sachen gleichzeitig tun kann: Zigarren rauchen, joggen, Airlines in den Ruin treiben, massiert werden und vorbeistöckelnde Frauen beeindrucken. Oder mit dem Fallschirm abspringen, Mitarbeiter demütigen, Börsenkurse lesen und ein neues Fitnessgetränk erfinden. Das Mindeste, was eine Führungskraft, die etwas auf sich hält, beherrschen soll, ist, gleichzeitig telefonieren und eine Sitzung abhalten. Besser ist: Telefonieren, eine Sitzung abhalten, ein Low-Carb-Mittagessen verzehren und grantig dreinschauen. Deshalb war es bestimmt ein herber Schlag für die CEOs dieser Welt, dass Wissenschaftler nachweisen konnten, dass Multitasking leider das Gehirn überfordert und man Dinge nur gescheit machen kann, wenn man sie hintereinander macht. Also: zuerst eine Sitzung abhalten, dann ein Low-Carb-Mittagessen verzehren, dann ein Gespräch führen, dann telefonieren, dann die Bürotür schließen und dann grantig dreinschauen.

So etwas geht aber bei der Kriminalpolizei nicht. Oder jedenfalls dann nicht, wenn gerade ein Mord passiert ist. Dann nämlich müssen die Beamtinnen und Beamten oft drei oder vier Menschen auf einmal vernehmen. Eine Vernehmung läuft immer gleich ab. Zuerst muss der Status der Person festgestellt werden. Ist es ein Zeuge, Verdächtiger, Beschuldigter oder eine Auskunftsperson? Und da sieht man, dass sich das Multitasking auch auf die Befragten überträgt. Sie sind oft Zeuge, Auskunftsperson und Verdächtiger gleichzeitig. So oder so drückt man ihnen am Anfang viele Zettel in die Hand, die sie über ihre Rechte informieren, und am Schluss bekommen sie einen Stift, mit dem sie ihre Aussage unterschreiben müssen. Dazwischen ist viel Raum für Spiele mit Wahrheit und Lüge. Der Oberst hatte früher immer gesagt: »Merkt euch eines: Vor der Polizei lügen alle!« Das muss eine anthropologische Grundkonstante sein. Kaum sieht ein Mensch einen Polizisten, lügt er schon. Auch wenn ihn der Polizist nur fragt, was er heute zu Mittag gegessen hat. Kein Wunder, dass die meisten Polizisten so misstrauisch sind. Aber das ist ein anderes Thema.

Als Anna Bernini das Vernehmungszimmer betrat, in dem Inspektor Stammer schon mit Gabriela Bauer und deren Anwalt wartete, fiel ihr an der jungen Frau sofort eine Veränderung auf. Hatte Anna Bernini gestern vor allem die trauernde Witwe in ihr gesehen, sah sie heute mehr die trauernde Witwe, die ihren Mann mit dessen Bruder betrogen hatte.

Noch dazu mit einem, mit dem er verfeindet war. Obwohl, das möchte ich jetzt nicht beurteilen müssen, ob es nicht mit dem Lieblingsbruder moralisch die noch größere Verfehlung wäre. Außerdem war natürlich nichts bewiesen. Anna Bernini war ja die Erste, die ihren Leuten immer predigte, dass man keine voreiligen Schlüsse ziehen darf. Selbst die rauchende Pistole in der Hand des Einbrechers muss noch nicht zwingend bedeuten, dass er die alte Dame, die mit einem Loch im Kopf vor dem leeren Tresor liegt, wirklich erschossen hatte. Obwohl die Beweislast da schon erdrückend wäre. Trotzdem: immer zuerst alle Fakten sammeln, dann erst Schlüsse ziehen.

Aber das Unbewusste hält sich nicht immer an Befehle. Und es kann passieren, dass es schneller die Physiognomie Gabriela Bauers mit der eigenen vergleicht, als die Vernunft einwerfen kann: Das hat jetzt aber gar nichts mit dem Fall zu tun! Inwieweit da auch eine gewisse Eifersucht eine Rolle spielte, sei dahingestellt. Dabei war Anna Bernini keineswegs hässlich. Zum Beispiel hatte sie schöne dunkelblaue Augen und dicke schwarze Locken, die schon immer jedem Kämmversuch widerstanden haben. Nicht einmal ihre Großmutter, die, ohne mit der Wimper zu zucken, einem Hendl den Kragen umdrehen konnte, war es je gelungen, durch Anna Berninis Haare einen Kamm zu ziehen. »Sogar eine Kuh lässt sich besser striegeln als du«, hatte die Oma immer geschimpft, wenn sie Anna Bernini mit nach allen Seiten abstehenden Drahtlocken in die Schule schicken musste. Nicht, dass es Anna Berninis Großmutter je gesagt hatte, aber dass eines ihrer Enkelkinder nicht blond, wie alle in der Familie, sondern dunkel war, war ihr ein ständiger Quell der Beunruhigung. Und als Anna Berninis Nase beim Heranwachsen im doppelten Tempo mitwuchs, bis sie schließlich so groß wie die ihres Vaters zu werden drohte, ertappte man die Großmutter immer öfter dabei, dass sie »das Annele« misstrauisch musterte, als müsste man jeden Augenblick damit rechnen, dass es mit einem Besenstiel davonflog. Anna Berninis Vater hingegen bewunderte ihr »römisches Profil«, das sie natürlich von ihm, dem Südtiroler mit sizilianischen Wurzeln, geerbt hatte.

Die erste Hälfte ihrer Pubertät verbrachte Anna Bernini damit, vor dem Badezimmerspiegel das Wachsen ihres Profils zu beobachten. Und die zweite Hälfte damit, durch Nebenjobs das Geld für eine Nasenoperation zusammenzusparen. Denn der Tiroler Schmäh ist nichts für Zartbesaitete. Anna Bernini hatte öfter etwas »Witziges« über ihre Nase gehört, wie zum Beispiel: »Du darfst gern bei uns im Auto mitfahren, aber deine Nase musst du halt draußen lassen.« Oder »Von wem hast du deinen ersten Zungenkuss bekommen? Von einem Chamäleon?«

Nicht, dass Anna Bernini an all diese Geschichten gedacht oder gar verstohlen das zierliche Näschen der Zeugin verbittert gemustert hätte, aber alte Kränkungen kann man nicht so einfach wegstecken. Sie begrüßte Gabriela Bauer sowie ihren Anwalt – übrigens ein Bürschchen, das verzweifelt versuchte, ausstrahlungsmäßig mit der Autorität seines Berufsstandes Schritt zu halten – und setzte sich neben ihren Gruppeninspektor. Er war hochrot im Gesicht und starrte konzentriert auf einen Punkt, circa einen Zentimeter über der linken Augenbraue der Zeugin. Anna Bernini konnte nur vermuten, warum. Damit sich sein Blick nur ja nicht versehentlich zu ihren Augen verirrte. Man musste sich nur die großen hellblauen Augen ansehen, den zarten Teint, das feine gekräuselte Haar, die durchscheinenden lila Äderchen an der Schläfe und den zierlichen gebogenen Hals, und man konnte sich schon vorstellen, was das alles im Gehirn ihres Gruppingers anstellen konnte.

Jetzt räusperte sich Inspektor Stammer ausführlich und begann, die Personalien der Zeugin abzufragen. Oder versuchte es zumindest. Aber als er nach fünf Minuten noch nicht über den Vornamen hinausgekommen war, wusste Anna Bernini, dass Miss Biggys Anti-Stotter-Kur von gestern Abend noch keine nachhaltige Heilung gebracht hatte.

»Warum haben Sie mich gestern angelogen, als ich Sie fragte, ob Sie in der Nacht allein waren?«, erlöste Anna Bernini endlich ihren Inspektor.

»Wieso angelogen?«

»Weil eine Nachbarin einen Mann um 2 Uhr morgens aus Ihrer Wohnung kommen gesehen hat.«

»Das stimmt nicht. Sie muss sich getäuscht haben!«

»Sie sagt, dass sie den Mann erkannt hat.«

»Vielleicht hatte sie ihre Brille nicht auf«, sagte Gabriela Bauer. Ihre Stimme klang zart und klar. Aber Anna Bernini hörte einen feinen Misston wie bei einer Gesangschülerin, die das hohe C mit einem kleinen Hinzittern erwischt.

»Wir haben nach den Angaben Ihrer Nachbarin ein Phantombild gezeichnet. Das kann ich Ihnen gerne vorlegen. Vielleicht erkennen Sie den Mann.«

Gabriela Bauer erblasste. Der Junganwalt fixierte sie mit dem beschwörenden Blick einer Eislaufmutter, die ihrem Sprössling den doppelten Rittberger am liebsten selbst vorgesprungen hätte. Vielleicht hoffte er, dass sich seine Mandantin jetzt an das Zeugentraining erinnerte, das er bestimmt vor der Vernehmung mit ihr durchgemacht hatte. »Sagen Sie die Wahrheit«, wird ihr der Junganwalt eingeschärft haben, »aber belasten Sie sich nicht selbst.«

»Heißt das, dass ich auf bestimmte Fragen nicht antworten soll?«

»Äh, ja. Wobei Nichts-Sagen oft den Eindruck erweckt, als hätte man etwas zu verbergen.«

»Dann soll ich also lügen?«

»Nein, auf keinen Fall! Das ist strafbar!«

Möglicherweise wird Gabriela Bauer im ersten Moment gedacht haben: Das ist eine unlösbare Aufgabe. Aber jeder, der schon einmal seinen Partner betrogen hat, weiß natürlich, wie es trotzdem geht.

»Holen Sie uns bitte einen Ausdruck«, bat Anna Bernini Inspektor Stammer, der vielleicht froh war, sein glühendes Gesicht bei einem raschen Gang zum Drucker abkühlen zu können. Dafür braucht er circa 50 Sekunden. Aber wenn ein Mensch von Sekunde zu Sekunde weißer wird, ist er nach 50 Sekunden weiß wie Schnee. Als Inspektor Stammer den Ausdruck vor Gabriela Bauer auf den Tisch legte, war die Witwe weißer geworden als alles Weiße, das Anna Bernini bisher gesehen hatte. Einschließlich des weißen Kleides am Hochzeitsfoto ihrer Großtante Mary, die 1957 noch weiß geheiratet hatte, obwohl der Pauli schon unterwegs war.

»Erkennen Sie den Mann?«, fragte Anna Bernini.

Gabriela Bauers Blick zuckte kurz hin, dann senkte sie den Kopf.

»War das ein Nicken, Frau Bauer?«

Gabriela Bauer nickte.

»Wer ist es?«

Gabriela Bauer schwieg, und ihr Anwalt rutschte nervös auf seinem Sessel hin und her. Die Witwe zog ein Taschentuch aus ihrer Handtasche und tupfte sich die Augen ab.

Der Junganwalt, der all das mit wachsender Panik verfolgt hatte, sprang jetzt auf: »Die Zeugin braucht eine Pause!«

Anna Bernini reagierte nicht gleich. Sie betrachtete Gabriela Bauer. Ihr blasses Gesicht, die zitternden Lippen, die wirren blonden Locken, die Tränen, die jetzt langsam unter ihren Wimpern hervorquollen, die Wangen hinunterliefen und auf den braun gemusterten Tweedrock tropften. Nein, sagte sich Anna Bernini, jetzt noch nicht. Sie starrte der jungen Witwe ins Gesicht und hielt den Atem an. Ebenso wie

Inspektor Stammer, der Junganwalt und sogar die protokollierende Beamtin. Anna Bernini spürte die Anspannung der jungen Frau in ihren eigenen Schultern. Sie spürte, wie ihr Nacken langsam steif wurde, die Brust eng.

Schließlich hob Gabriela Bauer den Kopf. »Xaver Hochegger«, flüsterte sie.

»War er gestern Nacht bei Ihnen?«

Der Junganwalt und Inspektor Stammer starrten auf das schöne, zarte Gesicht. Anna Bernini sah ihr in die Augen. Sie sah darin eine seltsame Leere.

»Ja«, sagte sie schließlich leise.

Die Protokollbeamtin senkte die Hände auf die Tasten, der Junganwalt stöhnte, Inspektor Stammer wurde blass, Gabriela Bauer hob den Kopf, und Anna Bernini sah ihr in die Augen. Irgendwo aus weiter Ferne hörte sie leise die sexy Stimme von Elvis Presley. »You are the Devil in Disguise.« Aber vielleicht war es auch nur der Morgenverkehr auf der Leopoldsgasse.

KAPITEL 13

Eine polizeiliche Vernehmung kann man am ehesten mit einer Wirtshausrangelei vergleichen, bei der es darum geht, wer den Arm des anderen als Erster auf die Tischplatte drücken kann. Der eine Rangler will unbedingt Widersprüche vermeiden, der andere will unbedingt Widersprüche nachweisen. Irgendwann gibt einer auf.

Inspektor Schramek, der mit Xaver Hochegger im Nebenvernehmungszimmer saß, hätte sich nach dem Geständnis der Witwe eigentlich einmal entspannt zurücklehnen können. Das tat er auch. Aber Anna Bernini, die sich leise neben ihn gesetzt hatte, hätte trotzdem nicht mit der Auskunftsperson tauschen wollen.

»Wie lange ging diese Affäre schon?«, knurrte der Kriminalbeamte gefährlich leise.

»Sie ging vielleicht ein halbes Jahr und ist seit ein paar Wochen vorbei.«

»Ach, sind Sie sicher?«, feixte Inspektor Schramek.

»Das können Sie glauben oder nicht«, sagte Xaver Hochegger gleichgültig.

»Es wäre aber besser für Sie, wenn Sie uns etwas erzählen täten, das wir glauben können. Zum Beispiel, weil es die Wahrheit ist.«

»Ich habe Ihnen die Wahrheit gesagt. Ich hatte mit Gabriela Bauer eine Affäre, aber sie ist vorbei«, sagte Xaver Hochegger trotzig.

Anna Bernini betrachtete sein klassisches Profil und versuchte zu erraten, ob er log.

»Warum waren Sie dann gestern Nacht bei ihr zu Hause?«

Obwohl sich Xaver Hochegger keinen Millimeter gerührt hatte, hatte Anna Bernini plötzlich das Gefühl, dass er sie ansah. Aber vielleicht lag es auch daran, dass sich die Schockwelle, die ihn offensichtlich erfasst hatte, auf sie übertrug.

»Ich war gestern Nacht nicht bei Gabriela Bauer. Ich war schon seit zwei Wochen nicht mehr bei ihr«, sagte er sehr langsam, als könnte er damit den Albtraum, den er gerade live erlebte, bannen.

»Sie sagt aber etwas anderes.«

»Dann lügt sie.«

»Sehr schwache Antwort!«

Anna Bernini warf dem Inspektor einen scharfen Blick zu. Xaver Hochegger fuhr auf.

Inspektor Schramek hob die Hand. »Schon gut. Ich frage anders: Wo waren Sie gestern Nacht? Zu Hause waren Sie nämlich nicht.«

Er sagte es leise, fast zärtlich. Und Anna Bernini konnte sich am leisen Kribbeln in ihrem eigenen Nacken die gewaltige Gänsehaut vorstellen, die es dem Blumenhändler aufziehen musste. Er schwieg. Ein paar Minuten sagte niemand ein Wort. Inspektor Schramek hielt es vor Genugtuung kaum mehr in seinem Sessel.

»Ui, da haben wir jetzt aber ein Problem!«

Hass zuckte in Xaver Hocheggers Augen auf. Er schnellte in die Höhe wie ein Pfeil, den man vom Bogen schnellen lässt.

»Sehen Sie nicht, dass sie lügt!«, schrie Xaver Hochegger bebend vor Zorn. »Ich weiß nicht, warum! Vielleicht hat sie den Basti auf dem Gewissen, oder es gibt irgendeinen anderen Vorteil, den sie sich davon verspricht. Aber ich war letzte Nacht NICHT bei ihr!«

Xaver Hocheggers Gesicht glänzte inzwischen vor Schweiß, sein Körper zitterte. Anna Berninis Herz zog sich vor Mitgefühl zusammen. Gleichzeitig fragte sie sich, wer von den beiden Auskunftspersonen der bessere Schauspieler war.

Inspektor Schramek grinste, als hätte man ihm soeben die größte Stelze im ganzen Wurstelprater auf den Tisch gestellt. Anna Bernini gab sich einen Ruck. Am liebsten hätte sie den Blumenhändler am Arm gepackt und fest geschüttelt. Aber sie begnügte sich damit, ihm einen beschwörenden Blick zuzuwerfen.

»Dann sagen Sie uns doch, wo Sie letzte Nacht waren!«

Xaver Hocheggers brennender Blick bohrte sich in den ihren. Ihr Herz machte einen Sprung.

»Das kann ich nicht«, sagte er schließlich und senkte die Lider.

»Weil …?«, hakte Inspektor Schramek genüsslich nach.

»Weil ich von meinem Recht, die Aussage zu verweigern, Gebrauch mache.«

Inspektor Schramek grinste so breit, dass sich seine Mundwinkel eigentlich am Hinterkopf berühren hätten müssen. Wenn er nicht so bewegungsfaul gewesen wäre, hätte er bestimmt vor Freude in die Hände geklatscht. Denn jetzt ging die Vernehmung für ihn erst los. Er würde seinem Zeugen so oft dieselben Fragen stellen, bis der Zeuge zum Schluss sogar bereit wäre zuzugeben, dass die Sonne um die Erde kreist. Nur damit er endlich von seinem grinsenden Gegenüber mit der donnernden Stimme befreit wäre. Anna Bernini stand auf. Im Hinausgehen warf sie der protokollierenden Beamtin einen Blick zu. Die junge Frau war gerade dabei, den Status der »Auskunftsperson Xaver Hochegger« in den Status »Verdachtsperson Xaver Hochegger« zu ändern.

KAPITEL 14

Die neuen Handys übernehmen ja immer mehr Funktionen. Früher konnte man mit ihnen nur telefonieren, fotografieren, Videos machen, Nachrichten schreiben, im Internet surfen, navigieren, Schritte zählen, an Termine erinnert werden und noch ein Dutzend andere Dinge. Aber heutzutage hat jedes Handy eine eingebaute Psychoanalyse-Funktion. Man aktiviert sie jedes Mal, wenn man ein SMS schreibt. Man schreibt zum Beispiel »Ich«. Und das Handy schlägt Alternativen vor: »Gag« oder »Hai«. Das gibt einem zu denken. Je nach Tagesverfassung neigt das »Ich« eher zu »Gag« oder zu »Hai«. Die meisten Handys schweigen dazu. Da unterscheidet es sich nicht von einem richtigen Analytiker. Dafür mischt es sich sofort mit seinen Hypothesen ein, sobald man auch nur den Mund aufmacht. Es vervollständigt »Bu« zu »Bub«, obwohl man eigentlich »Buch« schreiben wollte und »Ku« zu »Kuss«, obwohl man vielleicht »Kur« gemeint hat. Damit will es einen natürlich provozieren. Genauso, wenn es bei Wörtern, die man besonders oft schreibt, auf Alternativ-Vorschläge verzichtet. Zum Beispiel bei »Kaffee«, vervollständigt es sofort auf »Kaffeehaus« oder bei »Früh« auf »Frühstücken«. Aber dann gibt es wieder Wörter, bei denen tut es jedes Mal so, als hätte es sie noch nie gespeichert. Bei Anna Bernini zum Beispiel müsste es: »Sorry, ich verspäte mich ein paar Minuten«, schon längst auswendig gekonnt haben. Aber nein, kaum schrieb Anna Bernini »Sorry, ich versp«, schlug das Programm schon »UdSSR, ich versp« vor. Keine Ahnung, wieso.

Anna Bernini war schon auf dem Weg ins *Café Venezia*, als sie Miss Biggy diese SMS schrieb. Aber anstatt sich jetzt wenigstens zu beeilen, dachte sie darüber nach, was ihr der Handylytiker damit sagen wollte. Und wie auf der guten alten Freud-Couch begann Anna Bernini mit dem freien Assoziieren. Da ist es von der UdSSR natürlich nicht weit zum Bruderstaat China. Und von China zur jungen Frau, die gestern Nacht vor ihr davongelaufen und vorher im Vorzimmer der *TCM*-Ärztin gesessen war. Warum leugnete Doktor Xiu Lin plötzlich ihre Existenz? Hatte die Chinesin mitten mit Masseurinnenviertel womöglich auch etwas zu verbergen?

Was für eine Rolle spielte die *Florescu Company* bei dieser Geschichte? Warum verkaufte Sebastian Bauer schon seit ein paar Tagen keine Rosen mehr, wie Jo Heesters behauptet hatte. Man wird wohl die Buchhaltung der letzten Tage genauer unter die Lupe nehmen müssen. Aber wenn Anna Bernini jetzt wirklich auf der Freud-Couch gelegen wäre, zum Beispiel bei Doktor Egger, dann hätte sie sich wohl die Frage gefallen lassen müssen, warum sie über alle Möglichkeiten nachdachte, nur nicht über die, die seit einer halben Stunde unübersehbar im Raum stand: dass der vom Vatererbe ausgeschlossene Halbbruder mit der Witwe ein Mordkomplott geschmiedet hatte. Eigentlich das erste greifbare Motiv, musste sich Anna Bernini eingestehen. Und noch etwas musste sie zugeben: dass sie zum ersten Mal froh war, dass Inspektor Schramek sich von ihr nichts dreinreden ließ. Wenn Xaver Hochegger etwas zu gestehen hatte, würde er es aus ihm herauskitzeln. Darauf konnte sie sich verlassen. Und in der Zwischenzeit würde Miss Biggy vielleicht sowieso herausfinden, wo Xaver Hochegger in der Mordnacht war. Oder wenigstens sein Handy.

Anna Bernini radelte, so schnell sie konnte, durch die Rotensterngasse. Verzweifelt bemüht, sich einen Reim auf das alles zu machen. Aber leider verhielt sich die äußere Radfahr-Geschwindigkeit im indirekt proportionalen Verhältnis zur inneren Gedanken-Geschwindigkeit. Deshalb waren ihre Gedanken noch kaum weitergekommen, als sie in die Praterstraße eingebogen war und das *Venezia* schon sehen konnte.

»Können Sie nicht aufpassen! Sie erschrecken mir ja den Adi«, wurde Anna Bernini von einer schrillen Stimme aus den Gedanken gerissen. Anna Bernini bremste scharf und schaute verwundert auf Jo Heesters und den friedlich neben ihr am Boden hockenden Adi. Bei ihrem Anblick sprang der Hund allerdings eilig auf und lief mit wedelndem Schwanz auf sie zu. Ich würde nicht sagen, dass die Wiedersehensfreude aufseiten Anna Berninis gleich groß war.

»Wissen Sie, was mich wundert?«, rief Jo Heesters, die sich direkt vor Anna Bernini aufgebaut hatte, sich ihr in den Weg gestellt, könnte man auch sagen. »Dass der Adi vorgestern in der Nacht den Bauer und den Zaucher angebellt hat!« Sie machte eine kleine Pause. »Normalerweise wedelt er nämlich immer mit dem Schwanz, wenn er die beiden sieht! So wie bei Ihnen jetzt.« Man sah ihr an, dass sie in diesem Punkt mit ihrem Liebling nicht ganz einer Meinung war.

Anna Bernini betrachtete Adi, der sie die ganze Zeit mit schief gelegtem Kopf von unten angeblickt hatte und jetzt prompt seine Schwanzwedelgeschwindigkeit verdoppelte. Anna Bernini hatte jetzt fast ein schlechtes Gewissen, dass sie seine Liebe leider nicht erwidern konnte.

»Vorgestern hat der Adi sie angebellt«, wiederholte Jo Heesters. »In der Nacht, um 4 Uhr. Da hat der Adi gebellt, als wären Einbrecher im Geschäft. Und nicht der Bauer und der Zaucher.«

»Vielleicht waren es Einbrecher?« Anna Bernini hatte es halb im Spaß gesagt. Aber Johanna Heesters geriet sofort in Rage.

»Doch, sicher waren das die zwei Turteltäubchen! Ich seh' die doch jeden Tag. Das heißt: Seit ein paar Tagen hab' ich den Zaucher ja nicht mehr so oft gesehen, seit er nicht mehr mit dem Rosenauto fährt!«

Jo Heesters beugte sich zu ihrem Hund hinab. »Gell, Adi, den Zaucher haben wir schon länger nicht mehr gesehen!«

Adi antwortete nicht. Denn er war abgelenkt. Wie ein schüchterner Liebhaber hatte er sich unmerklich immer näher an Anna Bernini herangeschoben. Jetzt legte er seine Schnauze auf ihre Schuhe und schaute glücklich zu ihr auf.

»Nur gestern Nacht!«, beharrte Jo Heesters, während Anna Bernini ein bisschen zu schwitzen begann. Wie wird Adi es wohl auffassen, wenn ich ihm meine Sneakers wieder entziehe, überlegte sie. Probehalber bewegte sie die Schuhspitzen ein bisschen hin und her. Adis Schnauze blieb, wo sie war, nur dass sie sich jetzt ein bisschen schwerer anfühlte als vorher.

»Wissen Sie, was ich Ihnen sag': Der Zaucher hat fast ein bisschen zum Fürchten ausgeschaut gestern in der Nacht.« Jo Heesters packte Anna Berninis Unterarm und schaute ihr eindringlich ins Gesicht.

Noch bevor Anna Bernini sich fürchten konnte, dass Adi es ihr gleichtun könnte, ließ die alte Frau Anna Berninis Unterarm wieder los und hastete, den protestierend aufjaulenden Adi hinter sich herziehend, die Praterstraße hinunter.

Als Anna Bernini das *Café Venezia* betrat und auf die Schmuseecke zusteuerte, blickten ihr zwei freundliche, schwarz umrandete Augenpaare entgegen. Bei dem einen Augenpaar stammte die Umrandung von einer Krankenkassenbrille, beim anderen von einem Kajalstift. Die Kellnerin hatte schon einen perfekt getrennten Caffè Latte auf den Tresen gestellt und ihr freundlich zugezwinkert, und Miss Biggy paffte ihre werweißwievielte illegale Kaffeehauszigarette.

»Auf das Konto von Andreas Zaucher sind vor zehn Tagen 50.000 Euro überwiesen worden«, sagte Miss Biggy, kaum hatte sich Anna Bernini auf die Bank neben ihr niedergelassen und mit einem dankbaren Blick zur Kellnerin den Caffè Latte näher herangezogen.

»Was?« Anna Bernini war mitten in der Bewegung erstarrt. Augenblicklich fühlte sie sich so unbehaglich, als hätte sie aus Versehen eine Kröte verschluckt. Eine, die ungefähr die Ausmaße eines Inspektor Schramek hatte. Erst in diesem Augenblick wurde ihr bewusst, dass sie bis jetzt Andreas Zaucher überhaupt nicht als Tatverdächtigen angesehen hatte.

Während sie ein bisschen Zucker über den Milchschaum streute und eine Zigarette von Miss Biggy annahm, überlegte sie, warum eigentlich nicht. Und dann musste sie sich eingestehen: Es war nur ein Gefühl. Ein Gänsehautgefühl. Das sie gestern gespürt hatte, als sie in Andreas Zauchers Augen geschaut hatte. Das letzte Mal, als sie einen solchen Blick gesehen hatte, hatte sie in die Augen einer Frau geschaut, die von ihrem Mann gerade brutal zusammengeschlagen worden war. Ein Opferblick, hätte sie gesagt: dunkel vor Scham und Trauer, hilflos vor Wut.

»Von wem?«, brachte Anna Bernini schließlich heraus. »Ich meine: Von wem wurde das Geld überwiesen?«

»Das weiß ich noch nicht. Es war jedenfalls nicht sein Arbeitgeber. Sprich: die *FLORO-Biorosen*-Firma. Die hätte so viel Geld auch gar nicht flüssig gehabt. Unter uns gesagt.«

Anna Bernini dachte an die Bulldogge am Brunnenmarkt und seinen Satz: »Junior nix machen eigenes Geschäft«.

»Der Alte?«

Miss Biggy ließ eine lange Aschesäule in den Venedig-Aschenbecher fallen und zuckte die Achseln. »Möglich, aber nicht sicher. Da steckt eine ganz komplizierte Transaktion dahinter. Bei einer Briefkastenfirma in Liechtenstein bin ich jetzt einmal gestrandet. Aber das find ich schon noch heraus!«

Anna Bernini goss ein paar Tropfen Espresso in die heiße aufgeschäumte Milch. »Das könnte Schweigegeld sein«, sinnierte sie, »oder …«

»… oder Geld für einen Auftragsmord«, ergänzte Miss Biggy.

Anna Bernini nickte, aber ihr Herz sagte nein. »Aber wieso war der Bauer dann nackt? Und wozu die Rosen?«, murmelte sie.

Wieder zuckte Miss Biggy die Achseln. »Apropos Rosen«, sagte sie und dämpfte ihre Zigarette auf dem Markusdom aus. »Da gibt es Neuigkeiten von der Spurensicherung.«

Miss Biggy grinste. »Du wirst dich wundern.« Sie fingerte eine neue Zigarette aus ihrer Schachtel und zündete sie an.

Anna Bernini fragte sich immer wieder, wie ein Mensch, der so viel rauchte wie Miss Biggy, immer noch so tief einatmen konnte. Mit dem Ausatmen ließ sich Miss Biggy allerdings Zeit. Und mit dem Antwort-Geben auch. Sie warf ihrer Chefin einen schelmisch-liebevollen Blick zu.

»Keine der Rosen, die du eingesammelt hast, passt zu den Leichenrosen.«

»Was?«

»Erstaunlich, gell?«, bestätigte Miss Biggy und ließ den Rauch endlich aus ihrer Lunge beziehungsweise ihren Nasenlöchern wieder herausströmen. »Aber die neue Kollegin von der Spurensicherung, die du eh schon kennst, die Tanja Moser, hat gemeint, das ist sicher. Weder die normalen Florescu-Rosen noch die Florescu-Biorosen noch dem Hochegger seine Rosen passen. Die Rosen auf der Leiche müssen woanders herkommen.«

»Wie kann man da so sicher sein?«

Miss Biggy hob die Schultern. »Keine Ahnung. Aber ihre Eltern haben ein Blumengeschäft, und die Schwester ist Biologin.«

»Dann sind wir mit den Leichenrosen wieder ganz am Anfang!«

»Nicht ganz, glaube ich. Denn Tanja Moser hat gesagt: Die Leichenrosen kommen eher nicht aus Rumänien. Die haben andere Sorten.«

Anna Bernini ließ ihren Blick durchs Lokal schweifen. Wo war heute der pensionierte Deutschprofessor mit dem Heinrich-Heine-Zitat? Wer mit täppischer Hand nach einer Rose greift, darf sich nicht wundern, wenn ihn die Dornen *er*stechen, dachte Anna Bernini, und das Gänsehautgefühl breitete sich bis zu den Fingerspitzen aus.

KAPITEL 15

Aus der Sicht der Verbrecher sehen alle Polizisten gleich aus. Und aus der Sicht der Polizisten, sehen alle Verdächtigen gleich aus. Zumindest wenn sie ihnen im Vernehmungsraum gegenübersitzen. Sicher, die einen sind jünger, tätowierter und haben mehr Gel auf ihren Haaren; die anderen sind älter, beleibter, tragen einen Maßanzug und haben einen Staranwalt an ihrer Seite. Aber das, was ihnen allen gemeinsam ist, ist stärker als die Unterschiede. Es ist der gewisse Gesichtsausdruck, den man aufsetzt, wenn man einem Ordnungshüter begegnet. Das ist derselbe, den man früher in der Schule immer parat hatte, wenn ein Lehrer in der Pause am Eingang zum Hof erschien. Dieser »Ich-habe-noch-nie-in-meinem-Leben-eine-Zigarette-gesehen«-Blick. Im Fall der Kriminalpolizei sagt der Blick: Ich war die ganze Nacht daheim, meine Frau kann es bezeugen. Oder: Das Messer muss einfach aus meinem Rucksack gesprungen und in die Schulter vom Edi gerutscht sein. Oder: Diese gestohlene *Rolex* habe ich noch nie gesehen, die hat mir jemand untergejubelt. Die Auskunftsperson oder der Verdächtige muss nicht einmal im selben Raum mit dem Lügendetektor sein, da weiß man als Kriminalbeamter schon, dass er ausschlagen würde. Aber der Wahrheit kommt man auf diese Weise oft auch nicht viel näher. Denn die Wahrheit versteckt sich womöglich irgendwo daheim. Man findet sie auf einem Foto auf der Kommode, im ängstlichen Blick der Frau oder Freundin, die noch schnell das Bett zerwühlt hat, in dem die Auskunftsperson in der Nacht angeblich gelegen ist.

Anna Bernini ging in Gedanken versunken die Laxenburger Straße hinunter. Ein paar 100 Meter hinter dem städtischen Großgrünmarkt soll sich das Blumenlager der Florescus befinden. Ebenso wie die Florescus selbst. Das hatte jedenfalls einer der muskulösen Angestellten am Brunnenmarkt behauptet. Anna Bernini hatte ihm angesehen, dass er es kaum erwarten konnte, bis sie ihm den Rücken zuwandte, damit er seinen Chef vorwarnen konnte, dass »diese Polizistin« zu ihm unterwegs war.

Ein paar Minuten später betrat sie eine große, leere Lagerhalle. Nur einige abgerissene Blütenblätter, ein Dutzend aufgestapelte Plastikeimer mit aufgedruckten Blumennamen und ein leichter Rosengeruch deuteten darauf hin, dass hier Blumen gelagert wurden und nicht Autoreifen oder Fahrräder. Gegenüber dem großen Eingangstor war aus grauem Wellblech ein behelfsmäßiger Büroverschlag errichtet worden. Die beiden kleinen Fenster waren mit dicken weißen Plastikfolien verklebt, durch die das kalte Licht zweier Neonleuchten sickerte. Es war keine Menschenseele zu sehen. Die Tür des Büroverschlags war nur angelehnt. Männerstimmen waren zu vernehmen. Anna Bernini stieß die Tür auf und zuckte im gleichen Moment zurück. Der Raum wäre mit den beiden Florescus, der Bulldogge, einem schäbigen Holztisch, einem wackeligen Regal und zwei Drehsesseln bereits überfüllt gewesen. Aber leider musste die kleine Bürokabine noch Platz für einen Menschen schaffen, dessen Ego nicht einmal in die Stadthalle gepasst hätte.

»Doktor Donald Ofner«, knurrte Anna Bernini und ignorierte die ausgestreckte Hand des Staranwalts.

»Anna Bernini! Die Inspektorin mit dem schönsten Namen Wiens! Ach nein, Entschuldigung! Chefinspektorin! Gratuliere übrigens zur Beförderung!«

»Danke! ›Gleichfalls‹ kann ich leider nicht sagen!«, entgegnete Anna Bernini mit einem bedeutungsvollen Blick auf die beiden Florescus. Das letzte Mal, als sie mit dem Anwalt zu tun hatte, verteidigte er einen ausländischen Politiker, dessen Geliebte in einem Hotelzimmer tot aufgefunden worden war. Angeblich Selbstmord.

»Aber ich bitte Sie, Sie werden doch kein solcher Snob sein! Als Tirolerin!«

Dabei sprach er »Tirolerin« so aus, als wäre es ein Synonym für »Callgirl«. Anna Bernini atmete mehrmals tief ein und aus und dachte an all die Yogastunden, die sie leider in diesem Herbst schon versäumt hatte. Aber Doktor Ofner zeigte keinerlei Feindseligkeit. Dazu freute er sich viel zu sehr auf das Klingenkreuzen mit der Polizei, das neben Im-*Schwarzen-Kameel*-Sitzen-und-Geschäfte-hart-an-der-Legalität-Machen seine Lieblingsbeschäftigung war. Okay, Im-Gerichtssaal-Stehen-und-Zeugen-Verunsichern liebte er auch. Nur Im-Fernsehen-angeschlagene-Politiker-Verteidigen mochte er noch lieber.

Aber selbst, wenn der Staranwalt nicht da gewesen wäre, wäre der Anteil der Menschen, die ihr unsympathischer waren als ein Furunkel am Hintern, noch bei drei Viertel gelegen. Mit anderen Worten: Der Einzige, mit dem Anna Bernini eventuell privat einen Kaffee getrunken hätte, war der junge Florescu. Er war beim Anblick der Kriminalbeamtin aufgestanden.

Jetzt, wo beide Florescus keine Sonnenbrillen mehr trugen, fiel die Unähnlichkeit zwischen Vater und Sohn mehr ins Auge als die Ähnlichkeit. Aber bei Verwandten, dachte Anna Bernini, sieht man die Ähnlichkeit oft mehr an der Mimik als an den Gesichtszügen. Die Art, wie die beiden Florescus die Lippen zu einem halbherzigen Begrüßungslächeln verzogen, war zum Beispiel ähnlich. Nur dass die Mundwinkel vom jungen Florescu nach oben wanderten und die vom alten nach unten. Die Bulldogge versuchte gar nicht erst zu lächeln. Aber das kann auch daran gelegen sein, dass man dazu Lippen gebraucht hätte.

»Seit wann arbeitet Andreas Zaucher nicht mehr für die *FLORO-Biorosen-Company?*«, fiel Anna Bernini gleich mit der Tür ins Haus.

Die Mimikähnlichkeit kam beim Erröten der beiden Florescus noch deutlicher heraus. Beiden war die Farbe so schnell in die Wangen gestiegen, als hätte man irgendwo einen Hahn aufgedreht. Nur dass beim alten Florescu die Röte noch weiter stieg und geradewegs bei den Augen herauskam. Er zischte etwas auf Rumänisch, von dem Anna Bernini wetten hätte können, dass es den Tatbestand der Polizistinnenbeleidigung erfüllte. Nicht nur, weil Doktor Ofner so erfreut grinste, als hätte sie sich gerade die Bluse aufgeknöpft.

»Ich weiß es nicht genau. Vielleicht seit zwei Wochen«, der junge Florescu zuckte gleichgültig die Achseln, konnte der Polizistin aber nicht in die Augen schauen. Ebenso wenig wie sein Anwalt. Nur, dass der junge Florescu dabei nicht auf ihre Brüste auswich.

»Warum haben Sie ihn gekündigt?«

»Warum? Warum? Weil er war unehrlich!«, rief der alte Florescu schnell, warf die Arme in die Höhe und wandte sich an seinen Sohn. Doch Aleksander wich einen Schritt zurück und duckte sich, als erwartete er Schläge.

»Stimmt das?«, fragt ihn Anna Bernini.

Aleksander Florescu warf ihr einen gequälten Blick zu.

»Inwiefern unehrlich?«, bohrte Anna Bernini nach.

»Hören Sie, Frau Kollegin«, feixte Doktor Ofner, wobei sich seine Augen zu ihren Hüften weitergearbeitet hatten. »Wir wollen hier gegen niemanden Beschuldigungen aussprechen.«

Der alte Florescu nickte.

»Die Chemie hat einfach nicht mehr gestimmt«, machte der junge Florescu einen halbherzigen Versuch, die Situation zu retten.

»Haben Sie jemand Neuen eingestellt?«

»Nein, wir haben genug Angestellte«, brummte der alte Florescu und zeigte auf die Bulldogge, in dessen Gesicht sich aber kein Muskel regte.

»Wer ist ›wir‹?«, fragte Anna Bernini. »Ich dachte, die *FLORO-Biorosen* haben nichts mit der *Florescu-Company* zu tun?«

»Jaja, aber in der Not hilft man sich aus. So ist das eben zwischen Vater und Sohn«, bemühte sich Doktor Ofner zu beschwichtigen. Warum man dabei anzüglich grinsen muss, war Anna Bernini allerdings schleierhaft.

»Vorgestern Nacht wurden aber keine Biorosen geliefert. Und vorher auch schon seit zwei Wochen nicht mehr«, improvisierte Anna Bernini jetzt ein bisschen. »Interessanterweise genau seit der Zeit, seit Andreas Zaucher nicht mehr für Sie arbeitete. Hängen die beiden Dinge vielleicht zusammen?«

Alle vier Männer schwiegen. Es war dem alten Florescu anzusehen, dass er sich kurz die Verhältnisse seiner Kindheit herbeisehnte, wo die Staatsanwaltschaft die Fakten nach dem Geschmack des jeweils größten Geldgebers interpretierte. Der Alte schickte der Bulldogge einen Blick, als würde er ihr eine Waffe zuwerfen, und die Bulldogge hätte bestimmt damit geschossen, wenn Anna Bernini nicht zufällig eine Kriminalbeamtin gewesen wäre. Sie hätte gerne spöttisch gegrinst, aber das ist ihr jetzt doch ein bisschen zu riskant vorgekommen. Vor einem wütenden Stier winkt man auch nicht mit einem roten Tuch.

»Nein, natürlich nicht. Rosen haben Krankheit. Alles kaputt. Biorosen sind empfindliches Pflanzen«, knurrte Michail Florescu und warf seinem Sohn einen bösen Blick zu.

»Und das können Sie bestimmt beweisen?«, fragte Anna Bernini liebenswürdig lächelnd.

»Warum soll das überhaupt wichtig sein?«, durchbrach jetzt Doktor Ofner die Stille. Dass er ihr jetzt zum ersten

Mal ins Gesicht schaute, bewies Anna Bernini mehr als alles andere, dass sie da etwas auf der Spur war.

»Was im Rosenfall wichtig ist und was nicht, entscheide ich selbst, danke!«, knurrte sie. »Also?«, fragte sie den jungen Florescu. Der junge Mann suchte den Blick seines Vaters, wie er ihn vielleicht vor 35 Jahren auch gesucht hatte, wenn er beim Ballspielen die Blumenkübel vom Nachbarblumenstandl umgenietet hatte. Doch der Alte schien ihn gar nicht zu sehen. Sein Blick war starr auf die Polizistin gerichtet, seine Wangenmuskeln arbeiteten. Auf Stirn und Nase glänzte ein fettiger Film.

»Weil, es war …«, begann indessen sein Sohn zaghaft. »Es … es ist etwas passiert. Es war ein Unfall …«, stotterte Aleksander Florescu.

»Es war ganz gewöhnlicher Autounfall«, nahm ihm sein Vater, wie er es damals vor 35 Jahren wahrscheinlich auch schon gemacht hatte, die Sache ab. »In Romania. Lieferauto kaputt, Rosen kaputt.«

»Wer hat das Auto gefahren?«

»Das weiß ich nicht. Ich kümmere mich nicht um Details.« Der alte Florescu verzog den Mund zu einem abwärts zeigenden Halbmond, wie er es vielleicht gemacht hatte, als sein Sohn mit der Idee daherkam, dass man die Plastikfolien bei den Rosengebinden aus Umweltschutzgründen weglassen sollte.

»Hören Sie, Frau Chefinspektorin«, meldete sich mitten in die Stille hinein wieder die ölige Stimme Doktor Ofners. »Ich will mich ja nicht in Ihre Ermittlungsstrategien einmischen, aber …«

»Dann tun Sie das auch nicht«, zischte Anna Bernini und funkelte den Anwalt wütend an. Er hob spöttisch lächelnd die Hände und schüttelte den Kopf.

»Also?«, wandte sich Anna Bernini wieder an den Sohn.

»Andreas Zaucher«, murmelte er und fixierte dabei den Büroverschlag hinter Anna Bernini. Und diese hätte schwören können, dass die Bulldogge neben ihr kurz zusammengezuckt war. Obwohl man ihr nichts angemerkt hat.

»Wo ist das Unfallauto jetzt?«

»In Romania! Auf Schrottplatz. Ist total kaputt«, sagte der alte Florescu gleichmütig.

Anna Bernini schaute allen vier Männern der Reihe nach ins Gesicht. Sie hatte noch etwas im Ärmel. Kein Ass, aber wenn sie die Karte gut ausspielte, könnte sie vielleicht auch stechen. Zumindest sticheln. Sie verabschiedete sich und wandte sich zum Gehen. Sie sah den vier Männern an, dass sie sich auf das erleichternde Ausatmen freuten, das sie schon seit mindestens fünf Minuten zurückgehalten hatten. An der Tür zur Halle drehte sich Anna Bernini aber noch einmal um.

»Und wofür waren die 50.000 Euro, die Sie Andreas Zaucher überwiesen haben?«, fragte sie.

Und in diesem Moment kam die Mimikähnlichkeit zwischen Vater und Sohn ganz besonders heraus. Denn bei beiden Florescus bildete sich genau dasselbe Runzelviereck auf der Stirn, und beide pressten auf die gleiche Weise die Lippen aufeinander. Nur dass der junge Florescu leichenblass wurde und der alte knallrot.

»Niemand hat 50.000 an Andreas Zaucher überwiesen. Warum auch? War Versager!«, zischte der Alte.

Sein Sohn sagte nichts, seine Augen waren nur stumm auf den Vater gerichtet, und Doktor Ofner starrte die Polizistin an, als hätte sich vor seinen Augen eine Oberscremeschnitte in Haferschleim verwandelt.

»Wir finden es heraus. Darauf können Sie sich verlassen.« Anna Bernini hob lächelnd die Hand. Das Letzte, das sie noch wahrnahm, war ein Blick aus den Augen des alten Florescu. Es kam Anna Bernini so vor, als hätte sie der alte Rosenhändler in diesem Augenblick zum ersten Mal richtig angesehen. So als hätte er die junge Polizistin erst jetzt als ein Lebewesen wahrgenommen, das zu seiner eigenen Gattung gezählt werden konnte. Nicht gerade auf Augenhöhe, aber immerhin so hoch, dass man sich einen Plan für sie überlegen sollte. Anna Bernini konnte mühelos die Botschaft aus seinen trüben Augen ablesen: Bisher hab' ich nur ein bisschen mit dem Plastikschwert herumgefuchtelt, aber jetzt werde ich Excalibur aus dem Felsen ziehen.

KAPITEL 16

Mit der Arbeit in einer Landespolizeidirektion ist es ähnlich wie mit der Arbeit beim Film. 99 Prozent der Zeit verbringt man mit Warten. Und in dem einen Prozent steckt die ganze Arbeit, die nachher die Leute im Fernsehen sehen. Am schwierigsten sind da natürlich die Übergänge. Wenn du im einen Moment noch gemütlich in der Wachstube gesessen bist, ein Sudoku aufgelöst oder mit der Kollegin *Spotify*-Empfehlungen ausgetauscht hast, musst du im nächsten Moment schon mit 100 Stundenkilometern und Blaulicht die Leopoldsgasse hinunterdonnern können. Nicht unbedingt immer, um einen Verbrecher davon abzuhalten, einer armen alten Rentnerin die mühsam ersparte Rente abzuschwatzen, manchmal auch nur, weil einer beim Falschparken und Nicht-Gleich-Verschwinden erwischt worden ist. Und ja, es kommt auch hin und wieder vor, dass sich die ganz Jungen mit den Streifenwagen von den Nachbarwachen eine kleine Verfolgungsjagd liefern, nur damit sie den Deppen erwischen, der einem Kind den Eislutscher wegnehmen will. Denn Wien ist im Grunde eine gemütliche Stadt, und 23 Morde im Jahr sind ja nichts. Überhaupt wenn man bedenkt, dass die Hälfte davon sowieso die Verbrecher untereinander verüben. Die restlichen gehen auf die Konten von eifersüchtigen Ehemännern, für die ihre Frau immer nur ein Spielzeug gewesen ist, das ihnen wer anderer wegnehmen will. Oder Psychopathen, die am Nächstbesten, der ihnen zufällig in die Quere kommt, ihre Wut auslassen.

Aber dann passiert doch alle zwei Jahre ein Mord, der sich nicht in dieses Schema pressen lässt. Und das ist dann so, als hättest du als Statist am Set drei Wochen lang mit Warten verbracht, und dann kommt von einer Sekunde auf die andere George Clooney vorbei und möchte mit dir Kaffee trinken. Genauso ist es bei einem spektakulären Mord. Da will natürlich jeder dabei sein. Die Kollegen, der Chef, die Medien.

Laborbeamte, die Tatortgruppe, die Giftler, die Wirtschaftspolizisten – alle sind am Set und reden gescheit daher. Da gibt es bestimmt Menschen, die als Chefinspektorin so einen Auftritt richtig genießen würden. Denn so eine Chance hat man vielleicht drei-, viermal in seiner ganzen Polizeikarriere. Wenn man Glück hat. Vielleicht würde sich so jemand vorher sogar Medien-coachen lassen, aber vermutlich hätte er keine Zeit dafür. Nachher würde er auf jeden Fall tagelang vor der Kantine stehen und immer wieder seinen Kollegen genau erklären, was er zu den Journalisten wie gesagt hat. »Ich habe auf den ersten Blick gesehen, dass der Täter …«, »Ich wusste sofort, das kann ja nur Diesesundjenes gewesen sein!« und »Danke auch an meine Kolleg*innen, die mich so großartig unterstützt haben.« Das würde er so lange machen, bis ihm die Kolleg*innen, die ihn so großartig unterstützt hatten, das Smartphone wegnähmen. So einer wäre Inspektor Schramek gewesen. Aber leider ist ihm die Vorgesetzte um einen Tag zu früh aus dem Krankenstand zurückgekehrt.

Natürlich gibt es auch bescheidene Exekutivorgane. Es ist ja nicht jeder eine Rampensau. So mancher ist glücklicher, wenn man ihn im Hintergrund werken und dann still triumphieren lässt. Vielleicht nicht ganz still. Die Kolleg*innen im *Vis-à-Vis* würden es schon erfahren, dass es ohne ihn nie geklappt hätte und dass die anderen ewig der falschen Spur nachgejagt sind. Vor allem würde es das Gespons zu Hause immer wieder hören, bis es eines Tages »Sag's ab jetzt dem *Ikea*-Kastl. Ich hab' jemanden, der auch einmal Luft holt« sagen würde. Dann kann man es immer noch seinen *Facebook*-Freunden erzählen.

Es gibt aber auch welche, denen sogar die beifälligsten *Facebook*-Kommentare unwichtig sind. Das sind die Frontkämpfer. Denen kann es gar nicht laut genug knallen. Sie lieben es, mit den Kamerad*innen im Schützengraben zu sitzen und endlich einmal nicht um Punkt 6 Uhr zu den Spaghetti daheim sein zu müssen und sich für die Mathematik-Schularbeit des Nachwuchses zu interessieren, der noch vor ein paar Jahren glücklich war, wenn man ihm ein Spielzeug-Polizeiauto mitgebracht hat. Das sind diejenigen, die so richtig aufleben, wenn sie mehrere Tage und Nächte nicht zum Schlafen, Essen oder Durchatmen kommen. Denen es erst so richtig gut geht, wenn ihnen die Zunge weiter heraushängt als den Polizei-Schäferhunden.

Und dann gab es noch den Oberst. Ich weiß nicht, ob es mehrere Menschen gibt, die ähnliche Symptome zeigen, aber wenn, wäre ich dafür, dass die WHO einen neuen Krankheitsbegriff einführt. Der Oberst hatte einen Beichtzwang. Nur, dass er ihn nicht bei einem Pfarrer auslebte, sondern beim *Wien heute*-Moderator. Und dass er keine Sünden beichten wollte, sondern Ermittlungsergebnisse. Auch, wenn sie noch nicht einmal die zuständige Chefinspektorin zu Gesicht bekommen hatte.

Aber schön der Reihe nach. Als Anna Bernini kurz vor 15 Uhr ihr Fahrrad vor dem Landeskriminalamt in der Leopoldsgasse an einer Laterne anhängte, standen zwei *ORF*-Aufnahmewagen vor der Tür. Und egal, wie erschöpft sie vorher gewesen war, jetzt strömte wieder Adrenalin durch ihre Adern. Sie rannte, zwei Stufen auf einmal nehmend, die Treppe hinauf in den ersten Stock, dann in den zweiten und schließlich in den dritten. Sie hastete den Gang entlang zum großen Konferenzzimmer, und ohne auch nur Atem zu holen, riss sie die Tür auf.

Gleich dahinter stand Miss Biggy und schaute mit einem so besorgten Blick in die Richtung, wo der Oberst stand, als hätte er den Fernsehkameras gerade seine Snoopy-Unterhose gezeigt. Und das war auch nicht ganz falsch. Nur dass es die gesamte Wiener Polizei war, die vor den Fernsehkameras der *Wien heute*-Sendung die Hosen herunterließ. Das *YouTube*-Video, das einer der Journalisten privat gemacht hatte, wurde über Nacht zum Hit. Natürlich wäre es Anna Bernini lieber gewesen, sie hätte darin nicht die Rolle der Verrückten gespielt, aber so etwas kann man sich nicht immer aussuchen. Denn dass die zuständige Chefinspektorin Rot sah, kann man ihr wirklich nicht verdenken. Nicht nur, weil der Oberst die Konferenz ohne ihr Wissen einberufen hatte, stand auch noch Inspektor Schramek brav wie ein übergewichtiger Firmling neben dem Chef. Offenbar, um den Reportern ebenfalls Rede und Antwort zu stehen.

Anna Bernini stürmte geradewegs auf das Herren-Duo zu, ohne sich auch nur im Geringsten um die amüsierten, wütenden oder erschrockenen Blicke der umstehenden Journalisten und Kollegen zu scheren. Der Oberst, dem die Lesebrille bis zur Nasenspitze vorgerutscht war, fixierte nervös ein Blatt Papier, das zwischen seinen Fingern zitterte. Als Anna Bernini neben ihm auftauchte, schrak er so heftig zusammen, dass gleich ein paar Kolleginnen mit Sanitäterausbildung auf ihn zustürzten.

»Meine Damen und Herrn!«, hatte er eben laut vorgelesen, »exakt 41 Stunden nach dem grausamen Mord an einem Wiener Blumenhändler wird Ihnen unser Inspektor Schramek neben mir die ersten Ermittlungsergebnisse …«

Weiter kam er nicht. Denn schon hatte ihm Anna Bernini das Mikrofon weggeschnappt. Fotoapparate klickten, und einer rief: »Was ist mit der Polizei? Wieso wird die Verrückte nicht aufgehalten?« Aber die Polizisten blieben ganz ruhig stehen, zwei sollen sogar gegrinst haben. Der Oberst trat lammfromm zur Seite und überließ der verwirrten Frau das Mikrofon. Diese blickte finster in die Runde und sagte: »… leider noch nicht präsentieren. Danke!«

Dann huschte ein kurzes Verrückten-Lächeln über das Gesicht der Frau, und sie stürmte wieder hinaus.

Anna Bernini hatte sofort nach dem Fernsehbeitrag mehrere Therapiestunden bei Doktor Egger und einen Friseurtermin reserviert. Da funktioniert der Mensch ja oft unlogisch. Obwohl sie aus 36-jähriger Erfahrung wusste, dass niemand aus ihren Drahtbürstenhaaren eine Frisur machen kann, beschäftigte sie ihr Aussehen mehr als die Tatsache, dass die ganze Wiener Polizei mit ihr selbst als Aushängeschild dem Gespött von Tausenden Social-Media-Kommentaren preisgegeben war. Das ist eine klassische »Verschiebung« hätte ihr Frau Doktor Egger vermutlich erklärt. Aber das war natürlich gleich nach der Pressekonferenz Anna Berninis kleinstes Problem. Ein größeres waren die Journalisten, wegen denen sie sich in ihrem Büro verschanzen musste. Und ein noch größeres war der Oberst, der steif und fest behauptete, dass er nicht die Presse verständigt hatte. Er war so geknickt, dass man fast einen weiteren Schlaganfall befürchten hätte müssen, wenn Anna Bernini nicht schließlich gesagt hätte, dass sie ihm glaube. Obwohl sie ihm nicht glaubte.

Das größte Problem war aber ein anderes. Das merkte sie aber erst, als es groß, dick und ein wenig schuldbewusst vor ihr stand: Inspektor Schramek.

»Der Oberst hat wirklich nicht die Presse verständigt«, schrillte es in einem Ton durch den Gang, dass Anna Bernini zweimal hinhören musste, um Miss Biggy zu erkennen. Sie kam mit einer brennenden Zigarette auf Inspektor Schramek zu gewackelt und stellte sich mit einem so gefährlichen Gesichtsausdruck vor ihm auf, dass Anna Bernini nicht die Einzige war, die befürchtete, dass Miss Biggy die Zigarette gleich auf dem feisten Unterarm des Inspektors ausdrücken könnte. Er verschränkte jedenfalls vorsichtshalber seine Arme hinter dem Rücken.

»Das hat dein Inspektor hier gemacht«, rief sie aus.

»Ich hab' niemanden benachrichtigt! Die Pressefritzen sind von selbst ...«, versuchte sich Inspektor Schramek zu verteidigen, erstaunlich kleinlaut, aber Miss Biggy schnitt ihm das Wort ab.

»Papperlapapp!«

Anna Bernini spürte, wie sich langsam irgendwo im Bauch eine Mörderwut zusammenbraute. Vielleicht, weil außer Schlaftabletten und einem veganen Salat nichts drinnen war. Ihr Gesichtsausdruck musste fürchterlich gewesen sein, denn er brachte jetzt sogar das Selbstbewusstsein Inspektor Schrameks zum Bröckeln. Und wer weiß, wie der Machtkampf zwischen den beiden ausgegangen wäre, wenn nicht in diesem Augenblick Tanja Moser die Treppe heraufgelaufen wäre.

Die junge Beamtin vom technischen Dienst hatte auch schon einmal besser ausgesehen. Die tiefen violetten Schatten unter den Augen kamen vielleicht von der Tag-und-Nacht-Arbeit. Aber die hitzige Röte ließ sich nur mit den Neuigkeiten erklären, die sie so geschwind über den Hof und die zwei Stockwerke herauf getrieben hatte.

»Ich bin froh, dass ich Sie gefunden habe!«, keuchte sie.

Die Hände der jungen Frau zitterten leicht, als sie Anna Bernini einen vollgeschriebenen Zettel überreichte.

»Ich habe jetzt eindeutige Fingerabdrücke auf der Waffe gefunden. Auf dem Eisenspieß.«

Alle starrten schweigend auf das Blatt Papier. Anna Berninis Herz klopfte so laut, als hätte es den Körper verlassen und würde von außen an ihre Schädeldecke hämmern. Miss Biggy, die sich als Erste rühren konnte, nahm der Kriminalbeamtin das Papier sachte aus der Hand, blinzelte ein bisschen, streckte den Arm weit von sich und setzte sich dann doch die Lesebrille auf. Ein paar weitere Sekunden herrschte Schweigen. Nicht einmal Inspektor Schramek machte einen Mucks. Miss Biggy senkte den Arm und schaute Anna Bernini fest in die Augen.

»Na servas!«

KAPITEL 17

Wenn das Bessere der Feind des Guten ist, dann ist das Schlechtere auch der Feind des Schlechten. Für Anna Bernini war es zwar schlecht, dass sie beim ersten Fall, den sie als Chefinspektorin leitete, ausgerechnet ihrem Sesselsäger recht geben musste. Aber noch schlechter wäre es gewesen, wenn die DNA-Spuren Xaver Hochegger gehört hätten. Zumindest vom reinen Gefühlsstandpunkt aus.

Sofort, nachdem Anna Bernini erfahren hatte, wessen DNA-Spuren auf dem Eisendorn gefunden worden waren, war sie mit Inspektor Stammer zu einem der wartenden Polizeiwagen gerannt. Denn erstens wollte sie keine Sekunde verlieren, und zweitens wollte sie nicht bei Inspektor Schrameks großem »Ich-habs-doch-gewusst«-Gockelgang durch die ganze Mordabteilung dabei sein. Vielleicht war die Reihenfolge auch umgekehrt. Aber vor allem wollte sie mit ihrer Panik allein sein. Inspektor Stammer war nämlich ein Mensch, der wusste, wann man schweigen muss. Vielleicht, weil er Anna Bernini ins Gesicht geschaut hatte, als sie eingestiegen sind. Ich kann nur sagen: zum Fürchten. Manche Menschen wirken nämlich wütend, wenn sie eigentlich Angst haben. Das ist normalerweise bei Männern häufiger. Aber vielleicht ist das auch ein Vorurteil.

Anna Bernini jedenfalls hatte so große Angst, dass sie sich zusammenreißen musste, damit sie nicht ihr Bein auf die Fahrerseite streckte, um aufs Gas zu steigen. Inspektor Stammer gehörte nämlich zu den Polizisten, die sich so weit als möglich an die Geschwindigkeitsbegrenzungen hielten. Es ist ja ein allgemeiner Irrglaube, dass die Polizei im Einsatz so schnell fahren darf, wie sie will. In Wahrheit darf sie nur so schnell fahren, wie es unbedingt nötig ist. Und natürlich nur so schnell, wie es für die anderen Verkehrsteilnehmer gesund ist. Bei einem Verdächtigen, der noch gar nicht wusste, dass er entlarvt ist, ist ja keine Gefahr im Verzug. Da kann man auch, dachte Inspektor Stammer offensichtlich, 100 Stundenkilometer fahren statt 200, und vielleicht mit Blaulicht, aber ohne Folgetonhorn, während Anna Bernini sicher aufs Gaspedal einen Bleiklumpen gelegt und das Tatü-Tata so laut aufgedreht hätte, dass es halb Wien die Ohren verschlagen hätte. Aber ohne Führerschein geht so etwas natürlich schwer.

Auf der Höhe des Allgemeinen Krankenhauses blinkte Inspektor Stammer, um in die Tiefgarage zu fahren. Da hielt es Anna Bernini nicht mehr aus und riss das Steuer herum, sodass dem Fahrer nichts anderes übrigblieb, als auf der Spur der Rettungswagen in die Notaufnahme zu brettern. Natürlich zeigten die Pfleger, die den Polizeiwagen wenig später an der Notaufnahme-Rampe auftauchen sahen, keine große Freude. Inspektor Stammer hätte gerne etwas Höfliches zur Entschuldigung gesagt, aber dazu ließ ihm seine Chefin keine Zeit. Sie war ihm schon zehn Meter vorausgelaufen, und er musste ihr wohl oder übel durch die langen Gänge des Krankenhauses nacheilen.

Anna Bernini war atemlos an der zentralen Informationstheke stehen geblieben, um nach Abteilung und Zimmernummer des Patienten Andreas Zaucher zu fragen. Aber dem Schalter-Angestellten kam es eher so vor, als hielte sie ihm ihre Dienstpistole an die Schläfe. Er hatte die Zimmernummer und den komplizierten Weg dorthin noch gar nicht fertig aufgesagt, da war die Polizistin schon zum nächsten Lift gerannt. Hinter ihr her ein langer, dünner Junge, der so aussah, als wäre er im Moment lieber Passagier in einem der Krankenbetten als Gruppeninspektor. Der Angestellte hielt es auf alle Fälle für besser, die Stationsleitung vorzuwarnen, dass eine ganz rasante Kriminalbeamtin zu ihnen unterwegs war.

Aber leider ging niemand ans Telefon. Denn im grünen Bettenhaus, auf der Station Psychiatrie und Psychotherapie herrschte seit einer Stunde helle Aufregung. Einer der Patienten war verschwunden. Ausgerechnet der, an dem die Kriminalpolizei so viel Interesse hatte. Die Stationsleitung hatte ihn sogar extra von der Krankenhaus-Security bewachen lassen, nachdem der dicke Inspektor verschwunden war. Aber es war zu befürchten, dass der Sicherheitsbeamte nicht die ganze Zeit stur dagestanden und den Patienten fixiert hatte wie eine scharf gestellte Atombombe. Manchmal dürfte er sich einen Kaffee geholt und auf dem Weg zum Automaten ein bisschen mit den Praktikantinnen gescherzt oder einen Handyempfang für die Fußballübertragung gesucht haben. Eigentlich war es ja Sache der Polizei, aber ein bisschen mitschuldig fühlte man sich schon, als der Patient heute Morgen nicht mehr in seinem Bett lag. Schließlich sollte es eigentlich nicht vorkommen, dass ein verwirrter, unter paranoiden Wahnvorstellungen leidender, vollkommen sedierter Patient unbemerkt die Station verlassen konnte.

Anna Bernini und Inspektor Stammer fanden im Schwesternzimmer einen wütenden Oberarzt, eine weinende Krankenschwester und zwei Pfleger mit den betretenen Gesichtsausdrücken von Mitarbeitern, die gerade zusammengeputzt wurden.

Anna Bernini musste gar nicht mehr fragen, was passiert war. Aber sie musste sich auf einen der Stahlrohrsessel setzen, so groß war der Schock. Und einer der Pfleger stellte ihr gleich einen Becher mit Wasser hin. Die weinende Schwester erzählte konfus, dass sie dem Patienten Andreas Zaucher noch vor zwei Stunden eine neue Infusion angehängt hatte und schwören hätte können, dass er praktisch auf der Stelle friedlich eingeschlafen sei. Die Männer berichteten, dass sie sofort in jedem der Zimmer nach dem Patienten von Nummer 7 gesucht hätten.

»Und?«, fragte Anna Bernini ziemlich hoffnungslos.

»Die meisten hier sind nicht sehr aufmerksam«, sagte ein junger stämmiger Pfleger bedauernd. »Aber eine junge Frau hat gesagt, sie hätte ihn gesehen. Wollen Sie mit ihr sprechen?«

Anna Bernini nickte. Schwerfällig stand sie auf. Jetzt, wo das Befürchtete eingetreten war, hatte sie jede Kraft verlassen. Am liebsten hätte sie zu ihrem Inspektor gesagt: Machen Sie das! Aber als Chefin musst du dich natürlich zusammenreißen. Sie folgten dem jungen Pfleger den Gang hinunter bis zum Zimmer Nummer 3.

Ein einziges Bett stand in der Mitte des Raumes. Anna Bernini wollte sich nicht überlegen, was mit den Patientinnen links und rechts von der jungen blonden Frau mit den roten Pausbäckchen geschehen ist. Das kann alles gewesen sein: aus dem Krankenhaus entlassen, in ein anderes Zimmer verlegt oder in die Notaufnahme gebracht, weil die Zimmerkollegin mit dem Besteck auf sie losgegangen war. Die übrig gebliebene Patientin sah allerdings sehr harmlos aus. So harmlos, dass es fast schon verdächtig war. Sie saß aufrecht im Bett, in der Hand hielt sie ein Strickzeug, das sie sofort sinken ließ, als die kleine Gruppe in der Tür erschien.

»Sind Sie von der Polizei?«, fragte sie.

Anna Bernini nickte.

»Verhören Sie mich?«, rief sie und klatschte vor Freude in die Hände. Anna Bernini und Inspektor Stammer warfen sich einen zweifelnden Blick zu. Aber man kann ja nie wissen. Und wirklich, die Frage, ob sie einen jungen Mann vorbeilaufen sah, bejahte sie.

»Er hat sogar kurz hereingeschaut und gewinkt«, lächelte die Patientin.

»Aus welcher Richtung ist er denn gekommen?«, fragte Anna Bernini skeptisch.

»Aus der da!«, rief sie und zeigte mit ihrem ausgestreckten Arm nach links, wo das Zimmer Nummer 7 lag.

»Wie hat er denn ausgesehen?«, fragte Anna Bernini mit einer Spur Hoffnung im Herzen.

»So groß wie der da.« Sie zeigte auf den etwa mittelgroßen Pfleger. »Dünn, lange schwarze Haare und ein schwarzer Bart.«

Die Beschreibung würde passen. Anna Berninis Herz begann schneller zu schlagen.

»Gestern war er übrigens auch schon da!«, fügte sie eifrig hinzu.

Anna Bernini warf dem Pfleger einen Blick zu. Der schüttelte zweifelnd den Kopf.

»War es derselbe? Sind Sie sich sicher?«

Die junge Frau nickte mehrmals heftig, sodass ihre Locken lustig auf den Schultern tanzten. Das schien ihr zu gefallen. Sie nickte gleich noch ein paar Mal.

»Wie h-i-eß er denn?«, schaltete sich Inspektor Stammer ein.

»Jesus von Nazareth!«

Anna Bernini stöhnte. So etwas ist schwer zu unterdrücken, wenn man vorher sehr angespannt war. Inspektor Stammer grinste. Anna Bernini drehte sich um und stürmte hinaus, ihr junger Kollege hinter ihr her. Während sie zum Lift rannte, zog sie ihr Handy aus der Tasche.

»Der Zaucher ist aus dem Krankenhaus verschwunden!«, rief sie ins Telefon. »Schick sofort wen in seine Wohnung in der Nestroygasse.« Eine Erinnerung durchzuckte sie. Die Nestroygasse, Miss Biggy, die ihr die Adresse gesagt hatte, die junge Frau, die vorletzte Nacht vor ihr davongelaufen war. War das Zufall? »Schick auch ein paar Leute von der Spurensicherung ins AKH, grünes Bettenhaus, Ebene 10, Zimmer 7.«

Anna Bernini wartete Inspektor Schrameks Antwort nicht ab. Sie stand vor dem Personenlift und drückte wie wild auf den Abwärts-Knopf. Aber jeder, der im AKH schon einmal versucht hat, mit dem Lift vom zehnten Stock in die Ausgangshalle zu kommen, weiß, dass man dafür schon ein bisschen Zeit einplanen muss. So ein AKH-Personenlift hat schon viele aufgeregte Menschen vor seinen Türen halb verzweifeln gesehen. Der lässt sich von einer hypernervösen Kriminalbeamtin auch nicht aus der Ruhe bringen.

Aus der Ruhe bringen lassen sich immer nur die Menschen. Und wie viele vor ihr wollte auch Anna Bernini nicht warten, sondern lieber die Treppe nehmen. Allerdings muss man die erst finden und dann auf Anhieb die richtigen Windungen und Korridore erwischen. Kann leicht sein, dass man mit dem Schneckenlift zeittechnisch am Ende besser dran gewesen wäre. Aber Hauptsache, man startet einmal los. Da handelt der Mensch ja oft unlogisch. Vielleicht ein Erbe aus der Zeit, als wegrennen fast immer die bessere Entscheidung gewesen ist. Inspektor Stammer wollte schon hinter seiner Chefin herlaufen, aber Anna Bernini hielt ihn zurück. »Sie bleiben da und leiten hier die Ermittlungen. Das Auto nehme ich!« Ihr Gesichtsausdruck war so wild, dass Inspektor Stammer seiner Chefin, ohne zu überlegen, auch seine Socken ausgehändigt hätte, nicht nur die Schlüssel für ein Auto, das sie eigentlich nicht fahren durfte. Zehn Minuten später raste Anna Bernini mit 200 Stundenkilometern, Tatü-Tata und Blaulicht über den Gürtel zurück in den Zweiten.

KAPITEL 18

Ich weiß nicht, ob es eine Studie dazu gibt, aber ich fürchte, Stress wirkt auf das menschliche Gehirn ähnlich wie Alkohol. Man verliert die soziale Kontrolle. Vielleicht ist es auch so, wenn man dement wird. Da gibt es immer die harmlose Stufe, wo die Menschen eigentlich netter werden, als sie im Zustand des Vollbesitzes ihrer geistigen Kräfte waren. Aus der Zwänglerin, die jede nicht gekämmte Teppichfranse ihrer Nachbarin als Beweis für deren Hausfrauenunfähigkeit im Dorf herumerzählt, wird eine freundliche Über-den-Zaun-Grüßerin, die selbstgebackene Muffins verteilt. Aber mit jeder Stufe, mit der sich die Krankheit in Richtung Reptiliengehirn durcharbeitet, steigt die Wahrscheinlichkeit, dass die Entwicklung wieder in die andere Richtung geht, wo die zur netten Nachbarin mutierte Zwänglerin wieder vergisst, dass man anderen Menschen nicht einfach den Fliederstrauch ausreißen darf, nur weil er ein bisschen über das Grundstück hinausgewachsen war.

Bei Anna Bernini war jetzt der Stress jedenfalls so groß, dass sie offenbar vergessen hat, dass man ein Polizeiauto nicht einfach mitten auf der Straße stehen lassen kann. Nur den Motor stellte sie ab. Dass sie die Autotür zugeworfen hat, würde ich nicht wetten. Andererseits: Wer würde sich schon getrauen, einen Polizeiwagen zu stehlen?

Anna Bernini nahm die zwei Stockwerke zu Andreas Zauchers Wohnung im Laufschritt, obwohl sie eigentlich schon wusste, dass ihr Bewohner nicht da war. Inspektor Schramek selbst solle bitteschön, hatte Anna Bernini während der rasenden Fahrt über den Gürtel ins Telefon gebrüllt, im Landeskriminalamt bleiben und die Großfahndung einleiten. Sie wolle die Leute im Haus befragen und sich in der Wohnung umsehen.

Vor der Tür stand neben der akkurat angebrachten rot-weiß-roten Polizeiabsperrung ein junger Kollege. Als er Anna Bernini heraufstürmen sah, löste er für ein paar Zehntelsekunden seinen Rücken von der Mauer und die Augen von seinem Handy.

»Keine besonderen Vorkommnisse«, nuschelte er.

Ja genau, dachte Anna Bernini, abgesehen davon, dass der wichtigste Zeuge im *Rosenfall* gerade verschwunden ist, einer meiner Leute heftig an meinem Sessel sägt und sich die Kriminalpolizei vor ganz Wien lächerlich macht, ist alles ganz normal. Dann wurde ihre Aufmerksamkeit aber von zwei Personen abgelenkt, für die eine Polizeiaktion in ihrem Haus offensichtlich schon ein besonderes Vorkommnis gewesen sein musste. Es war eine junge Frau und ein knapp zwei Jahre altes Mädchen. Sie standen vor der Tür der Nachbarwohnung.

»Hat er was ausgefressen?«, fragte die junge Frau ein bisschen spöttisch.

»Wer möchte das denn wissen?«, fragte Anna Bernini.

»Das könnte ich Sie auch fragen«, konterte die junge Frau.

Anna Bernini zückte ihren Polizeiausweis.

»Bernini? Da gibt es doch diesen Cocktail«, sinnierte die junge Frau.

»Und Sie heißen?«, verlor Anna Bernini jetzt keine Zeit mit Kunstunterricht.

»Jacqueline Huber, ich wohne gleich da.« Sie wies mit einer Kopfbewegung vage nach hinten.

»Wie gut kennen Sie Andreas Zaucher?«

»Naja, er kümmert sich manchmal um meine Jasmine.«

Die kleine Jasmine zeigte der Polizistin die Zunge.

»Wann haben Sie Andreas Zaucher zum letzten Mal gesehen?«

»Das muss vor circa einer Woche gewesen sein. Ich habe gerade in der Früh den Müll runtergebracht, als er heimgekommen ist.«

»Heimgekommen?«

»Ja, er hat behauptet, er konnte nicht schlafen und ist deshalb in der Früh zum Bäcker frische Semmeln holen gegangen. Aber das glaub' ich nicht. Seine Kleidung war total dreckig von oben bis unten.«

»Wie dreckig?«

»Was weiß ich! Voller Erd- und Grasflecken. Eingetrocknetes Blut hatte er im Gesicht. Vielleicht eine Schlägerei.«

»Und das war vor einer Woche?«

Die junge Frau nickte.

»Ist Ihnen in letzter Zeit sonst etwas Ungewöhnliches an Andreas Zaucher aufgefallen?«, fragte Anna Bernini.

Jacqueline Huber dachte nach.

»Jetzt wo Sie mich fragen ... Da ist jetzt manchmal jemand in seiner Wohnung.«

»Und das ist ungewöhnlich?«

»Ja, total! Ich glaube, dass die sogar seine Freundin war.«

»Warum glauben Sie das?«

Jacqueline Huber zuckte die Achseln.

»Ich habe jeden Tag den Staubsauger gehört.«

Anna Bernini konnte sich gut vorstellen, wie Kollege Schramek auf diese Aussage reagiert hätte. Wochenlang hätte er seine Witze über Frauen und Staubsauger gemacht, bis ihm endlich eine Kollegin, ich tippe auf Miss Biggy, mit einer gesalzenen Entgegnung das dreckige Lachen aus dem Gesicht gewischt hätte.

Inzwischen war die Geduld der kleinen Jasmine offenbar erschöpft. Ihre Lippen zitterten, das kleine rosa Kartoffelgesichtchen warf alarmierende Falten, und erste leise Protestlaute entrangen sich ihrer Brust. Jacqueline schwang die Kleine auf die Hüfte und versuchte, sie durch Auf- und Abwiegen zu beruhigen. Ein halb versöhntes Aufschluchzen ließ die beiden Frauen erleichtert aufatmen. Aber das war nur das Präludium. Denn eine Sekunde später erfüllte ein so durchdringender Heulton das Stiegenhaus, dass sich jede Polizeisirene dagegen wie ein schwaches Winseln ausgenommen hätte.

Eine Minute später stand Anna Bernini in Andreas Zauchers Wohnung. Sie war vielleicht 35 Quadratmeter groß und bestand nur aus einem großen Zimmer. In einer Ecke befand sich eine winzige Küche, eigentlich eher der ausgestreckte Mittelfinger eines Hausbesitzers, der nur darauf wartet, dass sein vorletzter Mieter endlich für die Revitalisierung Platz machte. Sprich: Es gab zwar einen Gasherd, auf den man einen Topf stellen konnte, ob man aber das Darauf-Kochen überleben würde, war schon die Frage. In der zweiten Ecke war ein Mini-Badezimmer untergebracht, eigentlich nicht viel mehr als eine Dusche mit einer Mauer rundherum. Ein Tisch, ein Schrank und zwei Stühle vervollständigten das karge Mobiliar.

Das schmutzige Geschirr, die aufgerissenen Pizzaschachteln, die eingetrockneten Kaffeereste in mindestens einem Dutzend Häferln, die nackte Matratze mit dem schmutzigen Leintuch und den stockfleckigen Decken hätten ohne Weiteres ein gutes Werbesujet für eine Obdachlosen-Spendensammelaktion abgegeben.

Das einzige Element, das nicht passte, war ein gewaltiges, drei Wände des Raumes bedeckendes Bücherregal. Anna Berninis Blick wanderte die Regalmeter ab. Sie sah Schulliteratur, alte Klassiker, junge Lyriker, Bestseller, Krimis, seltene Avantgarde-Literatur, Ratgeber und so viele chinesische Science-Fiction-Bücher, dass man damit einen ganzen *Liu Cixin & Co*-Fanklub auf Jahre hinaus versorgen hätte können. Auf dem untersten Regal türmten sich Bücher über Yoga, Qi Gong, Homöopathie, Traditionelle Chinesische Medizin, Traditionelle Europäische Medizin, Numerologie, Astrologie, Engelwesen, Rebirthing. Auf einmal begann Anna Berninis Herz schneller zu schlagen. Und plötzlich überfiel sie ein Gefühl wie ein Schwarm Wespen eine Kuchenjause am Balkon. Und es war ebenso lästig. Fast hätte sie angefangen, um sich zu schlagen, so unangenehm wurde es. Ich weiß nicht, wie lange ein Mensch nicht atmen kann, bevor sich seine Lunge selbstständig macht und mit einem gewaltigen Aufbläh-Sog auf ihr Recht pocht. Anna Bernini jedenfalls ist länger stocksteif und atemlos mitten in der Zaucher-Wohnung gestanden, als sie in ihrer besten Schulsportzeit im heimatlichen Moorsee zu den Fischen hinuntergetaucht war. Es war so, als würde sie darauf warten, dass ihr der Raum rundherum die Antwort auf eine Frage gab, von der sie nicht einmal wusste, wie sie lautete.

Vielleicht war es der Genius loci oder Gedankenübertragung, Tatsache jedenfalls war, dass Anna Bernini, kaum hatte sich ihre Lunge wieder mit genug Luft gefüllt, zum Tisch stolpern konnte. Außer einer vertrockneten Cannabis-Pflanze, einem übervollen Aschenbecher und einer Staubschicht war er leer. Trotzdem beugte sich Anna Bernini hinunter, legte den Kopf schief und studierte die Tischplatte. Und da sah sie mitten auf der von vielen verschütteten Getränken wellig gewordenen Oberfläche eine staubfreie Stelle. Sicher hätte es theoretisch auch Sinnestäuschung gewesen sein können oder Einbildung. Aber in diesem Fall muss man sagen: Anna Bernini hat sich nicht getäuscht. Als später die Kollegen vom technischen Dienst jedes Fitzelchen der Wohnung genauestens unter die Lupe nahmen, stellten sie fest: An der Stelle auf der Tischplatte, wo längere Zeit kein Staub Gelegenheit hatte, sich niederzulassen, hätte ein 13-Zoll großer Laptop genau hineingepasst.

KAPITEL 19

Ich bin die Letzte, die behaupten würde, dass der Mensch unter Druck besser arbeitet. Aber man kann sagen, was man will: Wenn zu Mittag in ein Gasthaus ein ganzer Reisebus einfällt und die Passagiere auf der Stelle ein Wiener Schnitzel mit Kartoffelsalat wollen, dann braucht der Koch in der Küche für eine Portion plötzlich nur mehr halb so lange als vorher. Das ist natürlich das Adrenalin, das seinen körpereigenen Kokain-Cocktail mixt, von dem man selbst gar nicht weiß, dass man ihn hat. Blöd ist nur, dass sich die Chefs dann verhalten wie die kleinen Kinder, denen man einmal ein Eis gegeben hat. Sie wollen jeden Tag eines und kennen keine Grenze mehr.

Da war der Oberst natürlich auch keine Ausnahme. Natürlich wollte er sofort eine Lagebesprechung mit der gesamten Abteilung. Nicht einmal Miss Biggy hätte ihm das ausreden können. Es war das erste Mal seit seinem Schlaganfall, dass Anna Bernini den Oberst wütend gesehen hatte. Und das erste Mal überhaupt, dass sie der Grund dafür war. Als sie ins Konferenzzimmer kam, saß der Oberst – wie immer tipptopp gekleidet – am Kopfende des Tisches. Aber dass er sie beim Betreten des Raumes nicht anschaute, zeigte mehr, als Vorwürfe es je gekonnt hätten, wie enttäuscht er von ihr war. Nervös rutschte er auf seinem Sessel hin und her und nestelte an seinem Smartphone herum. Miss Biggy eilte auf ihn zu und fragte leise, ob sie ihm helfen könne.

»Ich weiß ja gar nicht, was ich jetzt den Journalisten sagen soll«, schmollte er. »Und dem Polizeipräsidenten! Sogar der Minister hat mich schon angerufen.«

Anna Bernini näherte sich mit sinkendem Mut dem großen rechteckigen Tisch. Alle außer dem Oberst starrten sie mitfühlend an. Nur Inspektor Schramek, der wie immer halb unter dem Tisch lag, grinste hämisch.

»Wie konnte es passieren, dass Andreas Zaucher aus dem Krankenhaus verschwindet? Wurde er nicht bewacht?«

Der Oberst hätte Anna Bernini nicht trauriger anschauen können, wenn er ihr eröffnet hätte, dass er an einer unheilbaren Krankheit leide.

Anna Bernini spürte, wie ihr Gesicht glühend heiß wurde. Sie blieb vor dem Tisch stehen und starrte Inspektor Schramek an.

»Ja, warum wurde er denn nicht?«

»Ich wüsste nicht, dass du mir den Befehl dazu gegeben hättest!« Er spitzte die Lippen und zog die Nase kraus als würde er sagen: Der Grüne Veltliner korkelt ein bisschen. Anna Berninis Herz setzte für einen Moment aus. Zum ersten Mal in ihrem Leben wusste sie, woher der Ausdruck »kalter Hass« kam. Sie hatte den Eindruck, wenn sie sich genug konzentrierte, konnte sie Inspektor Schramek mit nur einem Blick in Eis verwandeln. Ihm schien ein wenig ungemütlich zumute zu werden.

»Es war so besprochen, dass du dich darum kümmerst.«

»Tut mir leid, aber daran kann ich mich nicht erinnern!«

Es ist ein bisschen komisch, wenn ein Rhinozeros versucht, unschuldig dreinzuschauen. Aber Anna Bernini war nicht zum Lachen zumute.

»Chefinspektorin Bernini«, der Oberst räusperte sich. »Ich muss doch bitten, dass Sie als Leiterin Ihrer Mordgruppe die Verantwortung über die Geschehnisse übernehmen.«

Das sagte er sehr leise, fast beschämt. Man sah ihm an, dass es ihn zutiefst erschütterte, dass seine einst beste Polizeischülerin so tief sinken konnte. Der Enttäuschungsschmerz in seinem Gesicht war schlimmer zu ertragen als jedes Donnerwetter, das er auf sie herunterbeschwören hätte können.

Anna Bernini wäre bestimmt aus Scham in den Erdboden versunken, wenn Inspektor Schramek nicht gewesen wäre. Sicher hätte er sich geärgert, wenn er gewusst hätte, dass sein hämisches Grinsen auf Anna Bernini wie ein Energy Drink wirkte. Stärker als der beherzte Aufmunterungsblick von Miss Biggy, das muss man zugeben. Anna Bernini riss sich jedenfalls augenblicklich zusammen, deutete einen kleinen militärischen Gruß an und setzte sich dem Oberst gegenüber ans andere Kopfende.

»Selbstverständlich, Herr Oberst. Sie haben recht!«

In den nächsten 20 Minuten verteilte Anna Bernini die Aufgaben unter ihren Leuten so souverän, als würde sie nicht innerlich von Müdigkeit und Selbstzweifel ausgehöhlt sein. So, als hätte sie den Überblick und würde nicht die verzweifelte Wut auf Inspektor Schramek hinunterwürgen. So, als würde sie nicht am liebsten nach Hause gehen und sich ins Bett legen. Sie beauftragte Inspektor Schramek, sich weiterhin um die Fahndung nach dem abgängigen Hauptzeugen zu kümmern, Inspektor Stammer sollte später die Umgebung des Tatverdächtigen nach Auskunftspersonen absuchen, und sie selbst wollte vor allem so schnell wie möglich aus dem Blickfeld des Obersts verschwinden. Außerdem wollte sie auch Inspektor Schramek nicht dabei zuschauen müssen, wie er sich gleich vor den jüngeren Polizistinnen und Polizisten breitbeinig in Positur bringen und mit röhrender Wichtigkus-Stimme Befehle erteilen würde.

Miss Biggy verfolgte eine Nebenspur. Eigentlich ein Nebengespür. Es ging um den angeblichen Unfall mit dem Rosen-Transporter in Rumänien. Sie wollte die genauen Umstände herausfinden. Aber das war nicht so einfach. Sicher, es gibt die EU-Partnerschaft für Sicherheit, und ja, alle nationalen Polizeiapparate machen mit, die meisten sind sogar äußerst kooperativ, aber die grenzüberschreitende Verbrecherjagd existiert trotzdem nur auf dem Papier. Denn es gibt genug Dinge, an denen es in der Praxis scheitern kann. Miss Biggy hatte zwei Stunden lang zugesehen, wie ihre Kollegen nervenaufreibende Skype-Gespräche mit den Kollegen in Rumänien führten. Wobei das Nervenaufreibende nicht die Sprachbarriere war, obwohl die rumänische Dolmetscherin in der Schweiz Deutsch gelernt haben musste, sondern die wacklige Internetverbindung. Drei Ermittlungsbeamte sind jeweils für ein Skype-Gespräch verbraucht worden, weil die meisten nach dem 27. vergeblichen Versuch mit Zuckungen vom Bürosessel gefallen oder laut schreiend zur Tür hinausgerannt waren. Miss Biggy musste mehrmals den Computer in Sicherheit bringen, damit nicht einer der jungen Leute den Monitor auf die Leopoldsgasse hinauswarf. Erst als Miss Biggy bestimmte, dass nur mehr weibliche Polizisten mit Rumänien skypen dürfen, hat es endlich funktioniert. Aber nur das Gespräch mit den rumänischen Kollegen, denn Ergebnisse hat es drei Stunden später noch immer keine gegeben.

Inspektor Schramek war mit seiner Aufgabe noch weniger erfolgreich. Außer beim Aufwand, den er betrieb. Anna Bernini war noch gar nicht aus dem Besprechungszimmer hinausgerannt gewesen, sind schon alle verfügbaren Kräfte in ihren Polizeiwagen und auf ihren Motorrädern gesessen und die Leopoldsgasse hinuntergedonnert. Wenn es nach Inspektor Schramek gegangen wäre, hätte sich auch die *Vega* am Einsatz beteiligt, aber leider hätte es da Hinweise auf die Gefährlichkeit des Such-Objekts geben müssen. Auch das mit dem Such-Hubschrauber hat leider nicht geklappt, weil gerade alle Hubschrauber des Innenministeriums für einen Staatsbesuch reserviert waren.

Der Oberst rührte sich nicht aus seinem Büro, obwohl es schon nach 22 Uhr war. So lang blieb der Oberst normalerweise nur auf, wenn er in der Oper war. Noch in der Nacht wollte er Ergebnisse haben. Ermittlungsergebnisse, Fahndungsergebnisse, Laborergebnisse. Aber vom Druck-Machen findet man auch keine Zeugen, die einen verwirrt dreinschauenden, mageren jungen Mann mit Vollbart aus einer Klinik davonlaufen gesehen haben. Weil es einfach zu viele davon gibt. Den Polizeistreifen ging es nicht besser. Es sind minütlich Meldungen von den einzelnen Bezirksinspektoraten hereingekommen, dass die eine oder andere verdächtige Person aufgefunden wurde. Ein-, zweimal dachten wirklich alle, dass sie den Zaucher gefunden hatten. Dieselbe zarte Statur, dieselben langen dunklen Haare, derselbe Christusbart, dieselbe Aura von Cannabis-Missbrauch. Aber immer war es ein Philosophiestudent, der auf einer Bank im Prater meditierte, ein Werbegrafiker, der auf dem Weg zu einem lästigen Kunden schnell noch wo etwas rauchen wollte, oder ein junger Vater, der vor lauter Schlafmangel in der U-Bahn eingeschlafen war. Von Andreas Zaucher aber fehlte jede Spur. Anna Bernini hatte sofort die Spurensicherung verständigt, dass man in der Zaucher-Wohnung bitte nach handgeschriebenen Zetteln oder Notizbüchern suchen soll, um festzustellen, ob Andreas Zaucher, wie der Täter, Linkshänder war. Ein Grafologe musste dann zumindest eine Einschätzung liefern können.

Es war weit nach Mitternacht, als Anna Bernini wieder Miss Biggys Büro betrat. Während sie selbst am Ende des zweiten Ermittlungstages inzwischen mehr Ähnlichkeiten mit einer entlaufenen Patientin von der Baumgartner Höhe hatte als mit einer Chefinspektorin der Kriminalpolizei, saß Miss Biggy adrett wie immer an ihrem Schreibtisch. Nur an der Anzahl der *Gauloise*-Stummel und der Tatsache, dass sie sich nicht mehr die Mühe machte, diese in der leeren *Rachenputzer*-Pillendose, die sie als Aschenbecher verwendete, unter dem Schreibtisch zu verstecken, erkannte man, dass auch sie keine Zeit mehr für das Einhalten von Regeln verschwendete. Anna Bernini setzte sich neben die ältere Kollegin, und sofort wurde sie ruhiger, um nicht zu sagen: müde. Während sie Miss Biggy zuschaute, wie sie sich die Lesebrille aufsetzte, die ihr an einer dünnen Silberkette vom Hals baumelte, um sich die 37. Zigarette anzuzünden, überkam Anna Bernini ein so warmes Freundschaftsgefühl, dass sie sich am liebsten auf dem Sessel zusammengerollt hätte und eingeschlafen wäre.

Deshalb ist es auch kein Wunder, dass sie kaum etwas von dem mitbekam, was ihr Miss Biggy berichtete. Dass für die rumänischen Kollegen die Firma Florescu nicht unbekannt, sondern im Gegenteil schon länger wegen Drogen- und Menschenhandels im Visier war. Ähnlich wie bei den Kollegen in Österreich. Allerdings stand der Cousin, der Biorosen-Farmer Florescu, nicht im Verdacht.

»Von einem Unfall mit einem *FLORO*-Firmenauto ist einfach nichts zu finden«, sagte Miss Biggy.

»Vielleicht haben sie mich angelogen«, gähnte Anna Bernini, aber ihre müden Gehirnzellen weigerten sich, zwei und zwei zusammenzuzählen. Nur die Rosen purzelten noch in ihrem Kopf herum. »Die Rosen«, murmelte sie, »wir müssen wissen, woher die kommen. Sie sind der Schlüssel.«

Weiter kamen ihre Gedanken nicht, da wurden sie schon vom Geräusch trippelnder Schritte und einer tiefen, wohltönenden Stimme wieder aus dem Konzept gebracht. Der Oberst war also immer noch da. Er stand ein wenig einseitig verzogen, wie er seit seinem Schlaganfall geworden war, in der offenen Tür und schaute aus, als müsste er seiner Mutter beichten, dass die teure chinesische Vase beim Zimmerfußballspielen leider vom Tischchen gefallen ist.

»Äh, darf ich Sie bitten, mit mir in den Vernehmungsraum zu kommen?«

Bevor Anna Bernini oder Miss Biggy etwas fragen oder sich auch nur erstaunt anschauen konnten, hatte er sich schon auf seinen langen dünnen Beinen vorsichtig umgedreht und war den Gang hinuntergestelzt. Das war kein gutes Zeichen. Die zwei Frauen folgten ihm. Obwohl der Oberst ein Mensch war, an dem man die statischen Schwierigkeiten des aufrechten Gangs hervorragend studieren konnte, war er doch erstaunlich flink um die Ecke verschwunden. Das war auch kein gutes Zeichen.

Das noch schlechtere Zeichen aber war, dass im Vernehmungsraum auch noch Inspektor Schramek saß. Anna Bernini setzte sich langsam auf die äußerste Kante eines der klapprigen Sessel, die eigentlich schon bei der vorvorletzten Renovierung ersetzt werden hätten sollen, aber dann war die Computerisierung dazwischengekommen, und die hatte natürlich alle finanziellen Ressourcen aufgefressen.

Das höhnische Grinsen Inspektor Schrameks beruhigte Anna Bernini zwar eher, denn es wäre ja ungewöhnlicher gewesen, wenn er freundlich geschaut hätte, aber das ungute Gefühl ließ sich trotzdem nicht ganz verscheuchen. Anna Bernini riskierte einen Blick auf Miss Biggy, die mit verschränkten Armen ein paar Schritte vor dem großen Konferenztisch stehen geblieben war, bereit, jederzeit den kleinen Buben, der die teure Vase zerschlagen hatte, zusammenzuscheißen. Oberst Meier hatte sich langsam und konzentriert am Kopf des Tisches niedergelassen und begann mit seinen fahrigen Bewegungen, Zettel hin- und herzuschieben. Anna Bernini wäre es lieber gewesen, wenn er endlich ausgespuckt hätte, was er zu sagen hatte. Schließlich hob er den Kopf und warf seiner Chefinspektorin einen kurzen tieftraurigen Blick zu.

»Sie sehen müde aus, Frau Bernini.«

Dass ihr Vorgesetzter, der so viel Wert auf Formen legte, den Rang wegließ, war das bisher schlechteste Zeichen. Anna Bernini machte sich auf das Schlimmste gefasst.

»Ich glaube, wir haben Ihnen zu viel zugemutet. Sie gleich an Ihrem ersten Arbeitstag nach dem langen Krankenstand mit einem so schwierigen, verzwickten Fall zu betrauen!«

»Wer ist *wir*?«, konnte sich Anna Bernini nicht verkneifen, die einfühlsam gemeinte Rede ihres Vorgesetzten barsch zu unterbrechen. Der Oberst linste für den Bruchteil einer Sekunde zu Inspektor Schramek hinüber, der jetzt tatsächlich den Blick auf den Tisch heftete. Wenn es bei so einem aufgedunsenen Gesicht überhaupt möglich gewesen wäre, hätte Anna Bernini gesagt: Er schaut verlegen. Das war der Moment, in dem sie wusste, dass sich das Kämpfen eigentlich nicht mehr lohnte. In das kurze Schweigen, das nur durch das leise Klickgeräusch von Miss Biggys Feuerzeug durchbrochen wurde, räusperte sich Oberst Meier ausführlich. Was er ihr zu sagen hatte, war wohl so schwerwiegend, dass er dieses Mal sogar darauf verzichtete, Miss Biggy auf das Rauchverbot aufmerksam zu machen.

»Der Polizeipräsident und ich finden, dass …«

»Aha.«

»Frau Bernini, es hat nichts mit Ihnen zu tun.«

»Natürlich nicht!«, schnaubten Anna Bernini und Miss Biggy gleichzeitig. Der Oberst brach ab. Der weibliche Zweifrontenangriff war sichtlich mehr, als er verkraften konnte. Inspektor Schramek schwieg. Aber seine Gesichtsfarbe sprach Bände. Er hatte sogar seine Lümmelhaltung aufgegeben. Ja, man konnte seine Körperhaltung schon beinahe als aufrecht bezeichnen.

»Ein solcher Fall würde auch die meisten Männer überfordern.«

»Aber den Inspektor Schramek natürlich nicht!«, rief Anna Bernini verbittert, obwohl sie gerne cool geblieben wäre. Denn Emotionen zu zeigen hat erstens keinen Sinn und macht den Gegner zweitens größer. Das hatte sie auch einmal in einer der Führungskräfte-Schulungen gelernt. Aber wenn es nicht so einen großen Unterschied zwischen Theorie und Praxis gäbe, wäre das Leben ja einfach.

»Ich bitte Sie lediglich, sich noch ein paar Tage in den Krankenstand zurückzuziehen. Bis wir … ähem …«

Anna Bernini hätte am liebsten gefragt: Und was ist, wenn ich nein sage, aber das machte Miss Biggy an ihrer Stelle.

»Ach, das ist doch nicht dein Ernst, Bruno!«, platzte Miss Biggy jetzt heraus. Normalerweise hätte Anna Bernini laut gelacht. Denn es ist bestimmt in 30 gemeinsamen Dienstjahren nie vorgekommen, dass Miss Biggy den Oberst mit Vornamen angesprochen hatte. Und das vor Zeugen! Der Oberst schien auch einen Moment lang entmutigt, denn er murmelte jetzt Unverständliches vor sich hin, wie er es normalerweise nur tat, wenn er sich allein wusste. Anna Bernini konnte sich selbst zuschauen, wie sie immer mehr an Substanz verlor. Und leider muss man zugeben, dass ein *COP* im *Vis-à-Vis* plus Zigarette das Einzige war, was Anna Bernini heute noch wollte.

Doch nicht sie brachte die Situation zum Eskalieren und auch nicht Miss Biggy, die am ganzen Körper vor Missbilligung zitterte, auch nicht der Oberst, der zum ersten Mal in seinem Leben um Worte zu ringen schien, sondern Inspektor Schramek. Wie Wasserdampf aus einem *Kelomat* zischte auf einmal eine so ungeheure Wut aus ihm heraus, dass vielleicht die Wände eingestürzt wären, wenn er noch ein paar Minuten weitergebrüllt hätte.

»Sie ist jeden Tag zu spät ins Büro gekommen! Nie konnten wir sie am Telefon erreichen!! Dauernd war sie irgendwo auf Extratour!!!«

Inspektor Schramek war aufgesprungen und zeigte mit ausgestrecktem Arm auf Anna Bernini. Groß, fett und zitternd wie ein zu lange gekochter Fleischpudding, das hochrote Gesicht vor Hass verzerrt.

»Die Madame war während dem ärgsten Stress bei der chinesischen ÄRZTIN! Sie kommt und geht, wann es ihr passt! Sie sitzt im Kaffeehaus und RAUCHT! Sie macht Fehler! Aber alles, alles wird ihr verziehen, weil sie große blaue Augen hat!!!«

Seine Stimme versagte. Seine Backen blähten sich auf, die Lippen zitterten, und die kleinen Knopfäuglein traten ein wenig aus ihren Fettfalten heraus, sodass man fast seine Augenfarbe erkennen hätte können. Nicht sehr aufregend, um ehrlich zu sein, ein stumpfes Mausbraun. Er schnaufte so heftig, dass sogar Anna Bernini Angst hatte, er könnte einen Herzinfarkt bekommen. In das Schweigen, das daraufhin folgte, ließ er sich schweißüberströmt wieder auf seinen Sessel fallen.

»Dafür gibt es vernünftige Erklärungen«, sagte Miss Biggy kalt. »Wenn du wieder zurechnungsfähig bist, erkläre ich sie dir auch gern!«

Doch der Oberst winkte ab. Er hatte seine müden, wässrigen Augen mit einem so bittenden Ausdruck auf Miss Biggy geheftet, dass auch sie verlegen wurde. Alle vier schienen für ein paar Sekunden mit ihren Gefühlen zu ringen, dann seufzte der Oberst. »Es hat keinen Sinn. Die Sache ist schon erledigt. Es ist der ausdrückliche Wunsch des Polizeipräsidenten. Wir können nicht …« Er brach ab und richtete einen entschuldigenden Blick auf Anna Bernini, die aufgestanden war. »Sie wissen, die Medien!«

Anna Bernini nickte scheinbar verständnisvoll. Der Oberst beobachtete sie unsicher.

»Bei einer Frau fällt der Fehler nicht auf den Präsidenten zurück. Im Gegenteil!«, sagte sie beinahe liebenswürdig, »Da kann man immer noch sagen: Wir haben der Gleichberechtigung eine Chance gegeben. Aber wenn es solche Folgen hat …!«

Oberst Meier lächelte erleichtert. Endlich hatte seine beste Polizeischülerin den Punkt erkannt!

»Genau! Nicht, dass ich oder der Polizeipräsident glauben würden, dass Sie weniger befähigt wären als ihr – äh – irgendein männlicher Kollege, aber …«

»Natürlich! Der Ruf der Wiener Polizei!«

Anna Bernini war schon aus dem Besprechungszimmer draußen, bevor sich Inspektor Schramek darüber freuen konnte, dass sie so schnell klein beigegeben hatte.

KAPITEL 20

Es gibt ja Menschen, die bei jedem Unglück immer gleich sagen: Man weiß nicht, wofür es gut ist. Anna Bernini hatte so eine Freundin. Wo andere nur Haare in der Suppe fanden, sah Anna Berninis Freundin nur das Fleisch. Und wenn es eine Brennsuppe gewesen wäre, hätte Anna Berninis Freundin gesagt: eine vegane TÖA-Köstlichkeit (Traditionelle Österreichische Armenküche). Hilft gegen Gicht und Eiweißunverträglichkeit. Diese Schönfärber-Technik hat einen eigenen Namen: Reframing. Anna Berninis Freundin hatte diese Methode bei einem Fortbildungsseminar gelernt, an dem sie auch ihren späteren Mann, den Trainer-Guru Ernst Haller, kennengelernt hatte.

Der Ernstl und sie haben Anna Bernini oft dabei geholfen, die Welt nicht so negativ zu sehen. Der Chef ist zum Beispiel kein »Arschloch«, nur weil er einen bei der Präsentation ständig unterbricht und einem erklärt, was man alles besser machen kann, sondern er ist einfach »leidenschaftlich engagiert«. Und seine Mitarbeiterin ist nicht »fuchsteufelswild« geworden, sondern: im Bereich der Halsschlagader gut durchblutet. Anna Bernini beneidete ihre Freundin, denn durch das Reframing hatte sie ein viel schöneres Leben.

Jemand anderer als Anna Berninis Freundin hätte gesagt, mein Sohn ist ein »Problemkind«, weil er mit 15 wegen Drogenbesitzes von der Polizei aufgegriffen wurde. Aber Anna Berninis Freundin sagte nur: »Der Raffi ist ein eigenwilliges Kind. Der braucht seinen Freiraum.« Leider musste dann ausgerechnet er ein paar Jahre darauf verzichten, weil er wegen Beschaffungskriminalität im Jugendgefängnis saß. Später war er dann auch beruflich sehr kreativ. Anna Bernini hätte vielleicht sogar gesagt: ein Versager. Denn für eine Ausbildung entschieden hatte er sich mit 25 noch nicht. Anna Berninis Freundin wurde damals auch nicht zusätzlich von ihrer dementen Mutter in den Wahnsinn getrieben, weil sie alle paar Tage von der Polizei gesucht werden musste, sondern »herausgefordert«. Nur als ihr der Ernstl dann ein paar Monate später beichtete, dass seine Sekretärin von ihm schwanger sei, rief sie Anna Bernini an und brüllte ins Telefon: »Dafür wird das verdammte Arschloch sooo bluten, das sag ich dir! Seinen Porsche kann er gleich verkaufen. Nicht einmal mehr einen Kinderwagen wird er sich leisten können, wenn ich mit ihm fertig bin!« Aus lauter Gewohnheit versuchte Anna Bernini, ein bisschen zu reframen: »Du meinst, wegen der Trennung hat der Ernstl ein paar finanzielle Herausforderungen!?«

»Was heißt Herausforderungen!«, wetterte ihre Freundin ins Telefon. Denn nachdem der 20 Jahre lang aufgestaute Reframing-Damm gebrochen war, konnte sie nicht mehr in verständnisraunender Hauchlautstärke sprechen. »Nicht einmal das Schwarze unter den Fingernägeln lass ich ihm!« Und ich fürchte, die Scheidungsanwältin hat diesen Wunsch nicht reframed, sondern wörtlich genommen. Jedenfalls soll sich die Sekretärin inzwischen mit jemandem getröstet haben, der sich seinen Porsche noch leisten kann. Es könnte schon sein, dass der Ernstl seither auch nicht mehr so gut im Reframing war. Aber da weiß ich nichts Genaues.

Als Anna Bernini eine halbe Stunde nach der Besprechung ihr Hinterteil auf einen der schäbigen mit Kunstleder bezogenen Barhocker in der Knutschecke im *Café Venezia* schob, hätte jedenfalls niemand darauf getippt, dass sie gerade von einem gelungenen ersten Date kam, oder erfahren hat, dass sie im Lotto gewonnen hatte. Die Kellnerin erkannte in der erschöpften Frau mit der Gesichtsfarbe von zu lange gekochtem Haferschleim trotzdem sofort ihren Caffè Latte-Gast. Denn im *Venezia* kam es öfter vor, dass die Gäste schneller verfielen als die Milch im Kühlschrank. Vor allem, wenn es schon 20 Minuten nach Mitternacht war. Apropos Milch. Mit fragendem Blick hatte sich die Kellnerin vor Anna Bernini aufgestellt, um in Erfahrung zu bringen, was der Gast trinken wolle. Doch Anna Bernini stierte nur leer zurück. Die Kellnerin kniff die Augen zusammen und studierte ihren Gast. Zwei Minuten später stellte sie ein kleines silbernes Tablett vor die Polizistin. Darauf standen: ein Glas heißer geschäumter Milch, ein kleiner Espresso und ein großer Wodka.

Zwei Stunden später war keine Milch mehr im Kühlschrank, keine Zigarette mehr in der Schachtel, kein Wodka mehr in der Flasche, und Anna Bernini war mit der Kellnerin per Du. Agnieszka hieß sie.

Aber am nächsten Tag erwachte Anna Bernini mit exakt demselben Gefühl, mit dem sie nach der betrunkenen Irrfahrt vor drei Monaten am Praterstern aufgewacht war. Genauso wie damals hätte sie die Augen am liebsten wieder zugemacht.

Am besten gleich für immer. Genauso wie damals trieb sie auch heute ihre volle Blase und ihr saurer Magen schließlich doch ins Bad. Und nachdem sie beides entleert hatte, setzte sie sich wie damals auf den Badezimmerboden und weinte. Genauso wie vor drei Monaten dauerte es aber nicht lang, bis Anna Bernini der Fliesenboden zu kalt wurde und sie schließlich aufstand. Beim In-die-Küche-Schlurfen dachte sie an den verzweifelten Zwillingsmorgen zurück. Damals war ihre Karriere am Boden gelegen, und jetzt lag sie ebenfalls wieder am Boden. Nur endgültiger. Damals hatte sie sich als die größte Versagerin gefühlt, die jemals in der Volksschule »Tirol isch lei oans« gesungen hatte, und heute war es eine Tatsache geworden. Beim Gedanken an die Enttäuschung, die sie ihren armen Eltern und ihrer lieben Oma bereiten musste, stiegen ihr Tränen des Selbstmitleids in die Augen. Lustlos füllte Anna Bernini Kaffeebohnen in ihre Espressomaschine, denn auch als größte Versagerin braucht man einen ordentlichen Kaffee. Und ebenso wie vor drei Monaten wollte Anna Bernini wieder zurück ins Bett, denn Aufstehen war ja sinnlos geworden. Das Selbstmitleid war in den vergangenen drei Monaten leider auch nicht kleiner geworden. Sondern eher größer. Sie stand vor dem Bett und ließ den Morgenmantel fallen, um sich wieder hinzulegen, als es läutete. Und da sieht man einmal, wie unerschütterlich die menschliche Hoffnung ist. Denn ohne auch nur einen Sekundenbruchteil zu zögern, wusste Anna Bernini: Es war alles wieder gut! Man kam, um sie zu holen, damit sie ihre Mordgruppe weiter leitete. Ohne sie konnten sie den Mord nicht aufklären.

Kurz war Anna Bernini versucht, die wirren Drahtbürsten-Locken zusammenzubinden, bevor sie die Wohnungstür öffnete. Man will ja einen alten Mann nicht zu Tode erschrecken. Aber die Person, die vor der Tür stand, war leider nicht der Oberst. Sie trug auch keine Polizeiuniform, sondern nur ein dezentes gelbes Posthorn auf ihrem grauem Parker, und sie wollte ein Paket für die Nachbarin abgeben.

Eine Enttäuschung ist nie tiefer, als wenn das Happy End gerade noch zum Greifen nahe gewesen wäre. So kam es, dass Miss Biggy, als sie zwei Stunden später Anna Berninis Wohnungstür aufbrach, weil diese auf keinen Anruf, kein SMS und kein Sturmläuten reagiert hatte, eine von Schlafmitteln betäubte Anna Bernini im Bett vorfand. *Ohropax* in den Ohren, Schlafmaske im Gesicht und dezent schnarchend.

Natürlich hatte Miss Biggy Mitleid mit ihr. Aber am ungeduldigen Gesichtsausdruck und dem Kommandoton, mit dem sie Anna Bernini aus dem Bett warf, hätte man das nicht feststellen können. Auch nicht an den ungnädigen Kommentaren zur unaufgeräumten Wohnung oder dem missbilligenden Blick auf das tränenüberströmte Gesicht und die rinnende Nase ihrer jüngeren Kollegin. Aber Miss Biggy war ein Mensch, dem man einen rauen Ton nicht ankreidete. Sie war eben in einer Zeit aufgewachsen, als man noch dachte, einem Kind hin und wieder einen liebevollen Blick zuzuwerfen, bedeutet, es zu verzärteln.

Dafür gab es niemanden, der besser zum richtigen Zeitpunkt das Richtige sagen konnte. An diesem grauen föhnigen Spätvormittag aber machte Miss Biggy zuerst einmal das Richtige. Sie brachte Anna Bernini dazu, Jeans, weißes T-Shirt, Pullover und Jacke anzuziehen. Immerhin. Aber in Miss Biggys kleinen Renault 5, den sie schon gehabt haben musste, als in Berlin noch die Mauer stand, wollte Anna Bernini partout nicht einsteigen. Die junge Kriminalbeamtin wollte unbedingt mit ihrem Fahrrad in die Praterstraße fahren. Miss Biggy betrachtete so eine unvernünftige Sturheit zwar als typisches Beispiel für die Unsinnigkeit der antiautoritären Erziehung, aber gut, es war wenigstens ein Zeichen für die Rückkehr der Lebensgeister.

Anna Bernini erschien tatsächlich wenig später im *Café Venezia*. Außer den beiden Frauen und Agnieszka, die hinter der Bar Gläser polierte, befand sich nur die Kreuzworträtsel-lösende Blondine im Café. Es war die tote Zeit zwischen Frühstück und Mittagessen. Miss Biggy bestellte Kaffee und Schinken-Käse-Toast, zündete sich eine Zigarette an und schaute ihrer Kollegin streng in die Augen. Natürlich wusste Anna Bernini, was jetzt kam.

»Fang schon an.«

»Womit?«

»Der Gardinenpredigt.«

»Ich bin nicht deine Mutter.«

Anna Bernini entspannte sich ein bisschen und spielte sogar mit dem Gedanken, sich von Agnieszka wieder einen kleinen alkoholischen Seelentröster bringen zu lassen.

»Ich bin Mitglied deiner Mordgruppe.«

»Du meinst wohl Mitglied der Mordgruppe Schramek.«

Das Selbstmitleid tat Anna Bernini fast so gut wie der heiße Caffè Latte.

»Nein, ich meine *deiner* Mordgruppe.«

Miss Biggy Blick verfinsterte sich, dass man glauben hätte können, der Föhn hätte endlich die schweren nassen Regenwolken von der oberen Adria bis hierher getrieben.

»Du musst weiterermitteln«, entschied Miss Biggy.

»Wie denn? Ich darf ja nicht!«, klagte Anna Bernini weinerlich.

»Du musst sogar.«

»Nein, entschuldige, aber wenn ich da drüben hineinspaziere und sage: Jetzt bin ich wieder da, schmeißen sie mich gleich wieder hinaus.«

»Dann spazier' halt nicht hinein.«

Anna Bernini starrte ihre Kollegin verblüfft an.

»Ermittle geheim weiter.«

»Also nein, das ist ein Blödsinn! Das mach ich nicht.«

»Ich helfe dir.«

Anna Bernini begriff: »Es ist dir ernst, oder?«

»Und wie.«

Miss Biggy tunkte den Toast ins Ketchup-Schüsselchen, biss ein großes Stück ab und kippte entschlossen ihren doppelten Espresso hinterher. Gegen ihren Willen war Anna Bernini gerührt. Miss Biggy hatte außer Rauchen in öffentlichen Räumen bestimmt noch nie in ihrem Leben ein Gesetz übertreten. Abgesehen von ihrem kreativen Umgang mit dem Datenschutz vielleicht. All die Jahre war sie die loyalste Mitarbeiterin Oberst Meiers gewesen. Auch als er nach dem Schlaganfall nicht mehr der Alte war, hatte sie niemals öffentlich gegen einen seiner Befehle auch nur die Augenbrauen gehoben. Und jetzt wollte sie geheime Ermittlungsergebnisse nach außen geben? Anna Bernini schämte sich plötzlich für ihre kindische Gekränktheit. Schweigend tunkte auch sie ihren Toast ins Ketchup. Erst jetzt merkte sie, wie hungrig sie war.

»Es gibt einen Grund, warum du weitermachen sollst«, fuhr Miss Biggy leiser und sanfter fort.

»Weil ich den Schramek nicht gewinnen lassen soll?«

»Ja, sicher. Aber es gibt noch einen anderen Grund.«

Anna Bernini kaute und murmelte: »Weil wir Frauen uns nicht von Männern schlechter behandeln lassen sollen?«

»Ja, auch, aber es gibt noch einen Grund.«

»So? Welchen?«

Anna Bernini schob sich das letzte Toastrestchen in den Mund und leckte sich die Ketchup-Finger ab.

»Weil der Schramek der unfähigste Trottel ist, der jemals an einer Polizeischule aufgenommen worden ist!«

Miss Biggys Gesicht legte sich plötzlich in unzählige Falten. Ihre Augen sprühten vor Vergnügen. Ein Kompliment wirkt aufbauend. Aber ein Anti-Kompliment für den Sesselsäger im eigenen Team wirkt noch viel aufbauender. Deshalb dauerte es auch nicht lange, bis Anna Bernini von Miss Biggy überzeugt worden war, oder sagen wir: überredet. Vom Ergebnis her macht das ja keinen Unterschied.

Miss Biggy berichtete, was sich derzeit im Landeskriminalamt tat. Erst als sie zu erzählen begann, erkannte Anna Bernini, wie besorgt ihre ältere Kollegin war und wie froh, endlich ihre Bedenken jemandem mitzuteilen. Seit Anna Bernini weg war, habe Inspektor Schramek alle Ermittlungsarbeit einzig und allein auf die Suche nach Andreas Zaucher verlegt, berichtete Miss Biggy. Er sei für ihn der Täter, und damit basta. Ungereimtheiten, die immer wieder auftauchten, interessierten ihn nicht, sondern machten ihn ärgerlich.

»Weil sie ihn intellektuell überfordern, vermute ich«, schnaubte Miss Biggy.

»Und der Stammer?«

»Ich glaube, er hätte mehr Grips, aber er getraut sich halt noch nicht, gegen den Schramek aufzutreten.«

Mit einer Energie, die Anna Bernini seit drei Tagen nicht mehr verspürt hatte, begann sie, mit Miss Biggy einen Schlachtplan zu entwerfen. Agnieszka brachte den Werbeblock einer oberösterreichischen Biermarke, und Anna Bernini notierte darauf eine Reihe von Fragen: Warum hat Andreas Zaucher gekündigt und wofür hat er 50.000 Euro erhalten? Wo war Xaver Hochegger in der Mordnacht? Warum sagt er nicht die Wahrheit? Woher stammten die Leichenrosen? Und warum sollte Gabriela Bauer lügen? Wen sah Jo Heesters in der Mordnacht im Blumenladen? Und die wichtigste Frage von allen: Wo war überhaupt ein Motiv? Nachdem Anna Bernini drei Notizzettel vollgeschrieben hatte, trat Schweigen ein.

»Wir wissen eigentlich noch gar nichts«, knurrte Miss Biggy schließlich mürrisch.

»Doch«, sagte Anna Bernini nachdenklich, »wir wissen, dass vorgestern Nacht etwas mit der Bio-Rosenlieferung aus Rumänien schief gegangen ist.«

Miss Biggy nickte mechanisch, und Anna Bernini wusste, was sie dachte: Wir wissen noch gar nichts!

KAPITEL 21

Das Interessante bei der Polizeiarbeit ist ja, dass man mit allen Teilen der Bevölkerung zu tun hat. So etwas bildet einen. Das könnte man bei der Werbung für Polizeischüler vielleicht dazusagen. Es ist gut für die Allgemeinbildung. Sicher, großteils lernt man schon auf dem Verbrechersektor etwas dazu. Welche Dietriche gibt es am Markt oder welche Schlagringe sind jetzt besonders in Mode? Aber gerade im IT-Bereich kann man von den Verbrechern so viel lernen, dass man nach ein, zwei schweren Internetbetrugsfällen vielleicht sogar schon einen Bachelor in Informatik schafft, zumindest auf einer Fachhochschule. Allgemein kann man sich auch im Bereich Schauspielerei das eine oder andere abschauen. Oder im Marketing. Es sind auch echte Verkaufstalente darunter. Da ist es nur schade, dass sie für ihre Hehlerei kein günstiges Dienstzeugnis erhalten.

Als Polizistin lernt man aber auch andere Berufsfelder kennen. Wie sieht der Arbeitsalltag eines Juweliers aus? Welche Freizeitgewohnheiten hat eine Bankdirektorsgattin? Und hin und wieder schnuppert man auch in ganz randständige Berufe hinein. Wie zum Beispiel den Beruf des Arbeitslosengeld-Empfängers. Nachdem Miss Biggy und alle anderen Gäste kurz nach Mittag wieder verschwunden waren, blieb Anna Bernini im wieder leeren *Venezia* zurück. Nur dass sie in eine Fensternische wechselte. Schon möglich, dass der Blick auf eine belebte Straße etwas gegen die aufsteigende Mutlosigkeit genützt hätte. Vielleicht, wenn das *Venezia* in der Stadt gelegen wäre, von der es den Namen hatte. Oder meinetwegen in Neapel, Palermo oder Rom. Aber in Wien hätte einen der Blick auf einen grauen Novembertag auch deprimiert, wenn man gerade Euromillionär geworden wäre. Und als Zwangs-Krankenständlerin hast du natürlich gar keine Depressionsabwehr. Wobei es ganz darauf ankommt, dachte Anna Bernini, während sie sich unter ihren Krankenstandskollegen umsah. Alles eine Frage der Gewohnheit. Die Gäste am Nachbartisch wirkten eigentlich auch nicht unglücklicher als die Menschen, die draußen auf der Praterstraße vorbeigingen. Sicher, die da draußen trugen Anzüge und Laptop-Taschen und die herinnen Trainingsanzüge und *BILLA*-Sackerln, aber auch das Zeit-Totschlagen ist eine Beschäftigung, die eine gewisse Disziplin erfordert. Da konnte Anna Bernini von den anderen Gästen noch viel lernen. Kreuzworträtsel-Lösen, Smartphone-Gamen, Hinter-der-Zeitung-Dösen. Bewundernswert auch, wie genau ihre Co-Zeit-Totschlager die hauchdünne Linie erkannten, bis wohin sie die Kellnerin vergeblich »Darf's noch was sein?« fragen ließen, bevor sie sagten: »Ja, noch einen Espresso« oder »Noch ein Mineralwasser«. Nur die Allerabgebrühtesten verlangten nach einem Glas Leitungswasser. Aber es gab in ganz Wien keine Kellnerin, die einen längeren Geduldsfaden hatte als Agnieszka. Vor allem heute. Denn heute war die Kellnerin mit der Seele einer *SOS*-Kinderdorfmutter durch ihren neuen Stammgast abgelenkt.

Kaum hatte sich hinter Miss Biggy der braune Filzvorhang geschlossen gehabt, war Anna Bernini nämlich schon wieder verfallen. Ehrlich gesagt hatte sie Agnieszka sogar nach einem Wodka gefragt. Aber diese schüttelte energisch den Kopf. Auch als Anna Bernini sie zehn Minuten später noch einmal fragte. Und immer noch, als Anna Bernini schon fast flehte. Ein winziges Schlückchen! Nichts. Agnieszka war eisern. Weder Wütend-Werden noch Drohen oder Schmollen hatte geholfen. Also hatte es Anna Bernini irgendwann aufgegeben und sich aufs Beobachten der anderen Versager-Gäste verlegt. Andere Menschen im Auge behalten ist wahrscheinlich eine Berufskrankheit, wenn man Polizistin ist. Aber als sie ihre Mit-Herum-Lungerer lange genug studiert und noch ein paarmal fragend zur Wodka-Flasche geschaut hatte, ein Blick, der von Agnieszka konsequent ignoriert wurde, wusste sie eines: Alles ist besser, als noch länger hierzubleiben. Anna Bernini stand auf. Aber in diesem Moment stellte ihr Agnieszka ein Stück Marmorgugelhupf auf den Tisch. »Ist Geschenk von mir!«

Auch ohne den mitleidigen Gesichtsausdruck der Kellnerin war Anna Bernini klar, dass sie mit ihrem blassen Gesicht, den blutunterlaufenen Augen mit den schwarzen Ringen darunter kränker als alle anderen Krankenständler zusammen aussah. Geistesabwesend fingerte Anna Bernini eine Zigarette aus dem zerknautschten Packerl. Agnieszka schaute erschrocken. Anna Bernini stand auf, um sich in die Knutschecke zurückzuziehen. Die Kellnerin holte mit einem verschwörerischen Augenzwinkern eine E-Zigarette aus ihrer falschen *Louis-Vuitton*-Tasche.

»Das mein Vater geirauchen, wenn Lungenkrebs.«

»Und hat es geholfen?«

»Nein, ist leider gestorben.«

»Hm.«

Anna Bernini dachte eine Weile darüber nach, ob es besser gewesen wäre, wenn der Vater der Kellnerin ganz aufgehört hätte mit dem Rauchen, oder ob es schon egal war und er also auch bei seinen Zigaretten hätte bleiben können. Oder ob es etwas gebracht hätte, wenn er sofort nach Einführung der E-Zigarette umgestiegen wäre. Jede Zigarette, hatte sie einmal gelesen, kostet acht Minuten des Lebens. Das wäre länger, als das Rauchen einer Zigarette dauert. Aber mit solchen Statistiken ist es natürlich so eine Sache. Sie sagen nichts darüber aus, wie es für den Einzelnen aussieht. Da büßt der eine Raucher für sein Laster nur mit einer Minute pro Zigarette, der andere mit einer Stunde. Ein weiteres Beispiel für die Unwägbarkeiten des Daseins.

Während Anna Bernini ihren Caffè Latte trank und dazu keine Zigarette rauchte, sondern brav den Marmorgugelhupf aß, wanderten ihre Gedanken ganz von selbst auf die Straße hinaus, stiegen aufs Fahrrad und radelten nach Hause in ihre Wohnung, die sie bis vor ein paar Monaten mit dem Karli geteilt hatte. Anna Bernini stiegen jetzt so schnell die Tränen in die Augen, dass sich jeder Barista gefreut hätte, wenn sein »perfect shot« nur halb so schnell die stählernen Espresso-Maschinen-Röhren hinaufgesaust wäre.

Natürlich kann man nicht erwarten, dass das auf eine so mitfühlende Person wie Agnieszka beruhigend wirkte, aber dass sie auch gleich zu weinen anfängt, hätte Anna Bernini jetzt doch nicht gedacht.

»Liebeskummer!«, murmelte Agnieszka und zog ein Taschentuch aus ihrer Kellnerinnenschürze. Anna Bernini war eigentlich froh, dass zum Mitleid der Kellnerin doch auch ein bisschen eigenes Leid dazugekommen ist. Denn mit so viel Empathie wäre man ja kaum lebensfähig. Nichts schafft so schnell gegenseitiges Vertrauen wie geteilte Freuden. Außer natürlich geteiltes Leid. Und so schnell konnte

Anna Bernini gar nicht »Ja bitte!« oder »Nein danke!« sagen, stellte ihr die Kellnerin schon einen weiteren Caffè Latte und ein zweites Stück Gugelhupf hin und lächelte sie so strahlend an, als ginge es darum, die gesamten Lux-Stufen zwischen einem grauen Wiener Novemberhimmel und einem Julitag in Venezia auszugleichen.

»Ich habe Liebeskummer, aber es muss nicht bleiben«, versicherte Agnieszka. »Weil ich habe Internet-Coaching. Zehn Punkte, wie holen Sie Ex-Partner wieder zu mir zurück.«

Anna Bernini nickte ungefähr so überzeugt, als hätte Agnieszka behauptet, sie könne Wasser in Wein verwandeln.

»Du glaubst nicht! Aber das ist wahr!«

Agnieszka legte ihr Smartphone vor Anna Bernini auf die Theke und zeigte auf das Display. »Liebeskummer? Das muss nicht sein! So holen Sie Ihren Ex wieder zurück!«, las Anna Bernini. Agnieszka tippte auf »Vermeiden Sie folgende Fehler« und rückte das Gerät näher zu Anna Bernini hin.

Anna Bernini hatte überhaupt kein Interesse daran, Tipps über Liebeskummer zu lesen. Da hätte sie ja gleich das Horoskop lesen können. Und das tat sie auch nicht. Oder nur, wenn sie zufällig an einer aufgeschlagenen *Kronenzeitung* vorbeikam und niemand zuschaute. Aber Anna Bernini war eben auch nur ein Mensch. Also schaute sie auf das Smartphone und las den ersten Tipp:

»Laufen Sie Ihrem Ex-Partner nicht hinterher. So sorgen Sie am sichersten dafür, dass er sich nicht mehr für Sie interessiert.«

Anna Bernini schob das Smartphone gleich wieder zur Kellnerin zurück, die gerade mit Tee-Aufbrühen beschäftigt war. Man muss ja wirklich nicht jeden Blödsinn lesen! Außerdem war es sowieso klar, dass sie das nicht tun würde! So etwas als großartigen »Tipp« auszugeben, war ja typisch! Typisch wer eigentlich? Anna Bernini fand, dass sie wenigstens wissen sollte, wer solche dummen Binsenweisheiten ins Internet stellt. Also zog sie das Agnieszka-Handy wieder zu sich heran. Ihr Blick fiel zufällig auf den zweiten Tipp. »Werde nicht zur ›besten Freundin‹ deines Ex!«, las Anna Bernini. Da konnte sie nur lachen! Beste Freundin von dem Kasperl, der ihr Ex war! Wirklich nicht! Agnieszka, die über Anna Berninis Schulter mitlas, schnalzte ebenfalls missbilligend mit der Zunge.

»Freundin? Mein Ex niemand hat Freundin! Immer nur selbst Freundin!«

»Bester Tipp, sagt meine Oma: In einen neuen Mann verlieben!«, entgegnete Anna Bernini.

Seit sie mit Agnieszka über das geteilte Leid quasi befreundet war, wollte sie sich sprachkompetenzmäßig nicht mehr über sie stellen.

»Ich haben schon neuen Freund! Seit drei Wochen«, sagte Agnieszka und senkte errötend den Blick auf das Geschirrtuch, mit dem sie das Teeglas blank polierte. »Vielleicht kennst du ihn!«

Anna Bernini ließ ihren Blick durchs Lokal schweifen. Aber außer dem sabbernden Pensionisten, der offensichtlich schon zur Einrichtung gehörte, und einem nicht gerade vom Glück verfolgt wirkenden Mittfünfziger mit Halbglatze und Fliehkinn, der sich gerade am Ecktisch niederließ, war kein männliches Wesen zu sehen.

Agnieszka hatte Anna Bernini lächelnd beobachtet.

»Nein, er ist nicht hier! Du ihn kennst, weil Polizja!«

Anna Bernini sank das Herz einen Stock tiefer.

»Aber nicht der Kollege Schramek!«

Agnieszka schüttelte den Kopf.

»Oh, Inspektor Stammer?«, fragte Anna Bernini, obwohl sie bei Inspektor Stammer insgeheim eher auf eine Absolventin aus einem vornehmen Lycée getippt hätte.

Aber Agnieszka schüttelte immer noch den Kopf.

»Ist nicht Komisarz! Ist Verbrecher!«

Dabei lächelte Agnieszka so erfreut, als hätte sie gesagt »Herzchirurg«.

»Aber er ist doch hoffentlich kein Mörder!«

Anna Bernini war jetzt so beunruhigt, dass sie kurz befürchtete, sie müsste Agnieszka noch einmal um einen Wodka anflehen.

»Nein! Dzięki Bogu!«, Agnieszka schlug sich erschrocken eine Hand vor den Mund. »Das ist nicht! Aber trotzdem Nachteil: Er ist Zuhälter.«

Dass das ein kleiner Nachteil war, konnte Anna Bernini auch nicht bestreiten.

»Sein Name ist ›der Rosen-Rudi‹«, sagte Agnieszka und lächelte stolz. »Er war im Gefängnis. Aber jetzt ist alles legal.«

»Was ist legal?«, fragte Anna Bernini vorsichtig.

»Er ist Besitzer von einer Gogo-Bar. Name ist *Rose von Gemeindebau.*«

Anna Bernini war gegen ihren Willen hellhörig geworden. »Rose? Wo ist diese Bar?«

»Sie ist in Vorgartenstraße. In Gemeindebau.«

Anna Bernini nickte nachdenklich. Es kam ihr gerade eine Idee. Sofort bat sie Miss Biggy per SMS um Hintergrundinformationen zu diesem Rosen-Rudi. Warum sollte sie sich nicht einmal ein bisschen im Milieu umhören? Es kann ja nicht schaden, dieser *Florescu-Company* auf diesem Weg ein wenig auf den Zahn zu fühlen. Später wird Anna Bernini einmal sagen: Das war der Moment, wo ich meiner Intuition gefolgt bin. Aber ich glaube, sie hat einfach nach dem nächstbesten Strohhalm gegriffen und sich einen gewaltigen Schiefer eingezogen.

KAPITEL 22

In Anna Berninis Heimat kennt jedes Kind die gefährliche Wirkung des Föhns. Spätestens, wenn man zum ersten Mal Liebeskummer hat, weiß man: Der Föhn packt einen bei der Sehnsucht. Und zwar so gewaltig, dass man sich in Acht nehmen muss, egal, was man macht. Da ist es schon vorgekommen, dass eine Ärztin in der Innsbrucker Klinik bei Föhn den Blinddarm an der falschen Stelle gesucht hat, weil die Sehnsuchtsgehirnhälfte immer noch an den Mann dachte, den sie eine Zeit lang geliebt hat, bevor sie der Gatte mit dem Scheidungs- und Die-Kinder-siehst-du-dann-nicht-mehr-Argument zurückerobert hat. Der Föhn macht aus jedem Menschen einen Dichter, hat Anna Berninis Deutschlehrer immer gesagt, zumindest innerlich. Aber nur die wenigsten schafften es, ihren inneren Dichter herauszulassen. Nicht einmal die Dichter selbst.

Anna Berninis Fahrrad war noch da, wo sie es vor fast fünf Stunden angehängt hatte: am Fahrradständer vor dem *Café Venezia*. Aber der Sturm hatte es umgeworfen. Jetzt lag es am Boden wie ein erschossener Gaul. Bei seinem Anblick packte Anna Bernini ein unbeschreiblicher Zorn. Ich kann nicht sagen, warum oder auf wen – Inspektor Schramek, den Oberst, Karli, sich selbst oder den Föhn. Jedenfalls fluchte sie fürchterlich. Sogar ihr Kindergartenfreund hätte weit die Augen aufgerissen, so sicher hätte sie heute jeden Fluchwettbewerb gegen ihn haushoch gewonnen. Aber es half. Denn ohne die gewaltige Fluchwut hätte Anna Bernini die verkeilte Lenkstange vielleicht gar nicht vom Fahrradständer befreien können.

Jetzt strampelte sie gegen die Kräfte der Natur die Praterstraße hinab, um allerdings nach 300 Metern schon wieder stehen zu bleiben, weil sie zufällig vor dem *BlueMan* stand. Wer weiß, wie groß der Zufall wirklich war, aber da will ich jetzt nicht herumspekulieren. Jedenfalls sagte sich Anna Bernini, wenn ich schon zufällig da bin, kann ich auch durch die Fensterscheiben in den Blumen-Coffeeshop hineinschauen. Und wenn ich schon reinschaue, kann ich auch vom Fahrrad absteigen. Und wenn ich vom Fahrrad absteige, kann ich auch schauen, ob der Chef zufällig da ist. Aber ich fürchte, die Enttäuschung war insgeheim groß, dass drinnen alles dunkel und die Tür verschlossen war.

Alles, was Anna Bernini sah, war die Spiegelung der am Himmel dahinjagenden Föhnwolken. Doch genau in dem Moment, als Anna Bernini wieder auf ihr Fahrrad steigen wollte, bekam eine Föhnwolke Arme und Beine, einen dunklen Bart, eine schmale Nase und moosfarbene Augen, die schwach aufleuchteten, als sie den Störenfried vor der Tür erkannten. Anna Bernini legte ihr Fahrrad vor dem Eingang gleich auf den Gehsteig, weil sie sich sagte: Die Umschmeiß-Arbeit kann ich dem Föhn auch abnehmen.

Xaver Hochegger öffnete wortlos die Tür und ließ Anna Bernini eintreten. Für ein Begrüßungslächeln reichte es offenbar nicht. Wer zwei Tage hintereinander viele Stunden mit jemandem wie Inspektor Schramek in einem Vernehmungszimmer gesessen ist, kann wahrscheinlich froh sein, wenn er noch menschenähnliche Laute von sich geben konnte.

»Möchten Sie auch einen Espresso?«, brummte der Blumenhändler nicht gerade freundlich. Aber immerhin, er hätte die Polizistin ja auch anschreien können.

Anna Bernini folgte ihm zur Bar und setzte sich auf einen Hocker.

»Wodka haben Sie nicht zufällig einen da?«

Xaver Hochegger drehte sich überrascht um. Ihre Blicke trafen sich. Er kniff die Augen etwas zusammen und musterte sie aufmerksamer. Heiß stieg Anna Bernini die Röte in die Wangen. Erst in diesem Moment wurde ihr bewusst, dass sie nicht nur als Polizistin dem Blumenladen-Besitzer, Florescu-Angestellten, Mordopfer-Bruder und Witwen-Liebhaber im Schummerlicht an der chromglänzenden Bar gegenübersaß, sondern auch als Frau, die sich schon lange nicht mehr bemüht hatte, auch wie eine solche auszusehen. Aber gut, jetzt war es zu spät. Mürrisch nickte sie.

»Das geht aufs Haus«, sagte Xaver Hochegger, und für einen Moment erstrahlte der Abglanz seines alten Charmes. Aber auch wenn die Mundwinkel der Polizistin um keinen Millimeter nach oben gewandert sind oder ihr Blick um einen Farbton wärmer geworden wäre, schien der Blumenladenbesitzer plötzlich eine Spur besser gelaunt. Misstrauisch verfolgte Anna Bernini Xaver Hocheggers Griff in die Schokoladendose. Der Gesichtsausdruck, mit dem er ihr ein Schokoherz auf den Teller legte, konnte man fast schon als vergnügt bezeichnen.

Natürlich hätte es Anna Bernini gerne so interpretiert, dass der Blumenladenbesitzer nicht der Kriminalbeamtin Anna Bernini sondern der Frau Anna Bernini auf eine Weise zulächelte, dass man eigentlich »liebevoll« hätte sagen können. Aber Anna Bernini gehörte nicht zu den Frauen, die sich gern etwas vormachten. Obwohl das manchmal vielleicht die bessere Strategie ist, wenn es um Mann-Frau-Angelegenheiten geht. Aber lassen wir das.

»Sie wollen mir nicht zufällig sagen, wo Sie vorletzte Nacht waren«, fragte Anna Bernini möglichst neutral.

Xaver Hochegger schaute ihr vielleicht eine Spur länger, als unbedingt notwendig gewesen wäre, in die Augen.

»Das könnte ich Ihrem Inspektor Schramek doch nicht antun, dass ich Ihnen etwas gestehe, das er offensichtlich gerne aus mir herausgeprügelt hätte«, grinste er.

»Gäbe es denn etwas zu gestehen?«

»Haha«, lachte Xaver Hochegger jetzt, »Sie sind viel besser als Ihr Kollege.«

»Also?«, murmelte Anna Bernini, während sie sich das Schokoherz genüsslich auf der Zunge zergehen ließ.

»Was wollen Sie denn wissen?«, fragte Xaver Hochegger mit einem breiten Grinsen. »Warum ich mich schon darauf freue, wenn ich Sie nicht mehr als Ermittlungsbeamtin betrachten muss?«

»Nein«, sagte Anna Bernini betont humorlos, »warum Sie Ihr Bruder vorgestern Nacht anrufen hat?«

Das Grinsen verschwand aus Xaver Hocheggers Gesicht. Er schaute ihr in die Augen. Mit einem Blick wie blank poliertes Messing. »Ich weiß nicht, warum er mich angerufen hat. Glauben Sie mir: Diese Frage quält mich schon seit 56 Stunden. Vielleicht hätte ich ihn retten können. Bastian war mein Bruder.«

»Ihr Halbbruder«, rutschte es Anna Bernini ungewollt scharf heraus. Das Herz schlug ihr bis zum Hals. Xaver Hochegger sagte nichts. Blieb einfach still vor ihr stehen und betrachtete sie.

»Wissen Sie etwas über die Rosenlieferung?«, stieß Anna Bernini jetzt heraus. »Warum bekam er keine Rosen mehr aus Rumänien?«

»Das weiß ich nicht. Vielleicht wollte er einfach seinen Lieferanten wechseln?« Der *BlueMan*-Geschäftsführer zuckte lässig mit den Schultern.

»Warum sollte er so etwas tun?«

Xaver Hochegger kniff die Augen zusammen. Er starrte an Anna Bernini vorbei auf die Praterstraße hinaus, wo ein paar Häuser weiter in Richtung Donaukanal der Laden seines Halbbruders und Konkurrenten lag. Anna Bernini betrachtete seine blassen Züge, und plötzlich kam es ihr so vor, als hätte sich das schummrige Barlicht von selbst um ein paar Watt weiter heruntergedimmt, so dunkel wurden seine Moosaugen.

»Das weiß ich nicht«, sagte Xaver Hochegger schließlich.

»Sagen wir, Sebastian Bauer wollte seine Biorosen von einem anderen Lieferanten kaufen, welcher wäre das?«

Dieses Mal kam die Antwort schnell: »Keine Ahnung.«

Man konnte nicht sagen, dass sich der Blumenladenbesitzer bewegt oder dass sich sein Gesichtsausdruck verändert hätte, und doch war es so, als würde sich die Atmosphäre um ihn herum für den Bruchteil einer Sekunde verdichten. In Wartezimmer der *TCM*-Ärztin könnte man bestimmt viele Patientinnen treffen, die diese Veränderung, »feinstofflich« nennen würden, dachte Anna Bernini.

Anna Bernini nickte. Xaver Hochegger nahm das Geschirrtuch wieder zur Hand und tat so, als sei damit alles gesagt. Anna Bernini starrte auf seinen sehnigen Rücken und spürte, wie das Feinstoffliche nun auch auf sie übergriff. War der Frauenanteil in der Person Anna Berninis vor fünf Minuten vielleicht noch 90 Prozent und der Polizistinnenanteil zehn Prozent gewesen, so drehten sich jetzt die Verhältnisse langsam um. Da nützte es auch nichts, dass ihr der Blumenladenbesitzer noch einen Espresso und noch ein Schokoherz ausgab. So war es also kein Wunder, dass der Frauenanteil bei der Verabschiedung so weit zurückgegangen war, dass er bestenfalls im Feinstofflichen messbar gewesen wäre.

KAPITEL 23

Manchmal ist »rasend vor Zorn« auch wörtlich zu verstehen. Und nicht immer sind es nur die Menschen, die ihre Wut nicht mehr bezähmen können und dann womöglich in einem unbedachten Moment zuschlagen. Manchmal ist auch die Natur so zornig, dass sie die mickrigen aufgeblasenen Lebewesen, die seit Jahrtausenden gedankenlos auf ihr herumtrampeln, am liebsten zermalmen möchte. Jedenfalls war es schon viele Jahre her, seit das letzte Mal ein solcher Orkan die Straßen Wiens heimgesucht hatte.

Als Anna Bernini aus dem *BlueMan* trat, wurde sie sofort von einer wütenden Bö zurück in den benachbarten Hauseingang gedrückt. War der Wind vor einer halben Stunde schon stark gewesen, so war er jetzt wie ein Autofahrer, der auf einer deutschen Autobahn endlich ohne Geschwindigkeitsbegrenzung aufs Gas steigen kann. Anna Bernini starrte auf die Straße hinaus, auf der Müll, Zeitungspapier und Blätter dahinjagten, als wären sie auf der Flucht vor dem Weltuntergang. Irgendwo ertönte ein hohles, metallenes Kreischen. Gänsehaut kroch Anna Berninis Nacken hinauf und stellte ihr die Haare auf.

Eine Minute später saß Anna Bernini auf dem Fahrrad und jagte auf dem Weg nach Hause die Rotensterngasse hinunter, als wäre der Teufel hinter ihr her. Sie trat in die Pedale, bis ihre Muskeln schmerzten und ihr Herz verzweifelt an ihren Brustkorb hämmerte. Und mit jeder Radumdrehung arbeitete sich eine Erkenntnis immer nachhaltiger in ihr Bewusstsein: Andreas Zaucher musste entführt worden sein. Oder sogar getötet. Weil er den wahren Mörder gesehen hatte. Aber schon in der nächsten Sekunde stockte ihr das Herz. Instinktiv drückte sie mit aller Kraft auf die Bremsen. Trotzdem dauerte es noch ein paar Sekunden, bis ihr Fahrrad stockend zum Stehen kam. Schwer atmend und schweißüberströmt stieg sie ab, schob das Rad bis zum nächsten halbwegs windstillen Hauseingang, um Inspektor Schramek anzurufen.

»Ihr müsst die Florescus in die Mangel nehmen«, brüllte sie im Kommandoton ins Telefon. »Ich glaube, sie haben den Zaucher entführt.«

Einen Moment lang herrschte am anderen Ende Schweigen. Offensichtlich hatte Inspektor Schramek nicht geschaut, bevor er abgehoben hatte. Anna Bernini war sich sicher, dass er das jetzt bereute.

»Du hast dich wohl in der Nummer geirrt? Eigentlich wolltest du deine Seelendoktorin anrufen, oder?«

»Denk doch einmal nach! Jemand, der komplett niedergespritzt worden ist, verschwindet aus dem AKH! Und mit dem Taxi heimgefahren ist er ja bekanntlich nicht.«

Wieder schwieg Anna Berninis Gesprächspartner. Um seinem Puls Gelegenheit zu geben herunterzukommen oder weil er wirklich nachdachte, kann ich nicht sagen.

»Außerdem ist am Schreibtisch ein Laptop gestanden, der jetzt nicht mehr da ist.«

»Das hast du schon dreimal gesagt. Aber von der Wiederholung wird's auch nicht interessanter.«

»Auf dem Laptop müssen Informationen gewesen sein, die jemandem ganz gewaltig schaden.«

»Es kann genauso gut ein Buch gewesen sein.«

»Ein genau 13 Zoll großes Buch, das zufällig gleichzeitig mit ihm verschwunden ist?«

»Ja, genau. Du sagst es: zufällig!«

»Selber geholt hat er es sich jedenfalls nicht.«

»Okay, war das alles, was du mir sagen wolltest?«

»Nein. Da ist noch etwas. Du musst herausfinden, woher die Rosen kommen, die auf der Leiche gelegen sind.«

»Was glaubst du, was wir die ganze Zeit machen? Also wirklich, Anna, leg dich auf die Couch und lass mich in Ruh!«

Inspektor Schramek legte auf. Wütend steckte Anna Bernini das Handy zurück in ihre Jacke und radelte weiter. Wenn sie jetzt wirklich bei ihrer Analytikerin auf der Couch gelegen hätte, wären ihr ein paar unangenehme Fragen nicht erspart geblieben. Zum Beispiel, ob sie nicht mehr auf sich selbst wütend sein sollte als auf ihren Inspektor, der schließlich auch nur so gut wie möglich seine Arbeit erledigen wollte. Wie die meisten Menschen. Ob es einem immer gelingt, ist eine andere Frage. Dann stieg sie wieder auf.

Anna Bernini schien es, als hätte in der gesamten Erdgeschichte noch nie ein Föhnsturm so eisern durchgehalten, noch nie ein Tag so lange gedauert und noch nie ein Himmel so trostloses Dunkel auf die Erde herabsinken lassen. Hätte ihr jemand gesagt: Heute ist der jüngste Tag angebrochen, sie hätte keinen Augenblick daran gezweifelt. Und wäre vielleicht sogar insgeheim erleichtert gewesen, dass sie aus lauter Faulheit und Angst vor einem Konflikt mit ihrer Großmutter doch noch nicht aus der Kirche ausgetreten war.

Doch Anna Bernini war noch nicht einmal bis zum Augarten gekommen, da blieb sie noch einmal stehen, drückte sich in eine Mauernische zwischen ein paar Müllcontainern und rief Miss Biggy an.

»Das war Gedankenübertragung«, rief Miss Biggy ins Telefon. »Ich wollte dich auch gerade anrufen.«

»Warum, weißt du schon etwas vom Rosen-Rudi?«

»Das auch. Aber vor allem weiß ich, wo der Hochegger in der Mordnacht gewesen ist.«

Anna Bernini hielt den Atem an und presste den Hörer noch fester an ihr Ohr.

»In Liechtenstein!«

»In Liechtenstein?«, echote Anna Bernini und war froh,

dass Miss Biggy nicht »in der Praterstraße« oder »bei Gabriela Bauer« gesagt hatte. »Aber wieso? Bist du sicher?«

Das war eine rein rhetorische Frage. Wenn Miss Biggy so etwas sagte, wusste sie es auch.

»Ja«, sagte Miss Biggy fast empört. »Ich habe einfach die GPS-Daten …«

»Ach was«, unterbrach sie Anna Bernini schnell, »eigentlich will ich es gar nicht wissen, woher du das hast!« Anna Bernini bemühte sich, nicht ganz so erleichtert zu klingen, wie sie war.

»Was er dort gemacht hat, weißt du bestimmt auch, stimmt's?«

»Das kannst du sicher auch erraten.«

»Geschäfte für die *Florescu Company*?«

»Das nehme ich auch an. Unser Freund steckt da um einiges tiefer drin, als gut für ihn ist, fürchte ich. Aber nachweisen können wir weder ihm noch den Florescus etwas. Ich weiß nur, dass Xaver Hochegger Kunde einer Treuhand-Firma ist. Dass es sein Geld ist, das er da hin- und herschiebt, bezweifle ich allerdings.«

Anna Bernini blickte düster in den brausenden Himmel hinauf. Das Herz war ihr schwer. Für einen Moment schloss sie die Augen.

»Ich hab' noch zwei Dinge für dich«, sagte Miss Biggy munter, die mitten in diesem Höllenlärm bestimmt nicht Anna Berninis schweren Seufzer gehört hatte.

»Drei gute Nachrichten, würde ich sagen: Ich habe herausgefunden, dass die Firma Florescu noch ein sogenanntes Rosenlager im 2. Bezirk hat. In der Engerthstraße 97. Das kommt mir dubios vor. Es ist nämlich ein Wohnhaus. Und dann weiß ich jetzt auch, warum der Rosen-Rudi im Gefängnis war.«

Miss Biggy machte eine kleine Pause, in der sie sich höchstwahrscheinlich eine Zigarette anzündete. »Er saß wegen Frauenhandels. Aber das Interessante ist: Mitangeklagt war damals der Angestellte einer rumänischen Blumenhandelsfirma.«

»Nein!«, rief Anna Bernini. »Das gibt's doch nicht!«

»Doch!«, grinste Miss Biggy, »es war ein sogenannter ›Fahrer‹ der *Florescu Company*. Und dreimal darfst du raten, wer freigesprochen wurde!«

Als Anna Bernini sich wieder aufs Fahrrad setzte, fühlte sie sich so leicht, dass sie aufpassen musste, dass sie der Föhnsturm nicht davontrug. Die restliche Heimfahrt die Castellezgasse hinauf wäre sie bestimmt gesegelt, wenn sie nicht noch einen kleinen Umweg nach Südwesten gemacht hätte. In die Nestroygasse, wo laut Miss Biggy Tanja Moser in der Zaucher-Wohnung auf sie wartete, um ihr etwas zu zeigen. Das war Miss Biggys dritte gute Nachricht gewesen.

»Ein Frauenhaar«, bemerkte Anna Bernini, als sie das Ding betrachtete, das ihr die Spurensichererin vor die Nase hielt. Tanja Moser hatte mit einem sauberen Tuch, einer zusammenklappbaren Lupe und ein paar Pinseln und Fläschchen Andreas Zauchers Schreibtisch zu einem behelfsmäßiges Labor umfunktioniert.

»Genau. Ich glaube, es ist gefärbt.«

Tanja Moser steckte das Haar in einen Plastikbeutel und lehnte sich im Sessel zurück.

»Ich bin Ihnen sehr dankbar …«, fing sie an. Doch Tanja Moser winkte ab, »Der Schramek ist so eine Grätzn! Und dann ist noch das mit den Fotos.«

»Was ist mit den Fotos?«

»Mir ist aufgefallen, dass …« Tanja Moser unterbrach sich kurz, stand auf, trat zum Bücherregal, zog ein schmales Fotoalbum heraus und legte es vor Anna Bernini auf den abgetretenen Parkettboden.

»Hier, schauen Sie!«

Anna Bernini hatte sich Plastikhandschuhe übergezogen und begann, das Album durchzublättern. Es dokumentierte offensichtlich eine Party im Blumenladen Sebastian Bauers. Die Bilder zeigten viele fröhliche junge Menschen, viele schöne Blumen und mitten darunter das schöne Bauer-Ehepaar.

»Da schauen Sie, hier sind ein paar Fotos herausgenommen worden.«

Auf einer Doppelseite fehlten drei Fotos. Die beiden Frauen schauten sich an.

»Wann?«, fragte Anna Bernini.

Tanja Moser zuckte die Achseln. »Genau kann ich das nicht sagen. Jedenfalls wurde das Fotoalbum erst kürzlich aus dem Regal genommen. Hier haben wir ein paar Stellen, wo der Staub fehlt.«

»Das heißt, es gibt Fingerabdrücke?«

Tanja Moser grinste. »Jetzt kommt's: nein! Gibt es nicht! Derjenige, der das Album in die Hand genommen hat, hat nämlich Handschuhe getragen.«

»Und auf der leeren Seite?«

»Sind auch keine Fingerabdrücke, ganz genau!«

»Glauben Sie, die Frau, der das Haar gehört, hat die Fotos mitgenommen?«

Tanja Moser zuckte die Achseln. Sie stand auf und packte das Fotoalbum in einen großen Plastiksack. Anna Bernini dachte an die Frau, die laut Nachbarin noch vor Kurzem in Andreas Zauchers Wohnung war und Staub gesaugt hatte. Dafür war es aber noch ziemlich staubig. Anna Bernini starrte auf die Stelle, auf der gerade noch das Fotoalbum gelegen hatte. Ein winziger Gedanke regte sich irgendwo in ihrem Gehirn. Doch noch bevor daraus ein ausgewachsener Schreck werden konnte, begann sie bereits mit zittrigen Händen in ihrem Rucksack zu wühlen und zog schließlich ihre Geldbörse heraus. Fieberhaft durchsuchte sie den dicken Packen an Tickets, Rechnungen, Einkaufszettel. Endlich hatte sie den zerknitterten, mehrfach zusammengefalteten Zettel gefunden.

»Können Sie das bitte auf Fingerabdrücke untersuchen?«

Tanja Moser hatte sie die ganze Zeit mit gerunzelter Stirn beobachtet. »TCM-Praxis Doktor Xiu Lin«, las Tanja Moser. »Eine Arztrechnung?«

Anna Bernini nickte. Ohne eine weitere Frage begann Tanja Moser, das sorgsam glatt gestrichene Blatt mit einer dünnen Pulverschicht einzustauben. Anna Bernini schaute ihr gebannt zu.

»Schauen Sie nur!«, sagte Tanja Moser und zeigte auf den Bildschirm. »Was sagen Sie dazu!?«

Anna Bernini sah zwei Foto-Vierecke. Zwei Fingerabdrücke.

»Sehen Sie einen Unterschied?«, fragte die Spurensichererin.

Anna Bernini kniff die Augen zusammen, studierte Linie für Linie, Kreisel für Kreisel. Dann schüttelte sie den Kopf.

»Ich auch nicht«, sagte Tanja Moser und lächelte zufrieden. »Diese Fingerabdrücke haben wir im Badezimmer gefunden.«

Anna Bernini sagte nichts, weil sie viel zu viel mit Denken beschäftigt war. Sie dachte an die Frau mit dem weiß geschminkten Gesicht und den türkisen Augen im Vorzimmer der *TCM*-Ärztin. Sie war also hier gewesen. War es dieselbe, dick vermummte Gestalt, die mitten in der Nacht ein paar Schritte von hier entfernt über die Straße gelaufen und zu einer blonden Frau ins Auto gestiegen war? Mit einem viereckigen Paket unterm Arm? Hatte sie Andreas Zauchers Laptop weggenommen? Und wenn ja, warum? Um ihm zu schaden oder zu helfen? Das weiß ich nicht, dachte Anna Bernini, aber manchmal will man das eine und erreicht das andere.

KAPITEL 24

»Kein Alkohol ist auch keine Lösung« hat einmal die 80er-Jahre Kultband *Die Toten Hosen* gesungen. Darin steckt eine tiefe Wahrheit. Man kann sie natürlich auch auf andere Dinge übertragen. Auf Therapiestunden zum Beispiel. Manche Menschen haben schon so viele hinter sich, dass sie sich mit dem Geld einen Kleinwagen kaufen und damit aus ihrem eigenen Leben davonfahren hätten können. Aber sie sitzen lieber weiterhin dreimal pro Woche bei ihrer Therapeutin auf der Couch, damit sie später einmal sagen können: Nicht-Davonrennen war auch keine Lösung.

Anna Bernini war allerdings noch lange nicht so weit. Sicher, für die Therapiestunde bei Doktor Egger, angesetzt auf 18 Uhr, war sie jetzt zwei Stunden zu spät. Wieder eine Stunde, die Anna Bernini ungenützt verstreichen lassen musste. Normalerweise war die Psychoanalytikerin bei so etwas streng. Nicht konsumierte Therapiestunden mussten bezahlt werden. Berufliche Verhinderung galt nicht als Entschuldigung. Aber wenn man sehr gute Ausreden hatte, im Koma Liegen zum Beispiel, dann drückte Doktor Egger schon ein Auge zu. Das Nicht-Auftauchen zur Therapiestunde, sagte Doktor Egger, sei ein Widerstand. Das sei normal und bringe oft eine entscheidende Wende zum Besseren. So gesehen war es sogar ein bisschen großzügig von Frau Doktor Egger, dass sie für eine abgesagte Therapiestunde nicht mehr verlangte als für eine abgehaltene.

Hätte Doktor Egger Anna Bernini jetzt beobachten können, hätte sie bestimmt zufrieden genickt. Denn kaum hatte sich Anna Bernini zu Hause auf ihre Couch gesetzt, zugegeben, zusammen mit einem Glas Rotwein und einer riesigen Packung Kartoffelchips, hatte ihr Gehirn schon mit dem freien Assoziieren begonnen. Natürlich über den *Rosenfall.* Vielleicht hatte sich das Gehirn zuerst Alkohol-bedingt ein bisschen länger an dessen Rändern aufgehalten. Bei Rosen-Tätowierungen auf gewissen Unterarmen vielleicht, bei moosfarbenen Augen, die lächeln konnten wie eine sonnige Waldlichtung und jetzt hoffentlich keinem Mörder gehörten. Aber es brauchte nicht viele weitere Schlucke Rotwein, da wanderte das Gehirn schon von den lebendigen Moosaugen zu den toten Blauaugen, den schönsten, die es je registriert hatte. Was war das letzte Bild, das diese Augen in sich aufgenommen haben, überlegte Anna Bernini. Das eigene Spiegelbild wahrscheinlich. Aber vielleicht waren es auch die hasssprühenden oder kaltwütigen Augen des Täters. Bei dieser Assoziation strampelte Anna Berninis Gehirn ein bisschen, damit es ja nicht wieder in Richtung Moosaugen weiterassoziierte. Doktor Egger wäre das sicher nicht entgangen. Aber die Analytikerin war bestimmt im Theater oder las ein gutes Buch auf ihrer Privatcouch. Die Frage war jetzt nur: Saß sie da allein? Und wenn nein, wer saß neben ihr? Oder lag neben ihr? Oder war es gar eine Sie?

Bevor sich Anna Berninis Gehirn noch weiß Gott wohin vergaloppieren konnte, sprang sie schnell auf und holte sich aus der Küche noch ein Glas Wein. Gleichzeitig sprang ihr Gehirn wieder zurück zu den Augen des Toten. Und von ihnen zu denen Andreas Zauchers, Augen so tiefschwarz und glänzend wie frische Schokoglasur. Anna Bernini dachte daran, wie sie diese Augen vor zwei Tagen im Blumenladen-Büro angestarrt hatten, als sei sie der Leibhaftige. Oder als hätten sie den Leibhaftigen gesehen und seinen Anblick nicht ertragen. Was beziehungsweise wen hatte Andreas Zaucher gesehen? Von Andreas Zaucher wechselte das assoziierende Anna Bernini-Gehirn mühelos zur jungen Frau im *TCM*-Vorzimmer. Irgendetwas musste diese drei Menschen miteinander verbinden. Was könnte das sein? Anna Bernini trank einen Schluck Rotwein. Das belebt den Geist. Oder zumindest bildet man sich das ein. Was auf dasselbe herauskommt, wenn man mit sich allein philosophiert.

Apropos philosophieren. Die meisten Menschen können sich ja zumindest an eine philosophische Theorie aus dem Schulunterricht erinnern. Bei Anna Bernini war es das Platonische Höhlengleichnis. Und schon hatte Anna Berninis Assoziationskommando seinen Blick zum Bücherregal gelenkt, wo bestimmt noch in irgendeinem Winkel eine Platon-Ausgabe vor sich hindöste. Ich sage ja immer: Zeig mir dein Bücherregal, und ich sage dir, wer du bist. Oder wer du gerne wärst. Die wenigsten Bücher werden ja ganz gelesen. Die meisten werden nur gekauft. Und auch das hört sich immer mehr auf. Aber Anna Bernini war ein bisschen altmodisch. Sie mochte Bücher. Vor allem solche, die auf ihren Titeln ein besseres Leben versprachen. Aber nicht *In fünf Tagen zur Bikinifigur*, *Heile dein gebrochenes Herz*, *Werde unwiderstehlich*. Solche Bücher hätte Anna Bernini nie gekauft, oder doch wenigstens nicht in ihr Bücherregal gestellt, sondern Bücher, wie sie in großformatigen Zeitungen besprochen wurden. Oder im Bildungsradio. Nicht, dass Anna Bernini diese Bücher immer ganz gelesen hätte. Aber bis circa Seite 37 schaffte sie es doch meistens. Dann legte sie ein Lesezeichen ein und nahm sich vor, es weiterzulesen, sobald ihr der Fall, der Liebeskummer oder was auch immer wieder mehr Zeit ließe. Das Problem war nur, dass danach immer eine neue große Liebe gekommen war oder der nächste verzwickte Fall. Und wenn endlich Zeit gewesen wäre, war schon das nächste Buch erschienen, das man unbedingt gelesen haben musste. Aber so geht es natürlich vielen Menschen. Ich möchte nicht wissen, auf wie vielen Nachtkästchen begeistert rezensierte Bücher darauf warten, dass endlich jemand die Seite 37 umblättert.

Anna Bernini stand mit dem Weinglas in der Hand vor ihrem Bücherregal und blieb bei einem Titel hängen. *Die Errettung des Schönen.* So etwas eröffnet einem natürlich viele Assoziationsmöglichkeiten. Von der schönen Leich über den schönen Verdächtigen bis zur Errettung des schönen Verdächtigen ist alles möglich. Und wenn sie das Buch gelesen hätte, hätte sie womöglich über die darin ausgebreitete Theorie der *Pornografisierung des Schönen* auch die richtige Spur gefunden. Aber manchmal reicht es sogar, wenn man nur den Namen des Autors kennt. Byung-Chul Han. Ein chinesischer Name.

In diesem Moment machte Anna Berninis Gehirn einen Olympia-verdächtigen Assoziations-Weitsprung, über den sich auch Doktor Egger gefreut hätte. Obwohl er ihr später noch so viele Therapiestunden-Einnahmen kosten sollte. Anna Bernini war jetzt wie elektrisiert. Mit einem Satz war sie an ihrem Schreibtisch, öffnete ihren Laptop und tippte mit fliegenden Fingern zwei Namen: »Doktor Xiu Lin« und »Andreas Zaucher« in das Suchmaschinen-Fenster. Zigtausende Einträge erschienen. Fast alle über Menschen, die Doktor Xiu Lin hießen und nur einer über Andreas Zaucher, der als Jugendlicher einmal einen Gedichte-Wettbewerb gewonnen hatte. Jetzt schrieb Anna Bernini »Doktor Xiu Lin und Andreas Zaucher«. Und dann erschien das Missing Link. Die Antwort auf die Frage, was Andreas Zaucher, die *TCM*-Ärztin und die Vorzimmerchinesin miteinander verband. Ein weiteres kleines Mosaiksteinchen, das Anna Bernini auf die richtige Spur führen wird. Schlimm nur, dass vorher noch zwei Menschen sterben mussten.

KAPITEL 25

Die Zeit vergeht wie im Flug. Das sagt man so leicht. Aber manchmal stimmt es wirklich. Da rast sie so schnell, dass der kleine, armselige Mensch nicht mehr mitkommt. Anna Bernini setzte sich auf die rasende Zeit und sauste durch die Leopoldstadt immer ihren Fragen hinterher. Warum war Andreas Zaucher verschwunden? Was hatte die Arztassistentin damit zu tun? Und welche Rolle spielte die *TCM*-Ärztin? Zumindest der letzten Frage wollte Anna Bernini jetzt gleich nachgehen. Verbissen radelte sie gegen den immer wütender werdenden Föhnsturm gegen die immer bedrohlicher werdenden Gedanken und die unangenehmer werdenden Gefühle an. Bis sie schließlich in der Molkereistraße Nummer 16 scharf abbremste. In der *TCM*-Praxis war noch Licht. Anna Bernini stieg ab und hängte ihr Fahrrad an einen Laternenpfahl. Eine Minute später platzte sie in Doktor Xiu Lins Ordinationszimmer. Auf dem Besuchersessel saß eine ältere Dame mit knallroten Haaren und zeigte der *TCM*-Ärztin die Zunge, die sie sich vor Schreck allerdings beinahe abgebissen hätte.

»Bitte entschuldigen Sie«, murmelte Anna Bernini, »ein Notfall!«

Die Dame sprang so schnell vom Sessel auf, als wäre sie allein vom Zunge-Zeigen schon von ihrem rheumatischen Leiden kuriert worden. Anna Bernini schloss sanft die Tür hinter ihr, als könnte sie an der gepolsterten Doppeltür wieder gut machen, was sie an Höflichkeit gegenüber Doktor Xiu Lin fehlen hatte lassen. Aber genauso hätte sie es auch bleiben lassen können, denn der eisige Blick, den ihr Doktor Xiu Lin jetzt zuwarf, kannte kein Pardon.

»Es tut mir leid, dass ich so hereinplatze«, versuchte Anna Bernini, ein bisschen Milde auf das Gesicht der Chinesin zu zaubern. Aber Doktor Xiu Lin dachte offenbar nicht daran, es der Chefinspektorin leichter zu machen. Ohne etwas zu sagen, ließ sie sich zurück auf ihren roten Chefsessel sinken und schaute zu ihrer ungebetenen Besucherin auf. In so einem Moment wäre es gut, wenn man sich vorher eine Strategie überlegt hätte oder wenigstens über genügend Improvisationstalent verfügte. Oder, dritte Möglichkeit, Fakten vorweisen hätte können. Anna Bernini aber, das spürte sie jetzt allzu deutlich, hatte außer ihrer Dreistigkeit nicht viel zu bieten. Und die war im selben Moment verpufft, als sie das rote Samtkissen sah, auf das sie vor zwei Tagen ihre Handgelenke zum Pulsmessen gelegt hatte. Und so, als könnte Doktor Xiu Lin Gedanken lesen, spuckte sie der Polizistin jetzt zwei Worte vor die Füße: »Kein Sexualchakra!«

Für eine Ärztin, die sich so gut mit Substanzen auskannte, war der Gift-Blick allerdings zu hochdosiert. Da kann es auch zu einer paradoxen Reaktion kommen. Statt gedemütigt den Kopf einzuziehen, beugte sich die Patientin jetzt nämlich quer über den Schreibtisch, über das Samtkissen zum Pulsmessen, über die Kräuterlisten, über die Schale mit Chakrentee und packte Doktor Xiu Lin mit beiden Händen fest am weißen Ärztinnenmantelkragen. Mit der plumpen Überlegenheit körperlicher Größe und mangelnder Gelassenheit zerrte sie die Ärztin auf die Füße und starrte ihr so lange in die mandelförmigen Augen, bis darin etwas aufblitzte, das nicht gerade Angst war, aber immerhin ein kleines bisschen Respekt.

»Wo ist die junge Frau, die vorgestern im Vorzimmer gesessen ist?«

Verbissenes Schweigen.

Anna Bernini wollte die kleine Frau mit der Weichheit einer Diamantnadel schütteln, aber stattdessen ließ sie sie so plötzlich los, dass die Chinesin, haltlos wie eine Marionette, der man die Fäden abgeschnitten hat, auf ihren Sessel zurückfiel. Doktor Xiu Lin verzog keine Miene.

»Ich habe Beweise, dass vorgestern da draußen«, Anna Bernini wies mit einem Arm hinter sich, »eine junge Frau gesessen ist, die verdächtigt wird, in einen Mordfall verwickelt zu sein. Wenn Sie weiter lügen, machen Sie sich ebenfalls verdächtig.«

»Welche Beweise?«, fragte Doktor Xiu Lin ruhig.

Jetzt schwieg Anna Bernini. Auch nicht viel weniger arrogant, muss ich sagen.

»Ich weiß nicht, wo Rosa ist«, sagte Doktor Xiu Lin schließlich langsam.

»Wer ist Rosa?«

Doktor Xiu Lin kniff die Augen zu zwei schmalen halbmondförmigen Schlitzen zusammen, als könnte sie so besser durch die Gehirnrinde ihrer Patientin dringen und herausfinden, was sie wusste.

»Warum ist sie verschwunden?«, hakte Anna Bernini nach.

Schweigen.

»Hören Sie«, beugte sich Anna Bernini noch weiter vor, bis sie den leicht holzigen Geruch Doktor Xiu Lins Parfum wahrnahm. »ich glaube, dass Rosa in Lebensgefahr ist. Sie müssen mir sagen, was Sie wissen! Vielleicht kann ich ihr helfen.«

»Sie sind Polizistin«, sagte Doktor Xiu Lin bitter und wandte den Kopf ab, »Polizisten helfen Menschen nicht. Sie bringen sie nur hinter Gitter.«

Anna Bernini schaute sie überrascht an.

»Doch. Wir helfen auch. Und zwar, indem wir versuchen, Verbrechen zu verhindern.«

Die Ärztin wandte ihr den Kopf wieder zu und sah sie spöttisch an. »Das kommt immer darauf an, was man als Verbrechen ansieht. In dem Land, wo meine Eltern aufgewachsen sind, ist es schon ein Verbrechen, die Wahrheit wissen zu wollen.«

»Ich würde es als Verbrechen ansehen, wenn jemand Ihrer Assistentin Leid zufügt. Oder Ihrem Studenten Andreas Zaucher.«

Anna Bernini reichte der Ärztin ihr Smartphone mit dem Bildschirmfoto, das sie zu Hause gemacht hatte. Darauf sah man Doktor Xiu Lin mit Andreas Zaucher und noch einem Dutzend anderer Menschen in einem Sesselkreis sitzen.

»Ich nehme an, er wollte *TCM*-Praktiker werden?«

Doktor Xiu Lin senkte das erste Mal seit fünf Minuten den Blick. Anna Bernini seufzte und ließ sich auf den Besuchersessel fallen. Sie wartete und beobachtete fasziniert, wie das harte Gesicht der Frau weicher wurde. Wie Risse in ihre Abwehr kamen, wie Hoffnung dahinter aufblinkte, wie dunkle Angst heraussickerte und sich ausbreitete wie ein lange unter Verschluss gehaltener Krankheitserreger. Anna Bernini musste aufpassen, dass sie sich nicht ansteckte.

»Wer ist hinter den beiden her?«, fragte sie sanft.

Doch schon verhärtete sich der Blick wieder, schon presste die Ärztin wieder die Lippen aufeinander, als könnte sie so verhindern, dass durch Zufall die Wahrheit herauspurzelte.

»Ich weiß nicht, was Sie meinen.«

»Doch. Ich glaube, das wissen Sie genau!«

Die Ärztin schüttelte den Kopf. »Ich habe keine Ahnung, wovon Sie sprechen.«

»Ist es die *Florescu-Company*?«, versuchte es Anna Bernini weiter.

Die Chinesin sagte nichts, schaute die ungebetene Besucherin nur abweisend an.

»Wovor haben Sie Angst?«, frage Anna Bernini.

»Ich habe vor nichts Angst«, sagte die Ärztin fest und stand auf. »Mehr habe ich Ihnen nicht zu sagen. Ich weiß nichts über meine Assistentin. Sie ist gestern nicht zur Arbeit erschienen. Das ist alles.«

Doktor Xiu Lin stand vor ihrem Schreibtisch und trommelte ungeduldig mit den Fingern auf die Tischplatte. »Wenn Sie mich jetzt bitte entschuldigen. Draußen wartet eine Patientin auf mich.«

»Ich würde Sie nicht um Hilfe bitten«, sagte Anna Bernini und schaute Doktor Xiu Lin eindringlich ins Gesicht. »Aber ich weiß keinen anderen Weg. Sie sind meine einzige Spur. Sie müssen mir helfen. Sehen Sie, ich glaube, Andreas Zaucher wurde entführt. Sein Leben ist wahrscheinlich in Gefahr. Vielleicht, weil er etwas gesehen hat, das er nicht sehen sollte. Und irgendwie ist er mit Rosa in Verbindung. Verstehen Sie?«

Die Chinesin hob den Blick und sah Anna Bernini an. Das erste Mal, seit sie die *TCM*-Ärztin kannte, fand sie Wärme darin. Anna Bernini überflutete eine Welle der Sympathie für diese Frau, die einen fast unüberwindlichen Wall an Misstrauen zur Obrigkeit überwand, ob aus Zuneigung zu ihrem ehemaligen Schüler oder aus Verantwortungsgefühl, wusste Anna Bernini nicht. Sie wusste nicht einmal sicher, ob die Geschichte, die ihr die Ärztin jetzt zu erzählen begann, nicht zu gefährlich war, um weitererzählt zu werden.

Es war die Geschichte, die endlich erklärte, wofür Andreas Zaucher 50.000 Euro Schweigegeld erhalten hatte, warum er Rosa versteckt und warum sie jetzt, wo er verschwunden war, wieder auf der Flucht war. Eine Geschichte, die beide Florescus stark belasten würde, wenn sie zu beweisen wäre.

Den Grund für den Mord an Sebastian Bauer beinhaltete die Geschichte allerdings nicht. Während Doktor Xiu Lin erzählte, hielt Anna Bernini ihren Blick fest und beobachtete fasziniert, wie dieser Blick mit jedem Wimpernschlag wärmer wurde. Wie die Wärme über die Augen hinausstrahlte und das ganz Gesicht verwandelte. Als Anna Bernini ein paar Minuten später die *TCM*-Praxis verließ, hätte sie sogar gesagt: Meine Schwester hat doch recht. Mit der Traditionellen Chinesischen Medizin kann man jedes Übel heilen. Wahrscheinlich sogar Morde aufklären. In diesem Punkt täuschte sie sich aber leider.

KAPITEL 26

Als um 1900 die ersten Kinos in Wien eröffneten, haben die Zeitungen geschrieben: Das Theater wird sterben. Als knapp 50 Jahre später das Fernsehen seinen Betrieb aufnahm, prophezeiten sie das Ende des Kinos. Wieder ein halbes Jahrhundert später sollte das Internet dem Fernsehen den Garaus machen. Und als gleich darauf die ersten Pornokanäle online gingen, begann die Wiener Unterwelt um ihre prall gefüllten Schwarzgeldkassen zu bangen. Aber nichts ist passiert. Alle Vergnügungsbereiche gibt es weiterhin. Nur dass man den einen vielleicht eher mit der Gattin konsumiert und den anderen lieber allein oder mit einem ausländischen »Geschäftsfreund«, der nach einem bisschen Wiener Gastfreundschaft lieber das Kleingedruckte übersieht.

Obwohl Anna Bernini in ihren zehn Jahren Kriminalpolizei schon viel gesehen hat, muss man sagen: Im Milieu war sie eher nicht so zu Hause. Bis auf ein Praktikum bei der Sitte hatte sie Peep-Shows, Gogo-Bars und Geheimbordelle rund um den Prater nur aufgesucht, wenn es Verletzte oder Tote gab. Sicher, wahnsinnig selten kommt das auch nicht vor. In einer Millionenstadt sitzt jede Woche ein paar Menschen das Messer locker. Oder der Schlagstock oder die Schusswaffe. Ich kenne jetzt keine Zahlen, aber ich befürchte, die Gewalt nimmt nicht ab. Das kann sich jeder selbst zusammenreimen, der schon einmal beobachtet hat, wie ungehalten manche Menschen werden können, wenn sie irgendwo warten müssen.

Man kann jedenfalls nicht sagen, dass Anna Bernini in einem Lokal wie der *Rose im Gemeindebau* in der Vorgartenstraße ein und aus gegangen wäre. Ganz zu schweigen von Miss Biggy, die wahrscheinlich noch nicht einmal oft an einem Lokal wie der *Rose* vorbeigegangen ist. Anna Bernini war nicht übertrieben glücklich darüber, dass Miss Biggy das ausgerechnet jetzt ändern wollte. In einem Schuppen wie diesem ist man als Frau schon eine Provokation, aber als reifere Dame im Pfarrgemeinderatsobfrauen-Outfit ist man regelrecht eine Faust aufs Auge. Aber Miss Biggy hatte bestimmt, dass Anna Bernini Begleitschutz brauche. Wer weiß, wie gefährlich dieser Rosen-Rudi sei.

Die Einzelheiten, die sie über ihn zusammengetragen hatte, waren jedenfalls nicht ganz harmlos. Der Rosen-Rudi, erzählte Miss Biggy, war zwar eine kleine Nummer, gemessen am Florescu-Imperium und dem vom Roten Erwin. Aber im Rayon war er angesehen. Denn allen noch kleineren Nummern imponiere es, dass er sich immer wieder mit dem Platzhirschen Florescu anlege. Was die meisten jedoch nicht wussten, war, dass der Rosen-Rudi noch eine Einnahmequelle hatte, die reichlich sprudle. Miss Biggy erzählte auch, woher. Daraufhin hatte Anna Bernini erst recht darauf bestanden, dass Miss Biggy daheim bei ihrem Strickzeug bleiben solle. Miss Biggy brauche sich keine Sorgen zu machen, sagte sie, denn schließlich stecke in Anna Berninis Schulterhalfter ja ihre Dienstpistole. Aber jetzt ging es erst richtig los. Denn eine Polizistin im Krankenstand, sagte Miss Biggy streng, könne doch nicht mit ihrer Dienstpistole herumlaufen! Und damit Anna Bernini die Pistole nicht braucht, müsse sie eben schon von Miss Biggy begleitet werden. So ging es noch eine Weile hin und her, bis Anna Bernini nachgab.

Diejenigen, die dann aber vor Angst feuchte Achseln bekamen, waren trotzdem nicht die beiden Polizistinnen, sondern die zwei Schlägertypen gleich hinter der Eingangstür. Vielleicht deshalb, weil Frauen die *Rose im Gemeindebau* nur selten durch den Vordereingang betraten. Oder auch, weil sie eine spezielle Nase für Polizeimarken hatten. Aber ich persönlich glaube, es lag an Miss Biggys Blick. Möglicherweise auch daran, wie sie missbilligend die Lippen spitzte, als einer behauptete, in der *Rose*, wie die Bar bei ihren Stammkunden heißt, gäbe es auch eine Altersgrenze nach oben. Jedenfalls für Frauen. Aber Miss Biggy hat noch jeden Mann zum Zittern gebracht, wenn sie wollte. Der Rosen-Rudi sei da hinten, sagten die beiden Schlägertypen deshalb auch brav, als sie von Anna Bernini gefragt wurden. Schade, dass die Türsteher nicht mehr wussten. Denn Miss Biggy hätten sie es bestimmt gebeichtet.

Der Mann an der Bar, es war der Besitzer, war allerdings aus einem anderen Holz geschnitzt. Das sah man gleich, obwohl er nur ungefähr halb so groß und nur ein Viertel so muskelbepackt war wie die Herren am Eingang. Aber dafür sah er zehnmal gefährlicher aus. Ich weiß nicht, ob es der schmale Mund war, das fleischlose Gesicht, die lederne Haut oder doch die Augen, mit ihrem mattweißen Film wie bei zu lange gebratenen Spiegeleiern.

»Ihr habt euch wohl im Hauseingang geirrt? Der Seniorentreff ist auf der anderen Straßenseite«, rief er ihnen entgegen. Dazu grinste er, dass Anna Berninis Pistole sicher von selbst losgegangen wäre, wenn sie sie mitgenommen hätte. Sie ließ sich seelenruhig auf einem der kunstledernen Barhocker nieder und hielt dem Barbesitzer schweigend ihren Polizeiausweis vor die Nase. Dabei ließ sie den Blick durchs Lokal schweifen. Der Unterschied zwischen einem Table-Dance-Lokal im Vollbetrieb und einem Table-Dance-Lokal bevor es aufsperrt ist ungefähr so groß wie der zwischen einer Theaterkulisse und dem realen Schloss eines Herzogs von Ferrara. Ich wette, die meisten *Rose*-Stammgäste hätten sofort ihren Werkzeugkoffer geholt, wenn sie die kaputten Bodenbretter, die wackligen Table-Dance-Stangen, die herunterhängenden Stromkabel und die lockeren Bodenfliesen gesehen hätten. Gar nicht zu reden von den Kaugummifallen auf den Bartisch-Unterseiten, den durchgesessenen Plüschsofas und den vielen Brandflecken auf dem Fußboden. Aber natürlich, wenn einmal die Flachbildschirme flimmern, Glühbirnen blinken und Körperteile wackeln, wird man wahrscheinlich auf dem Handwerkerauge blind. Wenn sich der Mensch nicht gerne täuschen ließe, gäbe es solche Lokalitäten wie die *Rose im Gemeindebau* gar nicht.

Miss Biggy hatte sich neben Anna Bernini gesetzt und zündete sich eine Zigarette an. Sofort baute sich der Barbesitzer vor ihr auf und rief: »Hier ist Rauchverbot!«

»Wieso?«, fragte Anna Bernini und nahm eine von Miss Biggy angebotene *Gauloise*. »Die Bar ist doch noch nicht in Betrieb.«

Hinter der ledrigen Stirn des Lokalbesitzers arbeitete es sichtlich. Aber bevor er etwas Gescheites oder Grobes ausspucken konnte, wurde er von Anna Bernini unterbrochen.

»Wir wollen den Rosen-Rudi sprechen.«

Vielleicht, um Zeit zu gewinnen, vielleicht auch, weil ein Raucher nicht zuschauen kann, wenn ein anderer genüsslich an seinem Sargnagel nuckelt, klappte der Barbesitzer sein goldenes Zigarettenetui auf und steckte sich eine *Marlboro XLarge* an.

»Was wollen Sie von dem?«

»Nichts, das Sie interessieren muss«, sagte Anna Bernini nicht unfreundlich.

»Er ist mein Kompagnon, da interessiert mich alles.«

»Noch nie was von Privatsphäre gehört?«

Der Barbesitzer schaute verständnislos, sprich so, als hätte er tatsächlich noch nie etwas von Privatsphäre gehört. Genauso wie wahrscheinlich von Steuererklärung, Sperrstunde oder Angestelltengesetzen. Anna Bernini grinste, und vermutlich hätte nicht viel gefehlt, und das Springmesser, das der Barbesitzer sicher in seiner Hosentasche hatte, hätte sich von selbst aufgeklappt. Aber da schallte es plötzlich von der Bühne: »Der Rudi ist hinten im Hof.«

Der rote Samtvorhang war ein bisschen auseinandergezogen worden, und eine junge Frau im seidenen Morgenmantel war erschienen. Ihre blondierten Haare waren hochgesteckt, das Gesicht schon für die Show geschminkt. Aber unter dem Mantel sah man noch die private Unterwäsche – einen rosa Baumwollslip und ein zerschlissenes T-Shirt mit einem riesigen Katzenbaby auf der Brust. Ohne die Fantasy-Gelnägel, die operierte Oberweite und die knallroten Schlauchlippen hätte Anna Bernini sie auf ungefähr 15 geschätzt. Noch bevor Anna Bernini mehr fragen oder ihr der Barbesitzer einen gereizten Blick schicken konnte, hatte sich der Vorhang wieder geschlossen.

»Danke, ich finde allein hinaus«, sagte Anna Bernini und stand auf. Miss Biggy hielt dem Barbesitzer unschuldig lächelnd ihre zerknautschte *Gauloise*-Packung hin: »Lust auf eine Männerzigarette?«

Anna Bernini ging durch einen dunklen, nach Urin stinkenden Gang bis zu einer rostigen Eisentür. Noch bevor sie die Klinke ganz herunterdrücken konnte, wurde ihr die Tür schon von einer wütenden Föhnbö aus der Hand gerissen und mit einem lauten »Klonk« gegen die Ziegelmauer geschleudert. Sofort verstummte das Gelächter, das eben noch zu hören gewesen war. Zwei Gestalten lehnten an der gegenüberliegenden Hofmauer und versuchten offenbar vergeblich, sich im Föhngetöse Zigaretten anzuzünden. Die eine Gestalt gehörte einem Mann um die 40. Auf den ersten Blick hätte Anna Bernini gesagt: ein verkrachter Student. Groß, hager, hohe Stirn, die mit grauen Fäden durchzogenen braunen Haare zu einem Knoten hochgebunden, schmales Gesicht, sensibler Mund. Aber auf den zweiten Blick sah man die Narbe, die sich über die Schläfe bis zum Haaransatz zog, den ruhigen Blick, der sich einem mit der Leichtigkeit eines Skalpells in die Seele bohrte und das Lächeln, das mindestens so ansteckend war wie eine ganze Hochzeitsgesellschaft voller Corona-Superspreader. Die zweite Gestalt gehörte einem jungen Mädchen. Es sah aus wie das Mädchen auf der Bühne, nur ohne Schminke, ohne Silikon und ohne falsche Haarfarbe. Dafür mit einer Küchenschürze und einer Baseballkappe. Trotzdem würde es einen nicht wundern, wenn die meisten Barbesucher insgeheim lieber mit ihr ein Bier getrunken hätten als mit einer der tanzenden Table-Dance-Frauen ein Glas »Champagner«. So herzlich lachte sie dem Rosen-Rudi in die Augen, dass Anna Bernini schon fast an Agnieszkas Stelle eifersüchtig geworden wäre.

»Bernini?«, grinste der Rosen-Rudi, als ihm Anna Bernini ihren Polizeiausweis unter die Nase hielt. »Nehmen sie bei der Polizei jetzt schon Barockbildhauer?«

Anna Bernini blieb der Mund mindestens so weit offenstehen wie den Mündern von Berninis Wasser-speienden Dämonen. Das schien den Rosen-Rudi sehr zu amüsieren.

»Was kann ich für Sie tun?«, sagte er mit einer kleinen Verbeugung und einem charmanten Lächeln in den Augenwinkeln, als wäre er kein Zuhälter und Anna Bernini keine Polizistin, sondern beide Gäste einer illustren Gartenparty. Aber das wollte ihm Anna Bernini nicht sofort sagen.

»Woher haben Sie das?«, fragte Anna Bernini und deutete auf die Narbe auf seinem Hals, aus dem ein Tattoo-Künstler eine sich rankende Kletterrose gemacht hatte.

»Liebesleid«, sagte er und blickte Anna Bernini so tief in die Augen, dass sie es im Magen noch spüren konnte. Ob eher positiv oder eher negativ konnte sie nicht sagen.

»Es war ein Unfall«, rief das Baseballkappen-Mädchen und schenkte dem Rosen-Rudi ein bewunderndes Lächeln. Doch der Rosen-Rudi lächelte nicht zurück. Er lehnte an der Ziegelmauer, als würde er in aller Ruhe ein paar Buben beim Fußballspielen zuschauen. Nichts bewegte sich in seinem Gesicht, nur der linke Daumen betätigte unaufhörlich das Anzünde-Rad auf seinem *Zippo*-Feuerzeug, sodass alle zwei Sekunden ein kleiner Funke durch die Dunkelheit zuckte.

Das Mädchen wurde rot und senkte den Kopf. »Dann geh ich einmal wieder an die Arbeit«, sagte es und verschwand eiligst über den Hof.

»Sie haben einmal für die Florescus gearbeitet? Und zwar nicht als Rosenhändler, was man so hört.«

»Ich wüsste nicht, was Sie das angeht«, knurrte der Rosen-Rudi jetzt nicht mehr wie ein Gast auf einer Gartenparty, sondern schon mehr wie der Rausschmeißer, der den falschen Gästen zeigt, wo der Ausgang ist. »Die Strafe hab' ich abgesessen«, sagte er. »Im Gegensatz zu anderen.«

»Kennen Sie eine junge Frau namens Rosa? Ukrainerin wahrscheinlich«, fragte Anna Bernini.

Der Rosen-Rudi zuckte mit den Achseln. »Ein Name sagt gar nichts«, sagte er. »Hier heißen alle anders, als ihre Eltern sie getauft haben.«

»Sie ist keine Prostituierte.«

Der Rosen-Rudi grinste freudlos. »Suchen Sie Nachwuchs für die Polizeischule?«

»Ich glaube, sie ist durch einen Florescu-Rosen-Transport ins Land gekommen.«

»Rosa ist mit den Rosen gekommen. Das passt ja«, sagte der Rosen-Rudi, aber die Lässigkeit hat ihm Anna Bernini nicht mehr ganz abgenommen.

»Verdammt!«, rief er plötzlich, richtete sich auf und rieb sich den offenbar verbrannten *Zippo*-Daumen. Eine jähe Röte war ihm ins Gesicht geschossen. Mit der Lässigkeit war es jetzt endgültig vorbei. »Hören Sie: Was wollen Sie von mir?«

»Dass Sie Rosa für mich finden.«

»Tzz, das ist ein Witz, oder? Sie suchen ein Florescu-Mädchen ausgerechnet bei mir?«

»Ich glaube, dass Rosa den Florescus davongelaufen ist und sich jetzt versteckt. Deshalb frage ich Sie.« Anna Bernini starrte ihm geradewegs in die feindselig blickenden Augen. »Und ich suche noch jemanden. Er heißt Andreas Zaucher.«

Anna Bernini konnte spüren, wie sich etwas veränderte. Wie der Rosen-Rudi überrascht die Luft einsog, wie er ihr forschend ins Gesicht starrte. Als jemand, der berufsmäßig mit dem Gesetz in Konflikt kommt, bist du es natürlich nicht gewöhnt, einer Gesetzeshüterin zu trauen. Aber etwas an Anna Bernini schien ihn zu überzeugen, ohne dass sie den Mund aufmachen musste. Vielleicht waren es die blauschwarzen Schatten unter ihren Augen, vielleicht die unordentlichen Drahtbürstenlocken, die ihr wirr um den Kopf standen, vielleicht der erschöpfte Blick oder die blassen Lippen oder alles zusammen.

»Was schaut für mich dabei heraus?«, fragte er schließlich.

»Ich könnte vergessen, dass ein gewisser Rudolf Ramsauer von einer obskuren Internetplattform aus illegale Kunstverkäufe tätigt«, sagte sie langsam.

»Ich weiß nicht, wovon Sie reden«, sagte der Rosen-Rudi eine Spur zu gleichmütig. Nur seine Hände zitterten leicht, als er jetzt eine Schachtel *Marlboro Light* aus seiner Lederjacke zog.

»Doch, das wissen Sie. Im letzten Monat haben Sie einen Arnulf Rainer verkauft, der im vorigen Jahr als gestohlen gemeldet wurde. Vor zwei Wochen eine Zeichnung von Egon Schiele. Eigentlich eine originelle Karriere für jemanden, der fast einen Bachelor in Kunstgeschichte gemacht hat.«

»Das können Sie nicht beweisen«, sagte er. Aber die zittrige *Zippo*-Flamme, mit der er jetzt seine Zigarette anzündete, sagte das Gegenteil.

»Da wäre ich mir nicht so sicher. An der Polizei ist die digitale Revolution auch nicht spurlos vorübergegangen«, sagte Anna Bernini insgeheim amüsiert. Er musste ja nicht wissen, dass der beste Digi-Cop in der Leopoldsgasse eine Frau über 60 war und gerade seinen Kompagnon an der Theke zur Weißglut brachte. Sie hätte eine Freude daran gehabt, mit was für einer Geschwindigkeit der Rosen-Rudi jetzt seine Zigarette bis zum Filter heruntergeraucht hatte. Anna Bernini sah ihm gelassen dabei zu, denn sie wusste schon bevor er den glimmenden Rest fallenließ und austrat, dass er gleich »Ja, von mir aus« sagen würde. Aber sie wusste noch nicht, was für eine Lawine damit losgetreten werden würde.

KAPITEL 27

Natürlich könnte man sich fragen: Was braucht eine Table-Dance-Bar eine Küche? Aber die *Rose im Gemeindebau* bot ihren Gästen eben ein bisschen mehr. Wenn sie ein bisschen mehr bezahlten. Zum Beispiel einer Tänzerin eine Flasche Prosecco. Wenn sie noch mehr wollten, bekamen sie auch noch mehr. Dafür hatte der Rosen-Rudi eigens zwei Wohnungen im Haus gemietet. Manchmal wurden die Gäste von dem hungrig, was in den Wohnungen passierte. Dafür hatten die beiden Barbesitzer eine Snackkarte zusammengestellt: Toast Hawaii, Tacos und Lachsbrötchen. Zu einem Preis wie im Sacher. Die entsprechende Qualität musste man sich allerdings dazu denken.

Das lag aber bestimmt nicht an der Köchin. Dass sie sich die größte Mühe gab, sah Anna Bernini sofort. Die junge Frau mit der Küchenschürze stand in dem heißen, stickigen Räumchen, das anderswo höchstens als Besenkammer durchgegangen wäre, und belegte mit flinken Fingern eine Reihe von Toastbroten mit billigem Pressschinken, Analogkäse und Ananasscheiben. Anstatt einer Kochhaube trug sie immer noch eine Schirmmütze, unter der eine Strähne ihres dunklen Haares herausgerutscht und in die glänzende Stirn gefallen war. Als sie Anna Bernini sah, verschloss sich ihr hübsches, rundes Gesicht zu einem »Ich kaufe nichts«-Blick, wie man ihn gern gegenüber Straßenhändlern aufsetzt. Aber einem, das sah Anna Bernini gleich, der schnell bereit war, sich in einen »Na gut, aber nur ein Feuerzeug«-Kompromiss zu verwandeln.

»Ich habe keine Zeit, muss arbeiten«, sagte das Küchenmädchen schnell und wandte sich demonstrativ wieder ihren Toastscheiben zu.

»Ich habe nur eine kurze Frage«, lächelte Anna Bernini freundlich. »Was wissen Sie über die Narbe auf dem Hals vom Rosen-Rudi?«

Das Mädchen schaute sie erschrocken an, warf einen Blick über Anna Berninis Schultern und zuckte mit den Achseln. »Das, was alle wissen.«

»Und was ist das?«

Das Küchenmädchen wischte sich mit dem Handrücken Schweiß aus der Stirn und stopfte die lose Haarsträhne zurück unter die Kappe. »Es war ein Unfall mit einem Schürhaken.«

»Mit einem Schürhaken?«

»Der Rosen-Rudi war noch ein Kind ...« Die junge Frau unterbrach sich. »Hören Sie, fragen Sie ihn das lieber selber!«

»Ich möchte es aber von Ihnen wissen.«

»Er war ja erst sechs Jahre alt.«

»Was ist passiert?«

»Seine Mutter war eine Angestellte der Florescu-Firma. Angeblich hat er sie zur Prostitution gezwungen oder was. Jedenfalls ist der Kleine auf den alten Florescu mit einem Schürhaken losgegangen. Dabei ist er unglücklich gefallen oder so. Ich weiß es auch nicht.«

Steile Falten hatten sich auf der Stirn der jungen Frau gebildet, sie warf der Polizistin einen flehenden Blick zu. Dann rutschte ihr Blick an Anna Berninis Schulter vorbei, und sie schrak zusammen. Anna Bernini drehte sich um und erhaschte gerade noch einen Blick aus den tiefliegenden Augen des Rosen-Rudi. Ein Blick, dem man nicht im Dunkeln begegnen möchte.

Als Anna Bernini den Barraum wieder betrat, wunderte sie sich, wie sehr er sich in der Zwischenzeit verändert hatte. Die kalte Neondeckenbeleuchtung hatte einer riesigen Discokugel Platz gemacht, die im Zehntelsekundenabstand Lichtblitze in den schummrigen Raum sandte. Zwei Scheinwerfer warfen scharfe Lichtkreise auf den Boden der Bühne, auf der in diesem Moment zwei halbnackte Tänzerinnen erschienen. Die Musik hatte sich zu einem Crescendo gesteigert, das Tote aufwecken hätte können. Ein halbes Dutzend Männer stand mit glänzenden Augen vor der Bühne und hielt sich an schmalen Pilsgläsern fest. Obwohl sie so wirkten, als wäre ihnen ein Krügerl eigentlich lieber gewesen.

Miss Biggy saß immer noch auf genau demselben Platz, an dem sie Anna Bernini vor einer halben Stunde verlassen hatte. Fest verschraubt mit dem Barhocker und ihrem *Gauloise*-Packerl. Egal, was für hasserfüllte Blicke ihr der Barbesitzer zusenden mochte und was für unsichere der eine oder andere der ganz jungen Gäste, der vielleicht kurz befürchtete, seine Hauptschullehrerin sitzt da und verrät den Eltern, was er mit seinem Taschengeld macht.

»Den Kaffee können Sie selber trinken!«, schimpfte Miss Biggy gerade und schob die Espressotasse über den Tresen zum Barmann zurück. »Wenn ich braunes Wasser gewollt hätte, hätte ich es gesagt.«

Anna Bernini setzte sich neben Miss Biggy und grinste. »Dein Strickzeug scheinst du ja nicht zu vermissen.«

Das war kein Witz. Schließlich wusste jeder in der Mordgruppe Bernini, dass Miss Biggy nichts lieber tat, als ihre Abende mit Strickzeug und einem Kultursender zu verbringen. Aber das war vielleicht nur ein Gerücht, das die ältere Kollegin streute, um die jungen Singles, die jeden Abend Serien streamten, nicht in Verlegenheit zu bringen.

Kurz nach 22 Uhr wären zwar noch genug Straßenbahnen gefahren, aber Miss Biggy bestellte sich ein Taxi. Und noch bevor Anna Bernini ihr Bier zahlen konnte, die drei Espressi von Miss Biggy gingen offenbar aufs Haus, hatte sich Miss Biggy schon von Anna Bernini verabschiedet und war in Richtung Treppe verschwunden.

Als sie selbst zehn Minuten später zum Ausgang hinaufstieg, kamen ihr zwei Rosenverkäufer entgegen. Sie blieb stehen und schaute ihnen verwundert nach. Natürlich kannte Anna Bernini die verlorenen Gestalten, die allabendlich von Lokal zu Lokal zogen, in der Hoffnung, jemand möge verliebt oder betrunken genug sein, ihnen eine Rose abzukaufen. Nur in die ganz feinen und die ganz unfeinen Lokale gingen sie nicht. Die *Rose im Gemeindebau* war eines von der zweiten Kategorie. Wer sollte ihnen hier auch eine Rose abkaufen? Viele der Gäste wären zwar betrunken genug gewesen, aber das mit dem verliebt genug war eher unwahrscheinlich. Sicher, wissen kann man es nie, dachte Anna Bernini. Ein bisschen vorgespielte Liebe ist manchmal wahrscheinlich mehr als gar keine, dachte Anna Bernini. Ihr fiel der kleine Rudi ein, seine Mama und der alte Florescu, die Narbe auf der Stirn und die Rosenranken drumherum. Und eine unangenehme Vorahnung kroch ihr über den Rücken herauf.

KAPITEL 28

Es ist ein natürlicher Drang des Menschen, dass er sich gegen Neues stemmt, auch wenn das Neue gut für ihn ist. Bestimmt haben sich schon bei den alten Sumerern welche gegen die Erfindung des Rades gewehrt, weil sich kein Mensch mit einem derart leichten Fortbewegungsmittel mehr richtig anstrengt und die Jugend verlottert. Genauso ist es heute mit den Smartphones. Sicher veränderten sie unser Leben. Das Direkt-miteinander-Reden und die gute alte Face-to-Face-Unterhaltung haben an Bedeutung verloren. Durch das Sich-gegenseitig-Beobachten, in der U-Bahn zum Beispiel, kann man heute niemanden mehr kennenlernen, außer man tindert ihn gerade. Aber das kann man auch als Fortschritt sehen. Es muss sich keiner mehr auf Verdacht groß in Schale werfen, wenn er morgens aus dem Haus geht, weil es sehr unwahrscheinlich ist, dass ihn zum Beispiel auf dem Weg ins Büro jemand bemerkt. Es genügt, wenn man einmal von sich ein Foto in schmeichelhaftem Licht macht, vielleicht sogar mit einem Grafikprogramm bearbeitet, auf eine Plattform stellt, und schon wird man gelikt. Wenn man ein paar lustige Geschichten dazu postet und das eine oder andere Nacktfoto, hat man bald mehr Freunde, als man sich merken kann. Und denen ist es dann auch egal, wie man die Zahnpastatube ausdrückt. Manche Menschen nützen das Smartphone auch zum Drogenentzug. Sie tauschen das Rauchen und Trinken ganz einfach gegen Alle-zwei-Minuten-aufs-Smartphone-Schauen. Und wenn niemand gelikt hat, kann man ja immer noch eine Nachricht schicken. Irgendjemand wird schon antworten.

Und dann vergisst man, gerade dann eine Nachricht zu schicken, wenn sie einem vielleicht das Leben gerettet hätte. Ich will nicht vorgreifen, aber dass Anna Bernini nach dem Besuch in der *Rose* doch nicht nach Hause gefahren ist, hätte sie Miss Biggy besser geschrieben. Ein kurzes SMS hätte genügt. Oder meinetwegen nur die Adresse. Vorgartenstraße 97. Dann hätte Miss Biggy auch Bescheid gewusst, dass Anna Bernini ins sogenannte Rosenlager der Florescus gefahren war. Schließlich hatte sie ihr selbst die Adresse herausgesucht. Sie hätte sofort kombiniert, dass die Chefinspektorin den mysteriösen Ort erkunden wollte, von wo der Rosenkaiser wahrscheinlich den ganzen Zweiten mit seinen schmutzigen Rosen überschwemmt. Und mit seinen schmutzigen Geschäften.

Als Anna Bernini aus dem Nachklub-Keller auftauchte, riss ihr der Föhnsturm die Atemluft weg. Durch die Straße schossen Plastiktaschen, Soft-Drink-Dosen, Gacki-Sackerln, Blätter, Zweige, als wären sie von wütenden Riesen durch die Luft geschleudert worden. Geduckt lief sie zu ihrem Fahrrad. Und obwohl Fahrrad-Fahren inzwischen schon ein bisschen wie Russisches-Roulette-Spielen geworden war, schwang sie sich wieder in den Sattel und fuhr davon. Wie Münchhausen auf der Kanonenkugel ritt Anna Bernini im Höllentempo auf der Föhnsturmwelle die Vorgartenstraße Richtung Innstraße hinauf. Und je weiter sie der Föhn vorwärts schob, desto mehr lenkte Anna Bernini ihre Gedanken zurück. Der Föhn lässt einem keine Zeit zum Denken. Der Föhn lässt einem nur Zeit zum Fühlen. Deshalb trieb er Anna Berninis Gedanken jetzt immer weiter und weiter zurück. Bis zu den Rosen auf Sebastian Bauers Leiche, den Rosen im *BlueMan* und Wochen und Monate zurück bis zu den Rosen auf ihrem Küchenboden, als sie Karli Eislers Rosenstrauß zusammen mit allen Hoffnungen auf ein gemeinsames Leben zu einem roten Matsch zertrampelt hatte.

Als Anna Bernini das nächste Mal aufschaute, stand sie schon vor dem Haus Vorgartenstraße Nummer 97. Besser gesagt, sie wollte stehen bleiben. Aber das mit dem Stehenbleiben ist leider schief gegangen. Denn nur die hintere Bremse gehorchte dem Bremsbefehl. Noch bevor sie wusste, dass das gar kein gutes Zeichen war, und bevor sie bereuen konnte, dass sie ihr Fahrrad nicht doch zum Service gebracht hatte, fiel ihr plötzlich ein wichtiges kleines Mosaiksteinchen aus dem Gehirn vor die Füße.

Einen Sekundenbruchteil später wurde sie selbst von der Fliehkraft über die Lenkstange hinaus in die brausende Nacht geschleudert. Für einen schwerelosen Moment lang dachte sie: So ist es also, wenn es aus ist. Dann schlug sie hart auf dem Asphalt auf und blieb auf dem Rücken liegen. Vielleicht wurde sie ohnmächtig, vielleicht blieb sie bei Bewusstsein. Auf jeden Fall ist es gefährlich, wenn man sich in so einem Moment wünscht, für immer liegen bleiben zu dürfen. Der Föhnsturm katapultierte Anna Bernini wie das *Raumschiff Voyager* ihrer frühen Kindheit mit einem Ruck in eine andere Galaxie. Und da war aus dem Mosaiksteinchen ein glücklicher Gedanke geworden: Ich habe die ganze Zeit etwas übersehen! Dabei ist es doch so deutlich! Dann fielen Millionen von Sternen aus der fremden Galaxie auf sie herab. Es fühlte sich an wie sanfter Regen. Bestimmt wäre Anna Bernini selig eingeschlafen, wenn sie nicht ein sehr unangenehmes Geräusch in die alte Welt zurückgeholt hätte.

Anna Bernini öffnete einen Spaltbreit die Augen. Und da sah sie zum unangenehmen Geräusch das dazu passende unangenehme Bild. Es war ein zerfurchtes Männergesicht, und das Geräusch waren krächzende Laute, die über dünne blutleere Lippen quollen.

»Machen Sie, dass Sie wegkommen! Heim nach Rumänien!«

Zum runzligen Gesicht erschien in ihrem schmalen Blickfeld jetzt eine dünne Hand. Sie fuchtelte so wild in Richtung Südosten, als könnte man allein mit einer Handbewegung Anna Bernini samt Fahrrad dorthin befördern, wo sie angeblich hingehörte.

»Nix verstehen? Go home! Zu die Zigeuner home! G'frast!«

Fast hätte Anna Bernini schmunzeln müssen. Das hätte ihrer Großmutter wieder Zündstoff geliefert. »Deine Haare! Sogar die Sandler halten dich schon für eine Zigeunerin!«, hätte sie gerufen.

Mit einem traurigen Seufzer verabschiedete sie sich von der neuen Galaxie und kehrte auf den Boden der Tatsachen zurück. Das ist nicht immer schön. Vor allem, wenn gleichzeitig mit dem Bewusstsein ein stechender Schmerz im linken Knöchel auftaucht. Anna Bernini rappelte sich unter Ächzen und Stöhnen auf. Und keineswegs unter Mithilfe des Menschen, zu dem das zerknitterte Gesicht gehörte. Es war ein magerer alter Mann, der sich klapprig an einer brennenden Zigarette festhielt, die ihm der Föhnsturm schneller wegrauchte, als sich seine wahrscheinlich schon halb teerverklebten Lungen aufblähen konnten. Anna Bernini zeigte ihm ihren Polizeiausweis.

»Der ist doch nicht echt!«, schrie er.

Anna Bernini schaute an ihm vorbei auf Haus Nummer 97. Es war grau und wirkte unbewohnt. Der Putz war an vielen Stellen abgeblättert, auf den Schaufensterscheiben im Erdgeschoss hatten sich Generationen von Konzertankündigungsplakaten zu einem Zentimeter-dicken Papiermaschee verklumpt, Dreck hatte sich vor der Eingangstür gesammelt.

Der alte Mann begann, leise vor sich hinzuschimpfen. Offensichtlich brachte es ihn auf, dass »das G'frast« nicht einmal Angst vor ihm hatte. Anna Bernini hätte ihm am liebsten ihre Pistole gezeigt, aber die lag ja friedlich in ihrem Futteral zu Hause auf dem Küchentisch.

»Steht das Haus hier leer?«, brüllte Anna Bernini, ohne sich um seine Feindseligkeit zu kümmern. Ignoranz ist gar keine so schlechte Methode gegen Fremdenfeindlichkeit, dachte sie schon, als der Alte für einen Moment überrascht verstummte. Doch gleich darauf war er bedrohlich nahe an sie herangehumpelt. Sein gehässiger Blick traf sie direkt wie ein Speichelstrahl. Anna Bernini trat unwillkürlich einen Schritt zurück. Der Knöchelschmerz intensivierte sich. Sie stöhnte auf. Das ärgerte sie so sehr, dass sie jetzt ohne Vorwarnung das alte Männlein beim Kragen packte und ihm zuzischte: »Entweder Sie kooperieren jetzt mit mir, oder ich besorge mir eine

Hausdurchsuchung. Und dann bekommen Sie eine Anzeige wegen illegalem Besitz von Kinderpornos!«

Es war aufs Geratewohl gesagt, aber hatte voll ins Schwarze getroffen. Augenblicklich war der kleine alte Mann noch einmal ein paar Zentimeter geschrumpft. Die Augen auf den Kanaldeckel gesenkt. Bestimmt sind von seinem giftigen Blick mehrere Asseln auf der Stelle tot umgefallen. Anna Bernini holte ihr Handy aus der Tasche. Sie wollte ihm Fotos vom Lieferwagen der *FLORO Biorosen-Company* zeigen. Doch jetzt ließ sich ihr Handy nicht einmal mehr einschalten. Nichts zu machen! Kein Handy, keine Pistole, kein Fahrrad, aber dafür einen verstauchten Knöchel. Nicht einmal der hartgesottenste New-York-City-Cop hätte Anna Bernini als Feigling bezeichnet, wenn sie jetzt heimgefahren wäre. Und ehrlich gesagt: Vielleicht hätte sie es sogar getan, wenn zufällig ein Taxi vorbeigefahren wäre. Aber den alten Mann, der sie jetzt aus Stecknadelkopf-winzigen Äuglein böse anblinkte, wollte sie nicht um Hilfe bitten.

»Sagt Ihnen die *Florescu Rosen Company* etwas?«, fragte sie scharf. »Die sollen hier ihr Rosenlager haben.«

Der alte Mann zögerte einen Moment. Vielleicht hatte er sie nicht verstanden.

»Aleksander Florescu«, wiederholte sie deshalb. Sie sah nur Fragezeichen in den kleinen Knopfaugen.

»Der Rosen-Rudi?«

Wieder kein Zeichen des Erkennens.

»Xaver Hochegger?«

Die Reaktion war erstaunlich. Sofort wich der alte Mann zwei, drei Schritte zurück, als hätte sie ihn mit einem glühenden Eisen berührt. Jetzt flüsterte er etwas, aber der Sturm war zu stark, um ihn richtig zu verstehen. Hatte er gerade »Rosenverkäufer« gesagt? Aber so schnell konnte sie gar nicht den Mund zu einer weiteren Frage öffnen, da war das alte

Männchen schon den Gehsteig hinuntergetrippelt, als wäre der Teufel hinter ihm her.

Tief in ihrem Inneren – ich weiß nicht: war es der Schmerz, war es das Unbewusste – ballte sich jetzt eine so große, so unvernünftige Wut zusammen, dass Anna Bernini plötzlich zu allem entschlossen war. Ohne noch einen Gedanken an den Alten zu verschwenden, humpelte sie auf das graue Zinshaus zu. Als sie sich am Hauseingang umdrehte, war er schon spurlos verschwunden. Anna Berninis Knöchel kochte vor Schmerz. Für einen Moment lehnte sie sich an die wurmstichige Eingangstür und überlegte, wie es jetzt weitergehen sollte. Vorsichtig betastete sie ihren Fuß, bewegte ihn leicht hin und her. Gebrochen war nichts. Sie stellte den Fuß wieder hin und versuchte, ihn zu belasten. Sofort glühte der Schmerz wieder auf. Einen winzigen Moment zögerte Anna Bernini noch. Dann holte sie Urgroßmutters Schweizermesser aus dem Rucksack.

KAPITEL 29

Ein paar Wochen später, als alle Kriminalbeamten in der Polizeistation Leopoldsgasse wieder ein bisschen Zeit zum Nachdenken hatten, ist viel darüber spekuliert geworden, was Anna Bernini an diesem Abend hätte besser machen können. Da gab es zwei Fraktionen. Die Vorschriften-Fraktion hat natürlich die Hände über dem Kopf zusammengeschlagen.

Bei ihren internen Schulungen hat sie später die »verrückte Chefinspektorin« als Beispiel dafür genommen, was passiert, wenn jemand zu früh befördert wird. Gedacht haben sie zwar: Wenn eine Frau zu früh befördert wird, aber so etwas sagt man heutzutage nicht mehr laut. Die andere Fraktion hingegen stellte Anna Bernini als Hoffnungsträgerin für das zukünftige Arbeitsleben auf ein Podest. In diese Richtung, sagte sie, sollte sich die moderne Polizeiarbeit entwickeln. Selber denken und manchmal sogar selber entscheiden! Hätte man Anna Bernini gefragt, hätte sie gesagt: Hätte ich es machen sollen wie mein Vorgänger? Der hatte sie am letzten Arbeitstag vor seiner Pensionierung zur Seite genommen und gesagt. »Es gibt eigentlich nur drei Dinge, die du wirklich beherrschen musst in diesem Job: Berichte schreiben, Berichte schreiben, Berichte schreiben. Und natürlich Berichte lesen.«

In der Nacht vom 21. auf den 22. November aber, als der Föhnsturm in Wien so stark war, dass die Feuerwehr 285 Einsätze statt der durchschnittlichen 92 fahren musste, weil umgestürzte Bäume, umgeknickte Verkehrszeichen, Dachziegel, Baustellenverkleidungen, Müllsäcke und halbe Bäume durch die Straßen gejagt wurden, da stand Anna Bernini vor einer Entscheidung, die einsamer gar nicht sein konnte.

An der Eingangstür zum Rosenlager war die Vorschrift von Anna Bernini so weit entfernt wie ein nordkoreanischer Machthaber vom roten Atomknopf. Und dann entschied sie sich für ihr Bauchgefühl, hoffentlich im Gegensatz zu einem nordkoreanischen Machthaber. Aber als sie in der stillen Sturmbucht an der Eingangstür stand, fiel ihr plötzlich ihr Psychologieunterricht im Innsbrucker Gymnasium ein. Normalerweise, hatte der Lehrer gesagt, hat jeder Mensch eine Persönlichkeit, die sich im Laufe des Lebens nicht groß ändert. Man ist entweder extrovertiert oder jemand, der sich nicht einmal getraut, eine Käseverkäuferin anzusprechen, wenn sie einen nicht vorher aufmunternd angelächelt und »Was darf's denn sein?« gefragt hat. Deshalb essen manche Menschen keinen Käse. Zum Beispiel in Wien während der Hochnebelzeit. Es gibt aber sogenannte Grenzsituationen, erklärte der Psychologielehrer, die so einschneidend sind, dass ein Mensch von einer Sekunde auf die andere völlig neue Verhaltensweisen entwickeln kann. Nicht nur die Käseverkäuferin von sich aus ansprechen, sondern der Käseverkäuferin sogar sagen, dass man nicht den trockenen Käserand haben möchte, sondern schon ein frisch abgeschnittenes Stück. Wenn die Grenzsituation besonders stark wirkt, sagt man vielleicht sogar: »Wenn ich eine Schuhsohle hätte haben wollen, wäre ich zum *DELKA* gegangen.«

Anna Bernini brauchte nicht lange, um mit dem Schweizermesser ihrer Uroma die Eingangstür zu öffnen. Es war ja nicht das erste Mal, dass sie es dazu benutzte. Eigentlich war es ein Geschenk der Urgroßmutter zur bestandenen Polizeischule-Aufnahmeprüfung. Ihren Abschluss hatte die Uroma leider nicht mehr erlebt.

»Ich weiß, dass du da schon andere Waffen kriegst«, hatte Anna Berninis Urgroßmutter gesagt, »aber ich verrate dir jetzt ein Geheimnis: Mit so einem Messer hab' ich im Krieg dafür gesorgt, dass keiner der fremden Soldaten deiner Großmutter und ihren Schwestern etwas getan hat.« Dabei lächelte Anna Berninis Urgroßmutter kein bisschen. Und Anna Bernini auch nicht.

Bevor Anna Bernini eintrat, ließ sie noch einmal den Blick nach links und rechts die Häuserfassaden entlangwandern. Die Straße war vollkommen ausgestorben. Kein Passant weit und breit. Die Wiener hatten ihre Stadt offenbar dem Föhnsturm überlassen.

Nach der tosenden Sturmhölle vor der Tür war es im dunklen Gang plötzlich totenstill. Mit dem Zuschlagen der Eingangstür waren der Föhn, die Vorgartenstraße, der 20. und der ganze zweite Bezirk so vollkommen verschwunden, als wären sie nie da gewesen. Auf den zerbrochenen Bodenfliesen sammelten sich verdorrte Blätter wie zusammengetriebene Schafe auf einer Alm. Vorsichtig auftretend, um den Schmerz im Knöchel und das Rascheln des Laubes zu vermeiden, schlich Anna Bernini bis zur Stiege vor. Links unter der ersten Stufe stand die Kellertür einen Spaltbreit offen. Einen endlosen Augenblick lang verharrte Anna Bernini in völliger Bewegungslosigkeit. Dunkelheit und Stille hüllten sie ein.

KAPITEL 30

Man müsste einmal eine Studie darüber machen, wie viele schwerwiegende Entscheidungen der Mensch aus purer Faulheit trifft. Einfach, weil er keine Lust hat Vor- und Nachteile abzuwägen und Konsequenzen bis zum Ende zu denken. So ist es jetzt Anna Bernini gegangen. Im Prinzip hätte sie die Wahl gehabt, wieder aus dem Haus hinaus zu humpeln, ein Auto aufzuhalten, ihren Polizeiausweis zu zeigen, zu sagen, es sei ein Notfall, und sich in die nächste Polizeistation fahren zu lassen. Dort hätte sie Miss Biggy oder den Schramek oder den Oberst anrufen können. Aber das alles tat sie nicht. Weil es einfacher war, die Stufen zum ersten Stock hinaufzusteigen und selbst nachzuschauen, ob das Haus wirklich so leer war, wie es wirkte. Und wenn wir schon beim Analysieren sind: Es war auch angenehmer. Denn den Kollegen hätte sie beichten müssen, was sie hier eigentlich zu suchen hatte, nämlich ein Rosenlager, das es offensichtlich gar nicht gab. Trotzdem konnte Anna Bernini nicht umkehren. Mit dem aufgeklappten Schweizermesser der Urgroßmutter stieg Anna Bernini langsam die Treppe hinauf. Dabei behinderte sie der Schmerz so stark, dass sie schon im ersten Stock schweißüberströmt stehen bleiben musste.

Vorsichtig näherte sie sich der ersten Wohnungstür, spähte durch das Gangfenster. Drinnen war es dunkel. Probehalber legte Anna Bernini die Hand auf die Türklinke – sachte wie auf das Babyköpfchen ihrer jüngsten Nichte. Und als könnte die Tür Anna Berninis Gedanken lesen, öffnete sie sich mit einem leisen Wimmern. Ein paar Sekunden später stand sie in einer typischen Wiener Zimmer-Küche-Kabinett-Wohnung. Der braune Linoleumboden war staubig, die gemusterten Tapeten an den Wänden fleckig. In der uralten Küchenzeile gähnten zwei Auslassungen für Herd und Kühlschrank. In der Schmutz-starrenden Emailabwasch kroch etwas kleines Schwarzes. Anna Bernini schaute schnell weg. Eine schmale Tür führte in ein altmodisches WC, eine Flügeltür mit hübschem Glaseinsatz in ein großes Wohnzimmer mit Erker. Überall Staub und Spinnweben, ein abgetretenes altes Sternparkett, keine Möbel, kein Hinweis auf menschliches Leben. Im anschließenden winzigen Kabinett dieselbe Leere. Die Polizistin lauschte. Hörte sie Getrappel? Geraschel? Tritte? Langsam trat sie den Rückzug an. Durch das Erkerzimmer, die Küche hinaus in den Gang bis zur Treppe und in den nächsten Stock. Und dann in den übernächsten.

Während Anna Bernini immer höher hinaufschlich und immer mehr leere Wohnungen durchsuchte, dachte sie komischerweise an den Karli. Im-Geist-Faustschläge-Austeilen trifft es besser. Stumm-Fluchen könnte man auch sagen. Seit einem halben Jahr wartete Doktor Egger darauf, dass Anna Bernini endlich einmal eine richtige Wut bekam. Doch Anna Bernini hat sich aufs Still-Leiden verlegt gehabt. Auf das Wut-in-Angst-Verwandeln. Auf das Angst-Festhalten, als wäre Angst das Seil, das man einem Ertrinkenden ins Meer hinterherwirft. Dabei war Angst ja eher das Wasser, das einem bis zum Hals steht. Aber was soll man als Psychotherapeutin machen, wenn die Klientin einfach nicht schwimmen will!

Anna Bernini hätte gerade jetzt am liebsten laut ihren Karli angeschrien und als blöden Affen, fiesen Macho oder sogar größtes Arschloch, das jemals geboren wurde, beschimpft. Es war zwar einerseits ein großartiger Therapieerfolg, dass Anna Bernini endlich so eine Mörderwut bekam, aber da sieht man wieder einmal, dass das Verdrängte eben auch im genau falschen Moment wiederkehren kann. Nämlich in einem Moment, wo eine Mörderangst eigentlich wieder besser gewesen wäre als eine Mörderwut. Die Mörderangst war aber schuld, dass Anna Bernini so intensiv an den Karli denken musste. Wenn die Mörderangst nicht gewesen wäre, hätten sie und Karli sich nämlich nie ineinander verliebt. Im Nachhinein kann man leicht sagen: Wäre eh besser gewesen. Aber so darf man nicht denken. Anna Bernini und der Karli haben sich ja schon sehr lange gekannt, aber gemocht haben sie sich nie besonders. Für Anna Bernini war der Karli ein bisschen zu sehr »Skilehrerbergführer«. Wenn sie so einen gewollt hätte, hätte sie gleich in Tirol bleiben können. Und der Karli sagte über Anna Bernini: »Da kann ich ja gleich mit der Nordkette etwas haben. So schroff, wie die Bernini ist!«

Aber dann kam dieser legendäre Einsatz. Bei dem die Hälfte aller Polizeischülerinnen und Polizeischüler ihrer Klasse als blutjunge mit dabei waren. Keiner hatte bis dato eine genaue

Vorstellung von einer Drogenrazzia gehabt. »Wichtig ist«, hatte ihnen der Oberst vor dem Einsatz eingeschärft, »dass ihr keinen Schritt ohne Befehl macht. Ist das klar!? Und damit meine ich: *wirklich* keinen. Nicht einmal mit dem kleinen Finger zuckt ihr, ohne dass ich euch gesagt habe: Jetzt mit dem kleinen Finger zucken. Und ihr mich vorher gefragt habt: mit dem linken oder mit dem rechten? Verstanden?«

Der Oberst hatte so todernst dreingeschaut und war so blass gewesen, dass Anna Bernini unwillkürlich lachen musste. So wie man im Kino lacht, wenn sich der Tyrannosaurus plötzlich der Hauptperson von hinten nähert, während sie gerade ein Foto von der Landschaft macht, die Sekunden später das Letzte gewesen sein wird, das sie je gesehen hat. Vor Angst in die Hose machen wäre natürlich die andere Möglichkeit gewesen. Denn man muss schon sagen, dass der Oberst, der für seinen partizipativen Führungsstil bekannt war, plötzlich wie sein eigener Ausbildner aus dem Grundwehrdienst geklungen hatte, war ungefähr so beruhigend wie ein Herzspezialist, der die Diagnose für den übergewichtigen Kettenraucher mit den Worten einleitet: »Ich muss Ihnen leider eine ernste Mitteilung machen.« Die »Gruppinger« hatten sich um den Oberst versammelt. Rundherum hat es so gezuckt, gekracht und geblinkt, dass sie die Polizeisirenen und Blaulichter abgeschaltet haben. Wenn sie will, hat die Natur einfach die besseren Alarmsignale. Es war natürlich ein Pech, dass gerade an diesem Tag so ein heftiges Gewitter über Wien niedergegangen war, dass sogar eine Tirolerin gesagt hat: »Ja, das ist jetzt wirklich einmal ein Gewitter. Nicht nur das übliche leise Himmels-Wimmern, das noch nicht einmal ein Eichhörnchen erschreckt.«

Anna Bernini war als eine der Ersten hinter dem Gruppenleiter, dem Jelinek, in den 70er-Jahre Bürobau in der östlichen Donaustadt gerannt und ihm die zwei Stockwerke hinauf zur Wohnung gefolgt, in der sich die fünf russischen Drogendealer verschanzt hatten. Wenn ich als Erste hineingehe, dachte sie damals, komme ich vielleicht auch als Erste wieder heraus. Dabei jagte ihr Herz mit den Beinen um die Wette die abgenutzte Terrazzoklinker-Treppe hinauf. Direkt hinter ihr war der Karli gewesen und hinter dem Karli der Schramek und dann die Eva und der Manfred. Der Gruppenleiter stand schon vor der Tür, schaute Anna Bernini in die weit aufgerissenen Augen und zuckte mit seiner Dienstwaffe kurz nach links oben. Anna Bernini zögerte. Sollte sie jetzt nach links gehen oder nach oben? Sie blieb unschlüssig stehen. Doch neben ihr zog der Karli vorbei wie ein Maserati, der auf der Autobahn einen kleinen VW mit rennfahrermäßigem Stoßstangen-Auffahren demütigen will. Anna Bernini musste sich nachher oft vor ihrer besten Freundin Eva rechtfertigen, weil sie dem Karli so blind gefolgt war. »Wie ein verliebtes Huhn«, verbreitete der eifrige Schramek monatelang im *Vis-à-Vis*. Wahrscheinlich hätte sie der Gruppenleiter zurückgepfiffen, wenn er überhaupt etwas sagen hätte können. Denn im nächsten Moment flog die Wohnungstür auf, und die fünf mit *Kalaschnikows* bewaffneten Russen schossen sturmangriffsmäßig heraus und geradewegs am Gruppenleiter, der durch einen Schlag mit dem Gewehr sofort zu Boden gegangen war, vorbei nach oben. Der Rest der Truppe wich vor Schreck ein paar Stufen weiter nach unten zurück.

Nur Anna Bernini und der Karli nicht. Denn die beiden waren vor den Russen im dritten Stock. Und vor ihnen im vierten Stock. Rasend vor Angst und Wut riss der Karli die Dachbodentür auf, packte Anna Bernini am Arm und zog sie hinein. Sogar den Schlüssel von innen umdrehen konnte er noch, bevor die Russen den Dachboden erreicht hatten. Dann standen die beiden mit schlotternden Beinen vor der Eisentür und hörten zu, wie die Russen draußen mit ihren

Gewehren fluchend auf die Tür eindroschen. Schüsse fielen. Der Lärm wurde immer ohrenbetäubender. Anna Bernini hätte wahnsinnig gerne keinen Rührer ohne den ausdrücklichen Befehl des Obersten gemacht. Aber ein Befehl vom Oberst war inzwischen so weit weg gewesen wie ein gemütlicher Fernsehabend mit Himbeereis. Während Anna Bernini noch verzweifelt auf einen Befehl vom Oberst wartete, machten Anna Berninis Beine schon, was sie wollten. Nämlich zusammenbrechen. Sie konnte sich nur noch mit einer Hand an der Wand abstützen und dafür sorgen, dass sie langsam auf den staubigen Bretterboden hinabglitt, anstatt einfach umzukippen. Anna Bernini wusste gar nicht, wann der Karli plötzlich neben ihr gekauert und den Arm um sie gelegt hatte. Ebenfalls ohne auf den Befehl vom Oberst zu warten. Sie wusste nur noch, dass der Karli plötzlich ihre linke Hand gepackt und irgendwohin gelegt hatte. »Fühl einmal, wie mein Herz schlägt«, hatte er heiser gekeucht. Und dann zuckte sein kleiner Finger ohne Befehl vom Oberst. Es kann auch ein anderes Körperteil gewesen sein.

Als Anna Bernini jetzt vor der letzten Treppe nach oben in die knisternde Stille hinaufstarrte, stand ihr diese Szene so deutlich vor Augen, dass sie sogar den nach Schweiß und Zigaretten riechenden Luftstrom wieder spürte, den der Karli beim Vor-ihr-Hinaufkeuchen hinterlassen hatte. Anna Berninis Oberschenkel fühlten sich wieder genauso gewichtslos an wie damals, als ihr die Angst die überflüssigen paar Kilos einfach weggebrannt hatte. Anna Berninis Atem ging genauso stoßweise wie damals, ihr Herz hämmerte wie damals gegen ihre Kehle, und wie damals zogen sich ihre Muskeln nach unten in krampfartigen Wellen bis zum kleinsten Zeh und hinauf in die letzte Haarwurzel zusammen, sodass sie am obersten Treppenabsatz wie ein einziger angespannter Muskel stehen blieb und lauschte. Vor ihr waren zwei Wohnungstüren zu sehen. Auf den ersten Blick schauten beide genau gleich aus. Mausbraune, in den 70er-Jahren das letzte Mal mit einem billigen Lack behandelte, von Rissen durchzogene Eingangstüren, in die kunstvoll vergitterte Fenster mit strukturiertem Glas eingelassen waren.

Anna Bernini starrte auf die beiden Türen. Minutenlang. Zuerst auf die linke, dann auf die rechte. Anna Bernini rührte sich nicht von der Stelle. Im Nacken spürte sie, wie sich die letzten nicht dem Befehl des Obersten gehorchenden zarten Gänsehautmuskeln zusammenzogen. Irgendetwas stimmte hier nicht. Ein Suchbild, schoss es Anna Bernini durch den Kopf. Finden Sie im rechten Bild fünf Fehler. Anna Bernini scannte mit äußerster Konzentration die beiden Türen ab. Wo ist der Fehler? Wieder sah sie den Karli, wie er vor 15 Jahren vor den beiden Dachbodentüren gestanden hatte. Sie hinter ihm, ihren Blick auf ihn gerichtet. Warum hatte er sich damals für die linke Tür entschieden? Anna Bernini durchfuhr die Erkenntnis wie der kreuzverzahnte Superhartmetallbohrer den zweiten oberen Backenzahn. Auf der linken Tür fehlte etwas. Nicht die Gitter an den Fenstern, nicht die verblassten geblümten Vorhänge dahinter, nicht die abgeblätterten Stellen. Nein, es fehlte der Staub auf der Klinke.

Wie der Karli damals griff auch Anna Bernini, ohne länger nachzudenken, zur linken Türklinke und drückte sie in Tausendstel-Sekundenmillimeter-Geschwindigkeit nach unten. Ein leichter Druck von ihrem Ganzkörpermuskel, und die Tür hatte sich einen Spaltbreit geöffnet. Einen Augenblick später zwängte sich Anna Bernini hindurch. Sie stand in einer Küche, die exakt so geschnitten war wie die Küche in der Wohnung einen Stock darunter. Und in der Wohnung noch einen Stock darunter. Und in der Wohnung ganz unten. Circa zwölf Quadratmeter groß, ein Fenster in den Hof und drei Türen. Eine führte ins Bad, eine ins WC und eine in den großen Raum, von dem aus man in ein oder zwei Kabinette weitergehen konnte. Obwohl es physikalisch wahrscheinlich gar nicht möglich war, zogen sich Anna Berninis Muskeln jetzt noch ein bisschen stärker zusammen. Sie stand jetzt so steif mitten im Vorraum, dass ein Denkmal gegen sie noch eine Kinderknetmasse gewesen wäre. Und sie hatte ein Problem. Denn ihr Gehirn war jetzt so stark mit der Erinnerung an die Drogendealer-Razzia vor zehn Jahren beschäftigt, dass es nicht mehr zwischen damals und heute unterscheiden konnte. Waren das ihre Oberschenkel, die plötzlich so zitterten, oder die der zehn Jahre jüngeren Anna Bernini? War das ihre linke Hand, die sich um das Schweizermesser so fest schloss, dass es weh tat, oder die Anna Bernini-Hand von damals? Waren es ihre Ohren, die hinter sich schnelle Schritte hörten, oder die der Anna Bernini vor zehn Jahren? Waren es ihre Augen, die beim Blitzschnell-den-Körper-Herumwerfen etwas Schwarzes durch die Luft sausen sahen, oder die der Anna Bernini vor zehn Jahren?

Ist das jetzt mein Kopf?, dachte Anna Bernini, als etwas Eiskalt-Flüssiges in ihn eindrang und sich die Tür zum großen Zimmer gleichzeitig in einen großen braunen Bären verwandelte, oder mein Kopf von vor zehn Jahren? Während Anna Bernini langsam nach unten sank, wuchs der braune Bär immer weiter nach oben, bis er den ganzen Raum über Anna Bernini ausfüllte. Dann beugte sich der braune Bär über sie, als würde er ihr einen Kuss geben wollen. Aber dann legte er ihr eine Pranke auf das Gesicht, um ihre Augen vor dem grellen Blitz zu schützen, der jetzt vom Himmel heruntersauste. Das Letzte, das durch Anna Berninis Gehirn zuckte, bevor der Blitz auch den Bären verschluckt hatte und der Bär von einem Riesendunkel verschluckt wurde, war das Bild der Chinesin mit den türkisen Augen. Nein, das war ja Miss Biggy! Sie nahm jetzt ihren Kopf ganz sanft in beide Hände und flüsterte: »Nein, ich heiße Rosa.« Deshalb heißt das Haus ja auch *Rosenhaus*, echote es in Anna Berninis Gehirn.

KAPITEL 31

Es ist eine der ersten Demütigungen im Leben, wenn man merkt, dass sich der Kreisel im Kindergarten auch dreht, wenn man gerade nicht hinschaut. Dass die Kindergartentante mit den anderen spielt, während man selbst in der Schmollecke sitzt. Dass später die Schulkollegen Schularbeiten schreiben, während man selbst lieber cool im Szenecafé herumsitzt und der Welt die Zunge herausstreckt. Spätestens wenn man den ersten Job annimmt, bei dem einen der Personalchef nach dem höchsten Schulabschluss fragt, kommt im Normalfall der Moment, wo man insgeheim den lässigen Skate-Board-Verleiher-Job auf Rhodos gegen jeden dahergelaufenen Bachelor-Abschluss eingetauscht haben würde. Aber dann ist es meistens zu spät. Denn das Leben hat gar keine Probleme damit, ohne einen weiterzugehen. Der Chef vergisst sofort deinen Namen, kaum bist du zur Tür hinaus, und der Mann, der dir im einen Moment noch tieftraurig in die Augen geschaut und »Wollen wir Freunde bleiben« gesagt hat, hat im nächsten schon der neuen Tinder-Freundin schmachtende Worte geschrieben. Und auch eine Mordermittlung bleibt nicht einfach stehen, nur weil die Chefinspektorin gegen einen Chefinspektor ausgetauscht worden ist.

Das hat Miss Biggy Anna Bernini nicht direkt ins Gesicht gesagt, als sie um 7 Uhr früh nach einer Notoperation die Augen aufgeschlagen hat. Auch nicht, dass es Augenblicke in den letzten 24 Stunden gegeben hat, wo sie selbst fast lieber mit einer Schädel-Verletzung im Krankenhaus gelegen wäre, als von einem hoffnungslos überforderten Schramek im schlimmsten Kasernenhofton zu sinnlosen Aktionen herumkommandiert zu werden.

Das Einzige, was der Mordgruppe Schramek in der ganzen Nacht gelungen war, war die Rettung ihrer krankgeschriebenen Chefinspektorin. Und das war vor allem Miss Biggys Verdienst. Sie konnte nämlich ein Handy sogar dann orten, wenn es kaputt war. Keine Ahnung, wie sie so etwas macht. Natürlich war Inspektor Schramek fuchsteufelswild, als er erfuhr, dass seine Quasi-Vorgesetzte um 1.30 Uhr in der Früh nicht friedlich zu Hause im Bett lag, sondern in einem verdächtigen Haus in der Vorgartenstraße und auf keinen Anruf und kein SMS antwortete.

»Du musst sofort hinfahren. Da ist was passiert«, hatte Miss Biggy kategorisch gesagt und auch ein bisschen durchblicken lassen, dass sie ja empfohlen hätte, das Florescu-Rosenlager ein bisschen genauer unter die Lupe zu nehmen. Aber bitte. »Sonst fahr ich selber hin. Und zwar mit Blaulicht«, hat sie ihrer Bitte ein wenig Nachdruck verliehen.

Das musste eine so große Drohung gewesen sein, dass Inspektor Schramek seinen Widerstand sofort aufgegeben und laut vor sich hin fluchend die entsprechenden Befehle erteilt hatte. Eine Viertelstunde später fanden sie Anna Bernini im obersten Stock eines leeren Zinshauses in der Vorgartenstraße. Eigentlich war es Rex, ein uralter Polizeihund, der sie gefunden hatte. Miss Biggy war dabei. Obwohl sie nur langsam vorwärtskam, in jedem Stock stehen blieb und so gierig nach Luft rang wie ein Karpfen, der aus Versehen aus seinem Teich gesprungen ist. Ein bisschen war es auch so. Denn Miss Biggy hatte in 35 Dienstjahren noch nie die Amtsstube für einen Einsatz verlassen.

Bei jedem Halt war einer der jüngeren Kollegen mit besorgtem Gesichtsausdruck neben Miss Biggy stehen geblieben und hatte wahrscheinlich im Stillen noch einmal repetiert, was man als Erstes macht, wenn jemand einen Herzanfall bekommt. Aber es ist alles gut gegangen. Trotz 60 Zigaretten am Tag und einem beachtlichen Körpergewicht hatte sie, im Dachgeschoss angekommen, auch keine viel schlechtere Figur gemacht als Inspektor Schramek mit seinen 60 Kilo Übergewicht und dem seit zehn Jahren geschwänzten Polizeisport. Beim Anblick der wie tot daliegenden Anna Bernini hatte sie allerdings als Einzige den Kopf nicht verloren. Sie hatte sich umständlich neben der Chefinspektorin hingekniet, den Puls gefühlt und die Rettung angerufen. Als diese wenig später kam, glaubten die jungen Sanitäter zuerst, Miss Biggy wäre die Patientin, denn von selbst wieder in die Höhe gekommen war sie nämlich nicht mehr.

Aber inzwischen hatte Miss Biggy fünf Stunden geschlafen, mehr brauchte sie nie, und lächelte erfreut, als Anna Bernini beim ersten Lider-nach-oben-Zucken sofort ein Zeichen des Wiedererkennens zeigte. Sprechen konnte Miss Biggy allerdings nicht. Im Gegenteil, sie presste fest die Lippen aufeinander, denn bei einem »Guten Morgen, da bist du ja wieder«, wären ihr vermutlich die Tränen gekommen. Und Miss Biggy hasste nichts mehr als ältere Leute, die sentimental werden. Aber in diesem Fall wäre es egal gewesen, denn Anna Bernini waren sowieso die Augen schon wieder zugefallen, bevor der Sehnerv überhaupt irgendeine Botschaft ins Gehirn schicken hätte können.

Als zehn Minuten später die Schwester mit einem Reispudding und einem Kräutertee hereinkam, nahm ihr Miss

Biggy das Tablett ab und schickte sie wieder hinaus. Sie wollte Anna Bernini selbst füttern. Nicht nur mit einem Frühstück, sondern auch mit ein paar Informationen. Anna Bernini lauschte stumm, aber aufmerksam. Das Zinshaus sei leer gewesen, erzählte Miss Biggy mit dem ersten Löffel Reispudding, den sie Anna Bernini in den Mund schob. Aber im Hof habe es ein Nebengebäude gegeben, erzählte sie mit dem nächsten Löffel Reispudding, dort hätten sie drei junge Frauen gefunden, offensichtlich aus der Ukraine. Alle ohne Aufenthaltsbewilligung und Reisepass. Eine Verbindung zur *Florescu-Company*, beförderte der nächste Löffel Information in Anna Berninis Gehirn, haben sie aber abgestritten. Von Andreas Zaucher und Rosa allerdings, das brachte die nächste Reispudding-Information, fehle weiterhin jede Spur.

Nachdem der Reispudding zur Hälfte aufgegessen war, wollte Anna Bernini wieder schlafen, aber Miss Biggy wollte wissen, was eigentlich passiert war. Anna Bernini schaute Miss Biggy unsicher an. In ihrem Gehirn war noch mehr Nebel als Klarheit, aber dass sie nicht wirklich mit dem Karli ein Stiegenhaus hinaufgerannt war, sich dort in einem Dachboden versteckt und sich aus Angst vor der Russenmafia in ihn verliebt hatte, war ziemlich sicher. Deshalb lächelte sie nur und zuckte die Achseln. Miss Biggy lächelte zurück, stand auf, strich ihr über die Wange und ging. Aber das mit dem Über-die-Wange-Streicheln kann auch eventuell schon Teil des nächsten Traums gewesen sein, in den Anna Bernini getaucht war. Denn das wäre schon wahnsinnig untypisch für Miss Biggy gewesen.

Als Anna Bernini acht Stunden später dadurch erwachte, dass die Krankenschwester mit dem Abendessen-Tablett klapperte, wusste sie allerdings nicht mehr, dass Miss Biggy überhaupt dagewesen war. Während der halben Stunde, die sie brauchte, um etwas vom Reispudding in ihren Magen zu bekommen – bei den Gehirnverletzten machte sich das Krankenhaus nicht die Mühe, die Speisen abzuwechseln – erinnerte sie sich nur mehr daran, dass ihr jemand hellgelbe Rosen gebracht hatte. Obwohl auch das nicht stimmte. Denn die Rosen auf ihrem Nachtkästchen gehörten eigentlich der Nachtschwester, die diese wiederum vom verheirateten Oberarzt bekommen hatte. Kein Wunder, dass sie die Nachtschwester lieber im Komapatientinnen-Zimmer versteckte, als sie vor aller Augen im Pflegerinnenzimmer aufzustellen.

Anna Bernini dachte angestrengt darüber nach, warum die Rosen auf dem Metallnachtkästchen eigentlich so eine unheimliche Ausstrahlung hatten. Aber statt dass die Rosen aus dem Gehirn herausgekommen wären und etwas Reispudding in den Magen hinein, kam immer mehr Reispudding ins Gehirn und immer mehr Rosengedanken in den Bauch. Vielleicht waren es auch eher Rosengefühle. Und gerade, als ihr fast schlecht und sie nahe dran war, ein paar Rosengedanken herauszuwürgen, kam die Krankenschwester mit einem Telefon herein.

»Hier ist eine gewisse Rosa, die Sie dringend sprechen will.«

Anna Bernini, die froh war, den Reispudding-Kampf aufgeben zu können, ließ sich das Telefon in die Hand drücken.

»Ich sprechen mit Kommissarin Bernini?«

Anna Bernini überlegte kurz.

»Kommissarin gibt's keine.«

»Aber Politsiya?«

Anna Bernini sagte zwar »ja«, aber in ihrem Kopf schrie etwas »nein«! Unruhig legte sie den Löffel aus der Hand.

»Sie sind Rosa?«

Anna Bernini kniff die Augen fest zusammen. Irgendwie kam ihr der Name bekannt vor. Aber ihr Gehirn spuckte es nicht aus.

Rosa hatte schon weitergesprochen. »Bitte, kommen schnell zu Blumenfriedhof! Bitte schnell! Bitte, bitte! Sonst ist schlimm!! Mord! Mit Blumenmann! Ganz schlimm! Bitte kommen!«

Anna Bernini öffnete den Mund, aber da ertönte bereits das Besetztzeichen. Anna Bernini ließ sich erschöpft in die Kissen sinken.

»Ist Ihnen nicht gut?«, fragte die Krankenschwester besorgt.

»Ja, gar nicht gut!«

Verzweifelt versuchte Anna Bernini, den Reispudding in ihrem Gehirn zu durchpflügen. Was war passiert? Wieso war die Frau am Telefon so aufgeregt? Kannte sie diese Frau? Wer war der Blumenmann?

»Der Reispudding«, begann sie langsam.

»Der kann Ihnen aber nicht geschadet haben! Das ist Schonkost eins. Das kriegen alle Patienten, wenn sie gerade aufgewacht sind.«

Anna Bernini schüttelte ungeduldig den Kopf.

»Nein, Reispudding da oben!«

Sie deutet an ihre Stirn.

»Ja, das kann ich mir vorstellen! Sie haben eine kleine Amnesie. Das kommt von der Gehirnerschütterung und der Narkose wahrscheinlich. Morgen ist sicher alles wieder normal.«

Die Rosengefühle in Anna Berninis Magen zwangen sie, die Krankenschwester am Arm zu packen, damit sie nicht entwischte.

»Nein, nicht normal! Kann nicht warten! Etwas Schreckliches passiert!«

Die Krankenschwester trat an Anna Berninis Bett und beugte sich mitleidig über ihre Patientin.

»Ja, natürlich ist etwas Schreckliches passiert! Jemand hat Ihnen einen gewaltigen Hieb versetzt!«

»Nein, nein!«

Anna Berninis Reispudding-Gehirn verklumpte sich an einer Stelle.

»Ein Mord!«

Die Krankenschwester seufzte wie eine Mutter, deren Kind mit der Frage vom Kindergarten heimkommt, ob es das Christkind gibt. Sie setzte sich vorsichtig an Anna Berninis Bettrand.

»Ja, aber daran dürfen Sie jetzt nicht denken!«

»Ein Mord! Rosen!«

Anna Berninis Gehirnpudding schwabbelte nervös. Die Krankenschwester warf einen Blick auf ihre Armbanduhr.

»Blumenmann«, murmelte Anna Bernini verstört vor sich hin. Die Krankenschwester betrachtete sie mit einer Mischung aus Ungeduld und Beunruhigung.

Anna Bernini begann zu zittern. Die Angst, die sie bis zu dieser Sekunde gespürt hatte, verhielt sich zur Angst, die jetzt in ihr hochkroch, wie ein zartes Abendlüftchen zu einem ausgewachsenen Tropensturm, der Häuser abdeckt, Autos durch die Luft wirbelt und allmählich bewirkte, dass Erinnerungsfetzen durch Anna Berninis Gehirnpudding ins Bewusstsein flatterten. Rosen, ein Bastfitzelchen zwischen schlanken, langen Männerfingern, eine Rosen-Tätowierung, moosgrüne Augen. Der »Blumenmann« ist in Gefahr.

Anna Berninis Paniksturm trieb sie jetzt sogar aus dem Bett. Oder zumindest ihr rechtes Bein. Doch bevor sie bemerken konnte, dass ihr Arm an einem komplizierten Geflecht von Schläuchen hing und ihr Bein nackt war, hatte sie die Krankenschwester schon mit einem geübten »Kommt-nicht-infrage«-Griff zurück ins Bett befördert.

»Halthalthalthalt! Sie bleiben schöööön liegen!«

Die Krankenschwester schaute auf ihre Patientin nieder wie auf eine im Weltkrieg vergessene Fliegermine, die jederzeit hochgehen konnte.

»Muss wohin! Bitte«, bettelte Anna Bernini. »Leben oder Tod.«

»Ja, genau! Bei Ihnen nämlich! Sie haben eine schwere Verletzung. Wenn Sie jetzt unvorsichtig sind, kann es zu einer Gehirnblutung kommen!«

Anna Bernini spürte, wie am ganzen Körper Schweiß austrat, gefolgt von einem Schüttelfrost. Widerstrebend ließ sie sich zurücksinken. Mit einer Hand deutete sie schwach aufs Nachtkästchen.

»Bitte Telefon!«

Die Krankenschwester schüttelte ungerührt den Kopf. Stattdessen nahm sie das Telefon wieder weg.

»Jetzt ist es genug. Ihr Puls gefällt mir gar nicht. Ich hole jetzt die diensthabende Ärztin!«

Irgendwo ertönte ein Signal. Die Krankenschwester hob alarmiert die Augenbrauen.

»Ich komme wieder! Und Sie bleiben schön liegen!«

Damit rauschte sie hinaus. Anna Bernini hörte sie den Gang hinunterlaufen. Das Telefon hatte sie auf dem kleinen Rollkästchen neben der Tür liegen lassen. Anna Bernini fixierte es vom Bett aus, als könnte sie es kraft Willensanstrengung heranbeamen.

»Also gut«, murmelte sie resigniert und versuchte wieder, ihre Beine aus dem Bett zu schwingen und aufzustehen. Das funktionierte erstaunlich gut. Allerdings war das Rollkästchen circa drei Meter entfernt, und die Schläuche zwischen ihrer Venenkanüle und der Infusionsflasche reichten nur bis zu Hälfte. Zögernd blieb sie mitten im Raum stehen. Die Schläuche maximal gespannt, den rechten Arm maximal ausgestreckt. Doch es nützte nichts. Sie erreichte das Telefon nicht. Anna Bernini schloss die Augen, und dann zog sie mit einer einzigen heftigen Bewegung die beiden Infusionsschläuche aus der Venenkanüle heraus. Sofort sickerte Blut unter dem Pflaster hervor. Sie ließ sich auf den Eisensessel neben dem Rollkästchen sinken. Neben dem Telefon lag eine Nierenschale mit einem großen weißen Pflaster. Anna Bernini klebte sich mit flatternden Fingern das Pflaster über die Kanüle und ergriff das Telefon. Sie wählte die polizeiliche Notrufnummer.

Der Notrufbeamte wird später zu Protokoll geben, es habe eine verwirrt klingende Frau angerufen. Sie habe stockend und in gebrochenem Deutsch erzählt, sie heiße Anna Bernini, sei Chefinspektorin beim Mord und müsse dringend eine Kollegin sprechen. Das sei allerdings ungefähr die 17. Anna Bernini an diesem Tag gewesen. Denn aus einer undichten Stelle war die Razzia im Rosenhaus und der Name einer Chefinspektorin, die dabei schwer verletzt worden sein soll, herausgesickert. Natürlich hatten die findigsten Journalisten schnell eine dubiose Verbindung zum *Rosenfall* hergestellt. Der Beamte am Notruf schrieb, dass die Frau einen englischen Namen genannt hätte, Miss Irgendwie. Den Hinweis, es würden bei der Wiener Kriminalpolizei keine Engländerinnen beschäftigt, hätte sie mit einem verrückten Lachen quittiert. Der Beamte habe die Anruferin aufgefordert, ihre Aussage gleich am Telefon zu machen. Daraufhin sei die Anruferin rabiat geworden. Sie habe seinen Namen und Dienstgrad verlangt. Der Beamte habe ihr die Auskünfte gegeben und die Anruferin sodann vor die Wahl gestellt, entweder ihm, dem Beamten, gleich zu sagen, worum es gehe, oder aufzulegen. Die Frau habe dann folgende Aussage gemacht:

»Blumenmann in Gefahr.«.

Der Beamte habe mehrmals versucht, die Identität des

»Blumenmanns« in Erfahrung zu bringen, doch die Anruferin habe sich nicht mehr genau erinnern können. Wörtlich habe sie gesagt: »Teich-, nein Hoch-, Hochebner, Hoch-?« Der Beamte habe sich höflich für die erteilte Auskunft bedankt und das Gespräch beendet. Die Auskunft hatte der Beamte dann aber leider erst ein paar Stunden später weitergegeben.

Anna Bernini musste nach dem kräfteraubenden Telefonat mit dem Kollegen in der Notrufzentrale so schnell eingeschlafen sein, dass ihr Unbewusstes schon den ersten Traum fabrizierte, noch bevor sie wieder im Bett war. Sie träumte, dass sie sich gar nicht mehr hinlegte, sondern einfach in ihre nicht sehr sauberen Kleidungsstücke schlüpfte, ihren Rucksack packte und sich aus dem Zimmer schlich. Obwohl es sich im Traum so anfühlte, als wäre der Zimmerboden kein Zimmerboden, sondern die Stratosphäre, und das Klinikzimmer kein Raum, sondern der Weltraum gewesen. Der Sauerstoff wurde auch schon dünner, denn Anna Bernini halluzinierte beim Den-Gang-hinunter-Schlurfen. Da sah sie durch eine angelehnte Tür die Krankenschwester, die ihr gerade erst den Reispudding gebracht hatte, mit einem Mann im weißen Mantel schmusen. Vielleicht war die küssende Nachtschwester im Traum aber nicht die Nachtschwester, sondern Anna Bernini selbst, und der Mann im weißen Mantel nicht der diensthabende Oberarzt, sondern der Blumenmann. Und der Blumenmann, da war sich Anna Berninis halb betäubtes Reispudding-Gehirn ganz sicher, war niemand anderer als Xaver Hochegger. Manchmal können auch aus einem Gehirn Bauchgefühle kommen.

KAPITEL 32

Neurowissenschaftler und Philosophen streiten sich ja darum, ob der Mensch überhaupt einen freien Willen hat. Die Philosophen sagen: ja. Wahrscheinlich, weil es den meisten einfach leid tut um die vielen Buchseiten, die sie schon über den freien Willen gelesen haben – Platon, Aristoteles, Schopenhauer, Hobbes und so weiter. Die Neurowissenschaften wissen es auch nicht. Aber sie haben die Computertomografie auf ihrer Seite. Und die sagen: 90 Prozent unserer Handlungen werden vom Unbewussten entschieden. Weil der Computer beweisen kann, dass das Gehirn den Handnerven einen Sekundenbruchteil früher den Befehl gibt, nach der Chili-Schokoladentafel zu greifen, als sich der präfrontale Kortex dafür eine akzeptable Selbstlüge ausdenken könnte. Also hat das Unbewusste mit seiner Urmenschengier nach Süßem die wahre Entscheidung getroffen.

Anna Berninis Unbewusstes übernahm jetzt aber statt 90 Prozent gleich 100 Prozent der Entscheidungen. Und auch 100 Prozent der Nicht-Entscheidungen. Zum Beispiel die, in welche Richtung sie gehen sollte, als sie aus dem *Krankenhaus der Barmherzigen Brüder* hinausspazierte. Im Prinzip hätte es vier Möglichkeiten gegeben. Die Schmelzgasse links, die Schmelzgasse rechts, die Große Mohrengasse links, die Große Mohrengasse rechts. Aber das Unbewusste dachte nicht darüber nach, sondern ging einfach seiner Nase nach. Die Schmelzgasse nach rechts bis zur Zirkusgasse, dann links und wieder rechts in die Schrottgießergasse bis zur U-Bahnstation Nestroyplatz. Die Entscheidung, in die U1 einzusteigen, muss dem Unbewussten leichtgefallen sein, denn der Föhnsturm, der zwar inzwischen nachgelassen hatte, war immer noch stark genug, sie einfach die Treppe hinunterzuwehen.

Fünf Stationen weiter stieg sie in den erstbesten Bus, der vor der Station Kagran stand. Es war der 92B. Viel später, als Anna Berninis Bewusstsein wieder das Regime übernommen hatte, schrieb sie im Geiste bitterböse Beschwerdebriefe an die Wiener Linien. Denn wenn ein Busfahrer nicht einmal reagiert, wenn eine verwirrte Person mit Kopfverband als einzige Passagierin in einen Bus einsteigt und um 23.10 Uhr an der Lobgrundstraße aussteigt, wo weit und breit nichts ist als nichts, dann gute Nacht *Sicherheits-Partnerschaft Wien.*

Aber so weit war Anna Bernini noch lange nicht. Denn als sie langsam die Lobgrundstraße hinunterhinkte, der linke Knöchel war leider immer noch schwer beleidigt, hatte in ihrem Kopf noch das Unbewusste die Oberhand. Es gaukelte ihr mitten in der kälter und kälter werdenden Novembernacht Sommerbilder von der Lobau vor. Führte sie Jahre zurück, als ihr der Karli den Wiener FKK-Strand gezeigt hatte, einmal und nie wieder übrigens, und bewirkte, dass sich ein paar Prozent Bewusstsein wieder zurückmeldeten. Aber doch nicht so viele, dass sie gewusst hätte, warum sie der Traum überhaupt in diese Gegend geführt hatte. Komischerweise spürte sie das bisschen Bewusstsein zuerst im Magen.

Und leider war es ein ungutes Gefühl. Nicht wegen des Reispuddings, den sie vor einer Stunde gegessen hatte, sondern wegen eines Wortes, das ihr in den Eingeweiden rumorte. Anna Bernini spürte, dass dieses Wort dringend herausgelassen werden wollte. Zuerst wollte sie dem Wort noch gut zureden, dass es bleiben sollte, wo es war. Aber Anna Bernini hatte schon bei zu vielen studentischen Weihnachtsfeiern zu viel schlechten Punsch getrunken, als dass sie nicht gewusst hätte, wo der Punkt ist, wo man besser nicht mehr weiterverhandelt. Denn sonst wird es nur noch schrecklicher. Und dann glaubst du, dein letztes Stündchen hat geschlagen.

»Friedhof!«, nein, »Blumenfriedhof!« Das war das Wort, das zwei Minuten später mit der Schonkost 1 auf dem Feldweg zwischen der Donau und dem fast völlig entlaubten Auwald landete. Und mit beiden gemeinsam kamen immer größere Bewusstseins-Bruchstücke herauf. Und mit jedem Bruchstück Bewusstsein kam auch ein Stück Angst mit herauf. Und mit jedem Stück Angst wurde der Bewusstseins-Prozentsatz in ihrem Gehirn größer. Bis er vielleicht sogar über 100 Prozent Bewusstsein hinausgewachsen war. Denn nur so lässt es sich erklären, dass Anna Bernini plötzlich einen Duft bemerkte, der gar nicht da sein konnte. Einen Blumenduft. Einen Rosenduft, genauer gesagt. Wenn Anna Bernini jetzt an einem milden Frühlingstag auf dem Weg zur Lobau gemütlich hier vorbeispaziert wäre, hätte sie gesagt: Nach Rosen kann es hier nicht duften. Nicht, wenn man einem der übelriechendsten Orte Wiens Schritt für Schritt näherkam. Aber im angegriffenen Zustand kann einem das Gehirn alles Mögliche vorgaukeln, und es fällt einem das Unmögliche daran nicht einmal auf. Der Rosenduft half Anna Bernini auch draufzukommen, warum sie ihr Unbewusstes mitten in der Nacht in diese gottverlassene Gegend geschickt hatte: Rosa hatte sie angerufen. In diesem Moment wurde Anna Bernini von so einem gewaltigen Aufwachschreck gebeutelt, dass eine ganze Wecker-Fabrik sie nicht nachhaltiger davon überzeugen hätte können, dass sie sicher nicht träumt. Während Anna Bernini die dunkle, von ein paar weit entfernt liegenden Straßenlampen minimal erleuchtete Lobgrundstraße entlanghumpelte, verstärkte sich der Rosenduft. Jetzt, wo sie wach war, fiel ihr alles wieder ein.

Rosa und der Grund, warum sie auf der Flucht war. Doktor Xiu Lin und was sie ihr am gestrigen Abend erzählt hatte. Rosa war die einzige Überlebende eines illegalen Frauenschmuggels gewesen. Ihre beiden Freundinnen waren im engen, bis oben hin vollen Rosenauto erstickt. Anna Bernini erinnerte sich wieder an alles. Dass das Auto des alten Florescu einen Unfall hatte, dass der Alte den Jungen gezwungen hatte, sein Auto und seinen Fahrer, Andreas Zaucher, zur Verfügung zu stellen. Dass einer der Schlägertypen des Alten mitgefahren war. Dass er die Frauen schreien und schlussendlich ersticken lassen hatte. Dass Rosa fliehen konnte und dann von Andreas Zaucher gerettet und bei Doktor Xiu Lin versteckt wurde. Die ganze Geschichte stürmte wieder auf Anna Bernini ein. Nur der Föhn nicht. Denn der hatte plötzlich aufgehört mit dem Stürmen. Natürlich wusste Anna Bernini als Kind eines der gewaltigsten Föhnstriche des Landes auch ohne zum Wolken-verhangenen Himmel hinaufzuschauen, dass Föhnende immer Regenbeginn bedeutet.

Und sie wusste, wohin sie unterwegs war. Zum Kompostwerk der Stadt Wien. Das war der *Blumenfriedhof*. Warum sie das überhaupt wusste? Weil sie sich als Streifenpolizistin einmal ein paar Monate in die Donaustadt versetzen hatte lassen. Eigentlich, weil sie sich in den Dienststellenleiter verschaut hatte. Anna Bernini wurde mit jedem Schritt klarer, wie unwahrscheinlich es war, dass sie im Kompostwerk Andreas Zaucher finden würde. Denn in Wirklichkeit konnte niemand anderer als er »der Blumenmann« sein. Nicht Xaver Hochegger. Da hatte das Unbewusste Anna Bernini einen Streich gespielt. Um Andreas Zaucher zu retten, hätte ihr Unbewusstes nicht so viele Hebel in Bewegung gesetzt. Da brauchte sie sich nichts vorzumachen. Aber diese Überlegungen waren jetzt sowieso müßig. Weil: Wen sollte sie in ihrem jetzigen Zustand schon groß retten? Nicht einmal sich selbst wahrscheinlich.

Theoretisch hätte sie umkehren können. Aber dazu war sie jetzt zu abgelenkt. Das war nämlich der ganz große Nachteil beim Zurückkommen des Bewusstseins: Es hatte die gewaltigsten Kopfschmerzen im Gepäck, die Anna Bernini je erlebt hatte. Wie oft bei ungebetenen Gästen: Kaum lässt man sie in die Wohnung, breiten sie sich ungeniert aus. Und so gesellte sich zum erbarmungslosen Hämmern in ihrem Kopf auch noch der stechende Schmerz im linken Knöchel. Kurz vor dem Eingang zum städtischen Kompostwerk zwang sie der Schmerz vorübergehend sogar auf die Knie.

Nachdem sie sich wieder mühsam auf die Beine gerappelt hatte, war Anna Bernini zuerst nur damit beschäftigt, nicht wieder umzusinken. Obwohl: Das wäre die eine Möglichkeit gewesen und sogar die, die Anna Berninis Unbewusstes bevorzugt hätte. Einfach umfallen und liegen bleiben. Und ehrlich gesagt, wäre das eigentlich die bessere Lösung gewesen. Aber Anna Bernini ist es jetzt doch verlockender erschienen, bis zur Baracke vorzuhumpeln und dort vor dem gerade einsetzenden feinen Regen Schutz zu suchen. Im Normalfall wäre das gar nicht mehr möglich gewesen, aber wenn es Spitz auf Knopf steht, kann sich der freie Wille doch gegen die Muskeln, die zusammenklappen, die Nerven, die durchbrennen wollen, und das Gehirn, das nur noch schlafen will, durchsetzen. Man weiß nicht, ob das den Streit zwischen Philosophen und Neurowissenschaftlern beenden würde. Aber in diesem Moment ist das natürlich Anna Berninis unwichtigster Gedanke gewesen. Wie sie den Eingang des städtischen Kompostwerkes erreicht hatte, wird für immer das Geheimnis von Anna Berninis Unbewusstem bleiben. Denn in ihrem Kopf hatten nur mehr zwei Dinge Platz: ein gewaltiger Schmerz, der sich wie ein eroberungswütiger Feldherr Gehirnzelle um Gehirnzelle ausbreitete, und dazu ein Gedanke.

Der Gedanke war durch ein Geräusch ausgelöst worden, das trotz der Entfernung so unangenehm war, wie das Gebell eines Kleinhundes eben ist. Und genauso wie Frau Heesters Adi beim Anblick einer Salami auf der Stelle zu sabbern begonnen hätte, begann Anna Bernini beim Gedanken an Adi zu zittern. Und das war wieder einmal ein Beispiel dafür, dass das Unbewusste schneller ist als das Denken. Denn die Muskeln wussten schon, dass Anna Berninis Gehirn gleich Adrenalin ausstoßen würde, noch bevor sie überhaupt an das dachte, was ihr die alte Dame auf der Praterstraße gesagt hatte.

Noch bevor ihr eingefallen war, dass Jo Heesters Terrier genauso schwulenfeindlich war wie diese selbst. Noch bevor sie sich erinnert hatte, dass Adi zum Leidwesen seines Frauchens zwei Ausnahmen machte: Sebastian Bauer und seinen Freund Andreas Zaucher, und bevor sie darüber nachdenken konnte, warum das so wichtig war, gaben Anna Berninis Beine schon nach. Und als ob dieser Gedanke alles gewesen wäre, was Anna Berninis Gehirn noch hervorbringen wollte, bevor es sich dem großen Dunkel überließ, gab auch der Boden unter ihr nach.

Als Anna Bernini wenig später erwachte, wusste sie sofort, dass sie nicht träumte. Denn obwohl sie in den Monaten seit der Trennung vom Karli jede einzelne Nacht im Traum wieder verlassen worden war, hatte sie sich doch noch nie so abgrundtief verloren gefühlt wie in dem Moment, als sie die Augen aufschlug und rund um sie herum nur undurchdringliche schwarze Feuchtigkeit war.

In der Schule lernt man, dass der Mensch fünf Sinne hat. Das klingt nach viel. Aber wenn das Gehirn so mit dem Schmerzsinn beschäftigt ist, hat es für die fünf Sinne nicht mehr genug Kraft übrig. Da muss es sich für einen entscheiden. Anna Berninis Gehirn entschied sich für den Hörsinn. In der Nacht bei bewölktem Himmel, muss es sich gesagt haben, können die Augen sowieso nicht so viel ausrichten. Da steck ich lieber alles in die Ohren. Anna Bernini konzentrierte sich voll auf das Geräusch, das sie vielleicht gehört oder sich auch nur eingebildet hatte. Aber jetzt hörte sie es noch einmal. Es hätte eine Maus sein können oder ein Marder oder eine Ratte.

Sie nahm alle Kraft zusammen, von der sie wusste: Das ist der Reservetank. Damit komme ich nicht mehr weit. Aber den investiere ich jetzt in dieses Geräusch. Vielleicht war es auch ein Wimmern. Vorsichtig rappelte sich Anna Bernini an der Barackenmauer in die Höhe. Wie ein elf Monate altes Kleinkind, das noch für die ersten Schritte trainiert, hielt sie sich am kalten, feuchten Fensterbrett für eine Weile fest und ließ dann los, um zu schauen, ob sie schon allein stehen konnte. Und dann, ob sie schon allein ein paar Schritte gehen konnte. Und dann, ob sie den leichten Regen, den eisigen Wind und den mächtigen Schmerz in ihrem Kopf ignorieren konnte. Und dann, ob ihr Gleichgewichtssinn bei dieser Dunkelheit einen Weg über den unebenen Boden finden konnte. Die Hauptsache ist, man gibt nicht auf. Zur Belohnung ertönte das Geräusch noch einmal. Und dann noch einmal. Jetzt sogar etwas lauter.

Anna Bernini stellte sich vor, dass dieses Geräusch ein Magnet war, der sie zu sich zog. In Wirklichkeit, sagte sie sich, muss ich mich gar nicht übermenschlich anstrengen, um nicht umzukippen, und ich muss auch nicht verzweifelt gegen den Brechreiz ankämpfen, der mir wegen des gewaltigen Boden-Schwankens und der stechenden Schmerzen in der Kehle sitzt. Denn durch den Geräusch-Magnet rolle ich von selbst dahin. Dadurch hatte Anna Bernini ein bisschen Kraft übrig, um zu überlegen, was sie am Ende des Weges erwarten könnte. Für

Angst reichte die Kraft zwar nicht, aber für Sorge. Und die Sorge galt nicht ihr selbst, sondern dem »Blumenmann«, der sich in ihrem Gehirn allerdings langsam von Andreas Zaucher in Xaver Hochegger zurückverwandelt hatte. Wenn das Unbewusste schon die Regie übernimmt, dann darf es sich auch die Hauptdarsteller aussuchen.

Interessanterweise wurden mit den Sorgen auch die Gerüche intensiver. Und man muss ehrlich sagen: Auch wenn Liliendüfte nicht jedermanns Sache sind, sogar Anna Bernini wären sie jetzt lieber gewesen als das, was ihr im Moment in die Nase stieg. Und das war kein Wunder. Die Zahlen und Fakten über das Kompostwerk der Stadt Wien hätten Anna Bernini im Moment zwar nicht interessiert, aber man kann es trotzdem erwähnen. Auf dem fünf Komma zwei Hektar großen Areal, auf dem sich Anna Bernini von einem Geräusch-Magneten Zentimeter für Zentimeter weiterziehen ließ, lagern jährlich circa 100.000 Tonnen biologische Abfälle. Gras-, Sträucher-, Baum- und Blumenreste aus den städtischen Gärten, Gemüseabfälle aus den Märkten und Haushalten. In langen Zeilen wird der zerkleinerte Bioabfall auf die Rottflächen gelegt, bewässert und gewendet und bewässert und gewendet und bewässert und gewendet, bis er schließlich so fein zerfallen ist, dass man ihn sieben und als Kompost verkaufen kann.

Blumenfriedhof, dachte Anna Bernini wieder und wieder, als sie sich Zeile für Zeile vom Geräusch weiter von der Baracke weglocken ließ. Je kleiner der Lichtschimmer der Straßenlampe wurde, desto lauter wurde das Geräusch. Wimmern, hätte sie jetzt gesagt. Wimmern ist es am ehesten. Und je lauter das Wimmern wurde, desto mehr Adrenalin wurde vom Nebennierenmark in Anna Berninis Adern gepumpt. Sodass sie bald vor lauter Adrenalin sogar wieder den Sehsinn einschalten konnte. Und nach und nach immer mehr Farben voneinander unterscheiden konnte. Die dunkelschwarzen Kompostzeilen von den hellerschwarzen Plastikfolien darunter, den mittelschwarzen Baumhintergrund vom mittelgrauen Regenschleier davor und dem dunkelgrauen Nachthimmel darüber. Anna Bernini konzentrierte sich so sehr, dass sie sogar die kleinen Glanzlichter auf den Wasserlachen zwischen den Kompostzeilen unterscheiden konnte, die eine noch nicht sichtbare Morgendämmerung widerspiegelten.

Als Anna Bernini schon fast auf der anderen Seite des Kompostwerks angelangt war, dort, wo riesige Haufen den Blick auf das Dahinter versperrten, wurde das Wimmergeräusch so laut, dass Anna Bernini es auch gehört hätte, wenn sie wieder umgekippt und ohnmächtig geworden wäre. Sie spähte in die vielschichtige Dunkelheit hinein, und plötzlich hörte sie noch ein zweites Geräusch. Anna Bernini sah sich um. Mit der gewaltigen Willensanstrengung der Verzweiflung erwachten plötzlich jahrtausendealte Jäger- und Sammlerinnengene in Anna Berninis Gehirnzellen. Ihre Augen durchdrangen die dunklen Flächen und Linien bis zur Verwaltungsbaracke des Kompostwerkes zurück. Ihre Ohren nahmen weit entfernte Geräusche wahr. Ein Auto jenseits der Zäune, ein Hundegebell, Menschenstimmen? Das Geräusch kam von irgendwo aus der Nähe. Anna Bernini schloss die Augen. Und genau in dem Moment, als Anna Bernini über einen dicken Ast stolperte und gleich darauf umfiel wie ein Baum, der innen schon längst morsch war und nur darauf gewartet hatte, dass sich endlich ein Sturm seiner erbarmte, genau in dieser kurzen Sekunde, bevor sich ihre Hände in die feuchte Erde gruben, da merkte Anna Bernini, dass das Geräusch aus der Erde kam.

Dieses Mal verdunkelte keine Ohnmacht die Erkenntnis, wo sie war. Ganz im Gegenteil. Dieses Mal schoss ihr die Erkenntnis in die Glieder wie der Schmerz, der sich blitzartig bis in die letzten Körperzellen ausdehnte. Wie konnte es nur passieren, dass sie hier mitten im Regen, mitten im städtischen Komposthaufen mit einer Kopfverletzung und einem verstauchten Knöchel lag und sich vielleicht den Tod holte, weil sie einen Anruf erhalten hatte, den sie vielleicht nur geträumt hatte! Und einen Mann retten wollte, der noch nie das geringste Interesse an ihr gezeigt hatte, sondern in Wahrheit ein Blumenhändler war, der sich mit einer Mafia-Organisation ins Bett legte. Und auch noch mit der Frau seines Bruders. Der Schmerz, der jetzt Anna Bernini durchfuhr, war noch viel schlimmer als der, der ihr vor ein paar Sekunden schon fast das Bewusstsein geraubt hatte. Während Anna Bernini auf dem Rücken im stinkenden Morast lag und immer nasser und steifer und kälter wurde, und ihr Unbewusstes immer mehr verfluchte, das sie auf eine so abwegige Fährte und damit in Gefahr gebracht hatte, gaukelte dieses ihr zum Ausgleich wieder den Traum von der Badewanne vor. Nur dass das Wasser nicht aus dem Abfluss hochsickerte, sondern von der Erde herauf. Und dass das Wasser nicht rot war, sondern schwarz. Der Traum war so intensiv, dass Anna Bernini jetzt sogar wieder wärmer wurde. Und während die Kälte langsam ein bisschen abnahm, nahm der Geruch gewaltig zu. So sehr, dass Anna Bernini mit größter Anstrengung doch noch einmal versuchte, sich vom Boden hochzustemmen.

Ganz tief gruben sich ihre Finger in den stinkenden Morast, ohne dass sie auf Widerstand traf. Da ertastete sie den morschen Ast, der sie wenige Sekunden zuvor zu Fall gebracht hatte. Aber der Ast gab nach und rutschte unter ihren Händen weg. Jetzt stieg Panik in ihr hoch. Sie robbte auf den Knien ein kleines Stück weiter und suchte mit flatternden Händen den weichen Morast ab. Da lag noch ein zweiter Ast. Jetzt ertastete sie auch den ersten wieder. Sie stützte sich mit beiden Armen auf die Äste und versuchte erneut, sich hochzuhieven. Doch wieder rutschte sie auf der glitschigen Oberfläche aus und fiel mit dem Gesicht voraus zurück in den Dreck. Aber sie sank nicht ein, sondern landete mit der Nase auf einer weichen Oberfläche. Und was sie dann spürte, stellte alles in den Schatten, was sie je an Grauen erlebt hatte. Obwohl es große Ähnlichkeit mit dem hatte, was ihr und dem Karli damals auf dem Dachboden passierte, als sie von der russischen Mafia gejagt worden waren. Aus Anna Berninis Kehle löste sich ein grauenvoller Schrei, der alles zum Ausdruck brachte, das sie in den vergangenen Monaten an Leid erfahren hatte. Angefangen vom Rosenstrauß am Valentinstag. Ohne noch einmal ihr Gehirn zu befragen, begann sie, auf Knien im Morast steckend, mit beiden Händen all die schon fast vollkommen zerfallenen Kartoffelschalen, Kohlköpfe, Salatblätter, Eierschalen, Wurzeln, Knollen, Schnittblumen, Kaffeefilter unter sich wegzuwischen. Fieberhaft, ohne zu denken, schaufelte sie Hausmülleimer für Hausmülleimer, Gartenabfall für Gartenabfall zur Seite bis sie den gesamten Körper freigelegt hatte – die Oberschenkel, die Hüften, den Bauch, die Brust, den Hals hinauf zum Bart, von dem sie mehr wusste als sehen konnte, dass er tiefschwarz war. Mit einer letzten verzweifelten Anstrengung robbte sie bis zu den Schultern des Mannes, der hier unter dem Berg von Abfällen schon fast selbst wieder zu Erde geworden war, und schaute in das Gesicht, das aus dem Schlamm heraustrat wie damals in ihrem Badezimmertraum. Und es war Andreas Zaucher. Der »Blumenmann«! Die Erkenntnis traf Anna Bernini wie ein Fallbeil.

Von der menschlichen Größe her hätte es vielleicht bessere Gefühle beim Anblick dieses bleichen Jesus-Gesichts gegeben als Erleichterung darüber, dass der »Blumenmann« nicht Xaver Hochegger war. Wobei das Licht sehr schlecht war. Es war eigentlich mehr ein Bauchgefühl. Oder Intuition. Oder der sechste Sinn. Aber wenn man ganz ehrlich ist, war es in erster Linie logisches Kombinieren. Denn wenn Xaver Hochegger hier vielleicht zwölf, 14 oder 16 Stunden bis zum Hals in der Erde begraben gewesen wäre, wie hätte er es dann gleichzeitig geschafft, hinter ihr zu stehen und ihr die Pistole an den Kopf zu halten?

Aber bevor Anna Bernini oder Xaver Hochegger etwas sagen hätte können, sprach der Begrabene hinter ihnen. Wenn Anna Bernini nicht schon bis ins Innerste erfroren gewesen wäre, hätte dieses heisere Krächzen aus den Tiefen des Komposthaufens die letzten Zellen in ihrem Körper in Tiefkühlkost verwandelt. Und obwohl sich der Druck der Pistole augenblicklich erhöhte, konnte Anna Bernini nicht anders, als den Kopf ein wenig nach hinten zu drehen. Kalkweiß leuchtete Andreas Zauchers Gesicht, eingerahmt von schwarzen Morast-getränkten Haaren. Und mitten aus der gespenstischen Weiße ertönten plötzlich Laute. Anna Bernini und die Hand, die ihr die Pistole auf die Stirn drückte, zuckten im gleichen Moment zusammen.

»Rosa!«, war das grauenhaft ausgespuckte Wort, das jetzt wie der immer stärker werdende Verwesungsgeruch in der Luft hing. Anna Bernini starrte auf dieses schwarze Loch, aus dem das Wort herausgekommen war. Das zweite Lebenszeichen des Eingegrabenen. Unwillkürlich beugte sie sich tiefer über Andreas Zauchers Gesicht, um noch ein gehauchtes »Hochegger«, unter ihrem immer lauter werdenden Herzklopfen zu erahnen. Dann kam der Schuss.

KAPITEL 33

Natürlich wäre das Leben schöner, wenn es überall Gleichberechtigung gäbe. Zwischen Männern und Frauen, zwischen Schwarzen und Weißen, zwischen Armen und Reichen. Aber wenn man ehrlich ist, gibt es die Gleichberechtigung nicht einmal in der Grammatik. Zum Beispiel zwischen Indikativ und Konjunktiv. Denn ein »Ich habe im Lotto gewonnen« ist auf jeden Fall dem »Ich hätte im Lotto gewonnen« (wenn ich nicht vergessen hätte, den Schein aufzugeben) haushoch überlegen.

Aber es gibt Situationen im Leben, in denen der Konjunktiv seinen ganz großen Auftritt hat. Wie zum Beispiel beim Mordschauplatz »Kompostwerk Lobau«. Da war »Kommissar Konjunktiv« gleich mehrfach im Einsatz. Am 23. November um 4.50 Uhr wäre nämlich kein Polizeinotruf eingegangen, wenn nicht zufällig ein Jogger Pistolenschüsse gehört hätte. Die er nie gehört hätte, wenn er nicht jeden Morgen vor seinen Eheproblemen davongelaufen wäre. Was wahrscheinlich nicht der Fall gewesen wäre, wenn er eine Frau geheiratet hätte, die ihn versteht. Was er vielleicht gemacht hätte, wenn seine Mutter nicht zeitlebens Männer als Enttäuschungen auf zwei Beinen betrachtet hätte. Was sie vielleicht nicht gemacht hätte, wenn sie nicht vor 30 Jahren von ihrem verheirateten Liebhaber stehen gelassen worden wäre. Und wer weiß, wie weit man mit dem Konjunktiv noch zurückgehen könnte, um zu beweisen, was für ein großes Glück Anna Bernini gehabt hatte, dass sie ein paar Stunden, nachdem im Kompostwerk eine Pistolenkugel sie niedergestreckt hatte, im Krankenhaus noch einmal die Augen aufgeschlagen hat.

Das Erste, das Anna Bernini dabei sah, war das Gesicht von Oberst Meier. Allerdings nur verschwommen. Wobei interessanterweise nicht der Oberst verschwommen war. Das Verschwommene kam aus ihrem Kopf heraus und verbreitete sich als unangenehmer Nebel im ganzen Krankenzimmer.

»Wir haben den Mörder gefunden«, sagte der Oberst schnell zu dem winzigen Spalt, der sich zwischen Anna Berninis Augenlidern auftat. Ein anderer hätte vielleicht gewartet, ob die Patientin überhaupt ansprechbar ist. Er hätte vielleicht sogar gesagt, diese Frau schaut aus wie tot, ich hole lieber die Krankenschwester. Aber dem Oberst genügte der winzige Spalt Aufmerksamkeit vollkommen. Als Zugeständnis an ihre körperliche Eingeschränktheit rückte er den Sessel ein wenig näher an das Krankenbett und dämpfte seine Stimme.

»Ich möchte mich fast ein bisschen bei Ihnen entschuldigen«, flüsterte er.

Er wartete kurz, ob eine Dankbarkeitsäußerung von Anna Bernini zu hören war. Aber da sie offenbar zu schwach dafür war, akzeptierte er auch das kleine Wimpern-Zucken und fuhr vorsichtig fort: »Lange dachten wir ja, Andreas Zaucher sei der Täter. Wobei ich, wenn Sie sich erinnern können, nie so davon überzeugt war. Aber gut, ganz sicher wissen wir es natürlich noch nicht. Klar ist auf jeden Fall, dass er inzwischen selbst zum Opfer wurde!«

Anna Bernini hätte gerne geweint. Aber wenn du gerade aus dem Koma erwacht bist, ist sogar das zu viel für das bisschen Gehirn, das erst langsam wieder seinen Dienst aufnimmt.

»Wir haben noch zwei Leichen im Kompostwerk gefunden. Stellen Sie sich vor«, flüsterte Oberst Meier weiter. »Wobei Leiche zu viel gesagt ist. Überreste wäre richtiger. So viel wir bisher wissen, gehörten sie zwei Frauen.«

Anna Bernini wäre am liebsten zurück in die Ohnmacht gesunken oder hätte sich doch wenigstens eine gewaltige Amnesie gewünscht. Aber eine Amnesie kommt natürlich immer dann, wenn man sie am wenigsten brauchen kann.

Zum Beispiel mitten in der Nacht in einer fremden Stadt, wenn einen nur der Wohnungs-Schlüssel-Code vor einem gemütlichen Bett und der Zahnbürste trennt. Aber wenn Körper und Geist total geschwächt sind, weil man die schlimmsten drei Tage seines Lebens hinter sich hat, erinnert man sich natürlich noch ganz genau an alles: den Anruf Rosas im Krankenhaus, den Blumenfriedhof und den »Blumenmann«, den Anna Bernini dann tatsächlich gefunden hat, aber nur, um von ihm fast totgeschossen zu werden.

Diese Erinnerungen hatten eine aufmunternde Wirkung auf den Teil von Anna Berninis Gehirnzellen, der mit der Tränenproduktion beschäftigt war. Langsam sickerten jetzt ein paar davon unter den immer noch geschlossenen Lidern hervor.

»Der mutmaßliche Mörder der beiden Frauen und der Mann, der Sie beinahe – äh – der wahrscheinlich auch Andreas Zaucher getötet hat, ist jetzt tot«, sagte Oberst Meier, der noch nie gemerkt hatte, wenn eine Frau still vor sich hin geweint hat. »Übrigens haben wir das Inspektor Schramek hier zu verdanken.«

Dabei drehte der Oberst seinen Kopf ein wenig nach links, und Anna Berninis Augen wanderten mit. Spontanheilungen können die verschiedensten Ursachen haben. Oft sind starke Gefühle mit im Spiel. Ausgelöst durch den Anblick der vor dem Bett versammelten Familie zum Beispiel. Oder weil einem jemand ein bestimmtes Lied vorspielt, das einen an die Zeit erinnert, als die Ehe noch in Ordnung war. Bei Anna Bernini war es ein Wort, das ihr wie ein Blitzstrahl durch den Körper fuhr. Und dieses Wort war »Schramek«. Ärger muss ein gutes Belebungselixier sein. Denn Anna Bernini gelang es jetzt nicht nur, die Augen offen zu halten, sondern auch ihre Zungen- und Stimmbandmuskulatur so weit anzuspannen, dass sie ein verächtliches Schnauben zustande brachte. Das muss aber so viel Energie gekostet haben, dass sie nicht mehr verstand, was ihr der Oberst sonst noch alles erzählte.

Als Anna Bernini nach zwei Tagen Tiefschlaf wieder die Augen aufschlug, saß der Oberst immer noch an ihrem Bett. Kein Wunder, denn für ihn waren nur zwei Minuten vergangen. Aber die Zeit dürfte ausgereicht haben, um den Nebel in Anna Berninis Gehirn ein wenig zu vertreiben. Sie hatte zwar vergessen, was ihr der Oberst erzählt hatte, aber sie erkannte sofort, dass der Oberst nicht allein dasaß. Sie blinzelte mehrmals. Aber als sie endlich einigermaßen klar sehen konnte, schloss sie die Augen sofort wieder. Nicht aus Erschöpfung, sondern aus Empörung. Denn wenn du ein paar Hundert Kalorien Willensanstrengung verbrauchst, um aus dem Koma aufzutauchen, und das Erste, das du siehst, ist ausgerechnet der Kollege, der an deinem Sessel sägt, macht dich das natürlich schon ein bisschen grantig. Vor allem, wenn die Alternative das herrlichste Nirwana ist, für das ein Buddhist jahrelang meditieren müsste. Aber damit war es jetzt natürlich vorbei. Und statt an nichts dachte Anna Bernini: Wenn das so weitergeht, ist das Nächste, das ich beim Aufwachen sehe, meine Schwester!

Obwohl Anna Bernini schon längst gehört hatte, dass Inspektor Schramek etwas zischte, in dem »Zuschauen«, »Theater« und »Zeitverschwendung« vorkam, hoffte sie darauf, dass sich die bleierne Müdigkeitsdecke wieder auf sie senken würde. Aber es weiß natürlich jeder, der es schon einmal probiert hat: Der Schlaf und der Wille dazu sind Todfeinde. Da hätte es die scheinheilige Gute-Laune-Stimme vom Schramek gar nicht mehr gebraucht, die jetzt laut »Guten Morgen, Frau Chefin!«, brüllte, um dem Tiefschlaf endgültig Adieu zu sagen. Da kann man natürlich die Augen auch gleich wieder aufmachen.

»Da staunst du, gell! Dass wir den *Rosenfall* geklärt haben, während du einfach ein bisschen im Krankenhaus herumgelegen bist!«

Anna Bernini wusste nicht, ob sie ihrem Inspektor tatsächlich den Mittelfinger gezeigt oder nur daran gedacht hatte. Das Augen-Funkeln muss aber schon funktioniert haben, denn Inspektor Schramek grinste erfreut. Inzwischen hatte sowieso wieder Oberst Meier das Wort ergriffen und fuhr genau da fort, wo er vor zwei Minuten aufgehört hatte.

»Wir haben, also eigentlich Miss Biggy hat ihre Identitäten schon herausfinden können. Es sind zwei ukrainische Frauen, beide 19 Jahre alt. Wir vermuten, dass sie von Schleppern ins Land gebracht wurden.«

Der eine Teil von Anna Bernini, der vernünftigere, wollte es gar nicht so genau wissen, aber der andere, der damals vor 15 Jahren unbedingt Polizistin werden wollte, erinnerte sich plötzlich, was der Oberst vor den zwei Tagen Tiefschlaf gesagt hatte: Der Mörder ist tot! Anna Bernini schloss die Augen. Alles war umsonst gewesen. Der Hochegger war tot. Sie hatte ihn nicht retten können. Stattdessen hatte er sie töten wollen. So viele Gefühle auf einmal konnte Anna Berninis Gehirn noch nicht verkraften. Es musste sich auf eines konzentrieren. Und das war die Wut auf ihren Retter: Inspektor Schramek. Absurd, aber was will man von einem Halbkomagehirn anderes erwarten. Anna Bernini gab ein zorniges Krächzen von sich und begann gleichzeitig, an den Schläuchen herumzuzerren, die ihre Hände auf der Bettdecke gefangen hielten. Der Oberst sprang auf und beugte sich besorgt über die Patientin.

»Aber Frau Chefinspektorin! Kann ich Ihnen helfen?« Er schaute sie ehrlich besorgt an. »Sie möchten bestimmt Miss Biggy sehen?«

Dass Anna Bernini darauf den Kopf geschüttelt hatte, konnte er nicht sehen, denn noch funktionierte bei Anna

Bernini die Nervenleitung zwischen Gehirn und Kopf-Schüttel-Muskeln nur gedanklich. Aber dann passierte etwas Interessantes. Ausgerechnet Inspektor Schramek verstand, was sie wollte.

»Sie will mehr über den Mörder wissen«, knurrte er halb belustigt, halb angefressen.

Auch mit Anna Berninis Nicken war es noch nicht weit her. Aber ein leichtes Lidzucken tat es auch. Da sagt man immer, in der Not frisst der Teufel Fliegen. Aber das ist nichts gegen die große Kröte, die Anna Bernini jetzt schluckte. Nur damit sie nicht vor lauter Ungeduld einen Herzinfarkt bekam, richtete sie ihre Augen jetzt langsam auf Inspektor Schramek.

»Was willst du wissen?«, fragte er fast gutmütig.

Anna Bernini krächzte hilflos.

»Nein, wir wissen noch nicht, ob der Mörder auch die beiden Frauen auf dem Gewissen hat. Aber wir hoffen auf die DNA-Analyse. Und nein, es gibt auch keine Beweise, dass er auch der Mörder vom Bauer war. Im Gegenteil, es sind immer noch nur dem Zaucher seine Fingerabdrücke auf dem Eisenspieß.«

Anna Bernini funkelte böse.

»Ja, eh! Du glaubst nicht so richtig daran, dass der Zaucher den Bauer ermordet hat. Aber er ist immer noch der wahrscheinlichste Kandidat.«

Wütend zog sie weiter an den Schläuchen, als wollte sie gleich aus dem Bett springen und ihren Inspektor am Kragen packen. Der runzelte bekümmert die Stirn. Offenbar wollte er seine Chefin wirklich verstehen. »Du willst etwas anderes wissen, stimmt's?«

Anna Bernini schaute ihm konzentriert in die Augen. Inspektor Schramek rann vor Anstrengung der Schweiß über die Stirn. So intensiv hatte er sich noch nie bemüht, eine Frau zu verstehen. Anna Bernini hätte gesagt: Schaden tut's dir bestimmt nicht.

Oberst Meier war noch nie in seinem Leben so viele Minuten hintereinander still gewesen, obwohl im selben Raum Lebewesen mit Ohren anwesend waren.

Mit ganzer Kraft starrte sie in die mausbraunen Schweinsäuglein Inspektor Schrameks, als könnte sie ihm allein mit ihrem Blick die Frage ins Gehirn beamen.

Und wirklich, es klappte. Denn plötzlich rief Inspektor Schramek. »Wer es ist, willst du wissen! Stimmt. Du hast ihn in der Dunkelheit ja nicht gesehen!« Inspektor Schramek lächelte erleichtert. »Er heißt Hubert Ramsauer. Im Milieu nennt man ihn den Rosen-Rudi.«

Die gesunde Anna Bernini hätte aufgeschrien vor Überraschung und sofort mehr wissen wollen. Aber Anna Berninis doppelt geschädigtes Gehirn konnte nur winzige Informationspartikelchen auf einmal verarbeiten. Und das war das Informationspartikelchen: Xaver Hochegger ist nicht der Mörder. Xaver Hochegger ist nicht tot.

Was dann geschah, hätte sogar Inspektor Schramek beinahe Rührungstränen in die Augen getrieben. Denn die totenblasse Frau mit dem halb abrasierten Drahtlocken-Kopf, dem riesigen Kopfverband und den violetten Schatten unter den Augen verzog mit sichtbarer Anstrengung ihre Lippen zu einer Grimasse, in die man ein Lächeln hineinfantasieren konnte, wenn man wollte. Und dazu ertönte ein so schwaches »Danke«, dass sich Inspektor Schramek noch eine halbe Stunde später, als er sich schon die zweite Post-Krankenhaus-Zigarette gegönnt hatte, fragte, ob es Wirklichkeit war oder nicht vielleicht doch Wunschdenken.

KAPITEL 34

Es ist ein eisernes Naturgesetz, dass man als Kranker der Fürsorge seiner Familie nicht entkommt. Ich will nicht sagen, dass die Familie extra darauf wartet, bis eines ihrer Mitglieder krank wird, nur damit sie es endlich mit den wertvollen Tipps versorgen kann, auf die es immer nicht hören wollte. Zum Beispiel mit dem Tipp, dass man langsam in das Alter kommt, wo man mit dem vielen Ausgehen aufhören und dafür mit dem Kinderkriegen anfangen soll. Aber nicht mit dem unzuverlässigen Kerl, mit dem man sich derzeit abgibt. Am meisten kann man natürlich mit solchen Ratschlägen von Menschen rechnen, die selbst eigentlich mehr als genug Enkelkinder in die Welt gesetzt haben. Wahrscheinlich, weil sie den anderen dasselbe Glück wünschen.

Die ersten zwei Tage hat Anna Bernini noch so getan, als könnte sie kein Handy halten und kein SMS lesen, aber dann sagte sie sich: Was bringt es, wenn ich es hinausschiebe? Auf Dauer konnte sowieso nichts und niemand ihre Schwester davon abhalten, ihr die Gardinenpredigt zu halten, die sie schon tagelang trainiert haben wird. Also hatte sie ihr am dritten Morgen gleich nach der Visite die Gelegenheit gegeben, sie loszuwerden.

»Das Annele«, hat die Burgi gleich nach »Gottseidank, hast du das überlebt!« gewettert, »glaubt ja, für sie gelten die normalen Gesetze der Logik nicht! Für das Annele wäre es ja zu langweilig gewesen, schwer verletzt im Krankenhaus liegen zu bleiben. Das Annele muss natürlich aufstehen und sich irgendwo in einem Komposthaufen eine Kugel in den Kopf jagen lassen!« Dabei hatte sie die Worte »LOGIK«, »KRANKENHAUS«, »KUGEL« und »KOPF« so stark betont, als wäre sie ein gefragter Experte, der einem im Radio oder Fernsehen die Welt erklärt.

Anna Bernini wusste, dass es nicht viel bringen würde, wenn sie ihrer Schwester erklärte, dass die Kugel nicht in ihr Gehirn eingedrungen, sondern nur einen Schädelknochen gestreift hatte. Also hatte sie nur von Zeit zu Zeit »mhm« gebrummt und gehofft, dass sich die Schwester jetzt genug aufgeregt hatte. Aber nix da. Zwei Wochen war Anna Bernini im Krankenhaus geblieben, und es war kein Tag vergangen, an dem ihre Schwester sie nicht angerufen hätte. Angeblich, um sich nach ihrem Befinden zu erkundigen, aber in Wirklichkeit eher, um ihr ihr Befinden um die Ohren zu hauen.

Da war es dann schon fast eine Erleichterung, als die Burgi endlich mit einem anderen lästigen Thema angefangen hat. Nur dass sie dieses Mal alle Trümpfe in der Hand hatte, dass Anna Bernini auf die wichtigste Frage des Jahres, nämlich: »Kommst du heuer Weihnachten nach Hause?«, mit »Ja« antwortet. Zwar nicht gleich, das muss man zugeben. Ein bisschen wollte sie die Schwester schon noch zappeln lassen. Aber wenn man ehrlich ist, sagte sich Anna Bernini, was soll sie sonst sagen, als »ja«? Mit meinem Freund in die Karibik fliegen werde ich jedenfalls nicht. Oder bei einer Freundin mit Mann und Kindern das fünfte Rad am Wagen sein. Allein daheim sein wäre noch gegangen. Und im Moment wäre das Anna Bernini auch am liebsten gewesen.

Während der langen Tage, in der die Zeit für Anna Bernini zwischen Krankenhausfrühstück, In-die-Luft-Schauen, Krankenhausmittagessen, In-die-Luft-Schauen, Krankenhausabendessen, In-die-Luft-Schauen und irgendwann in einen unruhigen Schlaf-Fallen stillstand, bewegte sich die Zeit im *Rosenfall* weiter. Aber in die Gegenrichtung. Denn statt dass Tag für Tag ein neuer Puzzlestein an seinen Platz fiel, löste sich Tag für Tag, Gewissheit für Gewissheit wieder auf.

Angefangen hat es mit einer Entdeckung, die Tanja Moser gemacht hatte. Wahrscheinlich hätte Anna Bernini davon gar nie etwas erfahren, denn Inspektor Schramek war peinlichst darauf bedacht, dass keine Ermittlungsdetails die Genesung seiner Chefin gefährden konnten. »Nein, nein, die Anna braucht Ruhe!«, rief er immer wieder, wenn jemand – Inspektor Stammer oder der Oberst zum Beispiel – glaubte, das würde Anna Bernini sicher interessieren. Aber da Inspektor Schramek in diesem Punkt ausnahmsweise einmal mit Miss Biggy übereinstimmte, hielten sich natürlich alle daran. Außer Kollegen, die, wie Tanja Moser, in anderen Abteilungen arbeiteten.

Anna Bernini war zuerst auch gar nicht erfreut, als sie Besuch von Tanja Moser bekam. Das heißt, über den Besuch und die hübsche Amaryllis, die sie mitgebracht hatte, freute sie sich schon, aber nicht über die Ankündigung: »Ich muss Ihnen etwas Interessantes erzählen!« Wenn es nicht unhöflich gewesen wäre, hätte Anna Bernini die Augen gerollt und gesagt: Ich will nichts wissen! Da rede ich doch noch lieber mit der Burgi über Weihnachten. Eigentlich eine Frechheit, dass man einen nicht einmal in Ruhe lässt, wenn einem einmal fast der Schädel eingeschlagen und einmal fast weggepustet worden ist! Doch schon begann Tanja Moser mit ihrem Bericht.

»Ich habe einem Grafologen ein paar handschriftliche Notizen von Andreas Zaucher gezeigt.«

Jetzt hätte sich Anna Bernini am liebsten die Ohren zugehalten. Denn bei dem Wort »Andreas Zaucher« begann ihr Herz auf einmal in einer Frequenz zu schlagen, wo ein Sportmediziner vielleicht gesagt hätte: Da sind wir jetzt aber schon nicht mehr ganz im aeroben Bereich. Aber Tanja Moser redete weiter und machte es auch noch spannend.

»Er hat mir erklärt, dass man an der Handschrift zwar nicht 100-prozentig sicher sagen kann, ob jemand Linkshänder oder Rechtshänder ist, aber es gibt einen starken Hinweis bei der KHB. Sagt Ihnen das etwas?«

Anna Bernini schüttelte den Kopf und hoffte, dass Tanja Moser die Botschaft dahinter verstand. Aber die fuhr ungerührt fort.

»Das heißt: Konterhorizontalbewegung, Querstriche auf Deutsch. Sie wissen schon: wie beim T oder F. Ein Linkshänder macht die gegen die Schreibrichtung von rechts nach links. Und das sieht man, sagt der Grafologe.«

Tanja Moser strahlte Anna Bernini voller Begeisterung an, aber die ließ sich nicht anstecken. Jedenfalls nicht, solange Tanja Moser da war. Als die Kollegin gegangen war, lag Anna Bernini still in ihrem Bett und versuchte, an nichts zu denken. Aber das funktioniert natürlich nicht, wenn du das nicht vorher trainiert hast. Wieder ein Grund, den Yogakurs nicht ausgelassen haben zu sollen, dachte Anna Bernini. Eine Weile versuchte sie noch, an das bevorstehende Mittagessen zu denken. Ob es heute wieder Kaiserschmarrn als Nachspeise gäbe? Gestern war der Kaiserschmarrn das einzig Genießbare vom ganzen Fade-Suppe-Halb-Verbrannter-Leberkäse-Kaltes-Püree-Menü gewesen. Aber so sehr es Anna Berninis Gehirn auch versuchte, das Herz tat weiter so, als wäre es auf Einsatz. Nach einer halben Stunde angestrengtem An-Nichts-Denken gab es Anna Bernini auf und griff zum Smartphone. Sie musste fünfmal probieren, bis Inspektor Schramek endlich abhob.

»Ich sag's dir gleich: Von mir erfährst du nichts!«, schnarrte er statt einer Begrüßung ins Telefon.

»Danke! Und wie geht's dir?«

»Du rufst doch nicht an, damit ich dich frag', wie's dir geht, oder?«

»Der Zaucher war kein Linkshänder«, sparte sich Anna Bernini weiteres Herumreden. »Da wackelt jetzt doch unser Verdächtiger, oder?«

»Woher weißt …? Ach, die Moser hat's dir gesagt, gell!« Inspektor Schramek schnaufte genervt. »Du, ich hab jetzt keine Zeit! Außerdem sollst du dich nicht aufregen, predigt uns Miss …«

»Welche Spuren verfolgt ihr jetzt?«

»Ja, alle. Wir haben leider noch mehr unaufgeklärte Morde in dem Fall, wie ich dir wohl nicht sagen muss.«

»Aber der Tod der Frauen im Kompostwerk dürfte fast geklärt sein, oder? Ich hab dir ja erzählt, was mir die Doktor Xiu Lin berichtet hat.«

»Ja«, seufzte Inspektor Schramek noch einmal zum Herzerbarmen. »Also gut: Ja, die chinesische Ärztin hat uns erzählt, was sie dir erzählt hat. Obwohl sie zach war, das kann ich dir sagen! Der Kramer hat auch festgestellt, dass die Frauen an einer Kohlenmonoxidvergiftung gestorben sind. Aber wir wissen halt noch nicht, wer gefahren ist.«

»Einer von den Florescus.«

»Tja!«, lachte Inspektor Schramek grimmig, »du kannst dir vorstellen, wie zach die erst sind! Der Ofner hat den Bulldoggen dort beigebracht, wie man sich an nichts erinnert. Nicht einmal, was man zu Mittag gegessen hat. Das kann ich dir sagen.«

»Hausdurchsuchungen?«

»Haben wir, haben wir. Aber bisher noch nichts gefunden.«

»Wundert einen nicht.« Anna Bernini schwieg einen Moment. »Und was ist mit Rosa?«

»Keine Spur von dem Mädchen. Die Doktor Lin behauptet, sie weiß nichts. Aber von der erfährst du auch nichts, was sie dir nicht erzählen will.«

Anna Bernini nickte. »Und was ist mit den DNA-Analysen?«

Jetzt seufzte Inspektor Schramek noch schwerer. »Die tun überhaupt nicht weiter in Innsbruck! Immer dasselbe. Zuerst kommt jedes Hundstrümmerl, das irgendwer in Tirol oder Vorarlberg unrechtmäßig fallen gelassen hat, dran, bevor die einmal eine Probe aus Wien untersuchen!«

Er schwieg kurz.

»Du, wenn du schon so munter bist, könntest du dann nicht …?«

»Ja«, seufzte Anna Bernini, »ich ruf den Oberlechner an.«

»Aber verrat mich ja nicht bei der Miss Biggy!«

Einen Moment lang überlegte Anna Bernini noch, bevor sie den Laborleiter des einzigen Labors für DNA-Auswertung, das in Innsbruck seinen Sitz hatte, anrief. Natürlich war es ungerecht, was Inspektor Schramek sagte. Die Proben kamen der Reihe nach dran. Ausnahmen gab es nur, wenn Gefahr im Verzug war. Vielleicht auch, wenn ein Fall in den Medien besondere Aufmerksamkeit erregte. Und ja, womöglich auch, wenn man den Laborleiter gut kannte.

Wobei, »gut kennen«, natürlich auch relativ ist, dachte Anna Bernini. Natürlich kennt man jemanden, mit dem man sechs Jahre in die gleiche Klasse gegangen ist. Danach ist der Georg Oberlechner noch einmal in die sechste Klasse gegangen. Und noch einmal in die siebte, so viel Anna Bernini wusste. Ob er je die Matura gemacht hatte, wusste sie nicht. Wiedergetroffen hatte sie den »Schorsch«, wie er von allen genannt wurde, später in der Axamer Lizum, als er in der *Skibar* kellnerte. Kann schon sein, dass sie einmal ein bisschen mit ihm geflirtet hatte, weil sie schon mit ein, zwei Jagatees zu viel aufgewärmt gehabt hatte. Und ja, auch möglich, dass das Après vom Après Ski bis zum nächsten Morgen gedauert hatte, aber danach ist nie mehr etwas gewesen. Wieder gehört hatte sie erst Jahre später etwas von ihm, als er einmal in der Innsbrucker Flughafengarage sein schießbereites Jagdgewehr im Porsche vergessen hatte. Damals war er schon Juniorchef im Fünfsterne-Wellness-Hotel seines Vaters und Bezirkspolitiker in seiner Skiregion gewesen.

Die politische Karriere war nach dem Porsche-Gewehr-Vorfall allerdings frühzeitig zu Ende gegangen. Obwohl er auf *Facebook* gepostet hatte, dass er das nicht böse gemeint hatte. Da hätte er einfach nicht nachgedacht. Das stimmt sicher, hatte Anna Bernini damals gedacht. Fürs Nicht-Nachdenken war der Oberlechner ja schon immer berühmt gewesen.

Ein paar Monate danach hatte er schon bei der Polizei angefangen. Das Hotel hat seine Schwester weitergeführt, nachdem er ein, zwei unternehmerische Fehlentscheidungen getroffen hatte. Und keine fünf Jahre später war er schon Laborchef gewesen. Anna Bernini hatte er die ganze Zeit nie vergessen. Obwohl er inzwischen schon zweimal verheiratet gewesen war und für einige Kinder Alimente zahlte, nicht immer ganz freiwillig, was man so hört. Dass ihm Anna Bernini im Gedächtnis geblieben war, wird aber vielleicht mehr damit zusammengehängt sein, dass ihn Anna Bernini einmal bei einer Weihnachtsfeier mit einem Krug Glühwein übergossen hatte. Danach haben ihn die Kolleginnen eine Zeit lang »den roten Schorsch« genannt.

»Ah, die Anna! Wia geaht's dir denn?«, rief der Oberlechner jovial ins Telefon. »Von dir heart man ja ganz schlimme Sachen! Sein die Mörder bei eich unten so rabiat, ha?«

»Bei uns sein die Mörder rabiat und bei eich die Polizisten, gell!«

»Haha, du gfollsch mir! Den Humor hasch nit verloren. Was kann i für di toan?«

»Wir haben da a poar DNA-Proben. Des war fein, wenn wir da bald Ergebnisse hätten.«

»Mei, des tat i gern. Aber leider isch des jetzt für ins nimmer so dringend. Wenn es den Mörder nit derschossen hättet, haha, dann könnt' i was machen. Aber so …«, sagte der Oberlechner und ließ offen, was »so« war.

Aber Anna Bernini verstand: Es ist mir das größte Vergnügen, dir den Glühwein heimzuzahlen.

Die nächsten Tage verfiel Anna Bernini wieder in Krankenhauslethargie. Ein paar Mal wurde sie von Miss Biggy besucht und von Agnieszka. Miss Biggy brachte immer einen Caffè Latte mit, blieb aber nicht lange. »Es wundert mich nicht, dass die Krankenhäuser voll sind, wenn sie hier das Abspülwasser als Kaffee verkaufen«, murrte sie. Miss Biggy wurde immer ein bisschen nervös, wenn sie mehr als zehn Minuten normale Luft statt ihres üblichen Teer-Nikotin-Gemischs einatmen musste. Aber im Krankenhaus war natürlich strengstes Rauchverbot. Da gab es auch für Miss Biggy keine Ausnahme.

Agnieszka brachte immer Schokolade oder Kuchen mit. Sie setzte sich an Anna Berninis Bett und sprach nicht viel. Seit Rosen-Rudis Tod war die Fröhlichkeit nicht wieder in ihre Augen zurückgekehrt. Obwohl sie nur für knappe drei Wochen ein Paar gewesen waren, trauerte sie doch sehr um ihn.

»Ich verstehe nicht, warum Rosen-Rudi auf dich geschossen hat! Er war ein guter Mensch«, sagte Agnieszka eines Tages. Anna Bernini bezweifelte das zwar ein bisschen. Aber dass er auf sie geschossen haben sollte, war auch ihr ein großes Rätsel. Wie so vieles an diesem Fall, über den sie immer noch nicht nachdenken wollte.

Es musste der sechste oder siebte Krankenhaustag gewesen sein, einer der ersten Tage, an denen Anna Bernini den Gang hinunter bis zum Aufenthaltsraum des Pflegepersonals getapst war, aber wegen bohrender Kopfschmerzen wieder lammfromm im Bett lag, als der Oberst bei ihr hereinschneite.

»Wir haben die Kugel, die Sie im Kompostwerk getroffen hat, gefunden. Diese Neue in der Tatortgruppe, Tanja Moser, die ist eine wirklich gute Ermittlerin. Erinnert mich ein bisschen an Sie, als Sie vor zehn Jahren bei uns angefangen haben. Genauso jung und blitzgescheit.«

Anna Bernini saß, auf zwei Kissen gestützt, im Bett und versuchte, den Caffè Latte, den Miss Biggy dem Oberst mitgegeben hatte, zu trinken, ohne dass sich beim Schlucken die Schläfe bewegte. Das überlegt man sich auch erst, wenn einem der Kopf bei Trinken vor Schmerzen fast zerspringt, welche Gesichtspartien alle beim Schlucken beteiligt sind. Sie hätte den Oberst bestimmt angeschrien, dass er bitte zum Punkt kommen solle, wenn sich nicht beim Schreien erst recht die Kopfhaut bewegt hätte. Also wartete sie ergeben, bis der Oberst von der Kugel zu Tanja Moser und von Tanja Moser zur jungen Anna Bernini und von der jungen Anna Bernini zum jungen Oberst und seinen Heldentaten gesprungen und nach einer halben Stunde endlich wieder zur Kugel im Komposthaufen zurückgekommen war.

»Stellen Sie sich vor: Das Kaliber passt nicht in die Pistole, die wir beim Rosen-Rudi gefunden haben. Jetzt glauben wir, dass ein paar der Fußabdrücke, die wir am Tatort glücklicherweise gleich gesichert haben, zu einem weiteren Täter gehören.«

Anna Bernini schrak zusammen, sodass der Caffè-Latte-Schluck, den sie gerade im Mund hatte, prompt die Speiseröhre verfehlte und in der Luftröhre einen so heftigen Husten provozierte, dass sie glaubte, die Naht auf der Kopfhaut springt gleich wieder auf. Aber fast noch mehr Kopfschmerzen verursachte ihr die Befürchtung, die sich gleich danach in ihrem Gehirn nistete.

»Xaver Hochegger?«, rutschte Anna Bernini die Befürchtung gegen ihren Willen heraus.

»Interessant!«, rief der Oberst, »das hat Miss Biggy auch vermutet. Aber nein, er war es nicht. Wir sind der Sache gleich nachgegangen. Die Schuhgröße stimmt nicht. Außerdem hat er für diese Nacht ein Alibi.«

Anna Bernini fragte lieber nicht, welches, aus Angst, es könnte Gabriela Bauer heißen.

Nachdem der Oberst gegangen war, sank Anna Bernini wieder in ihre Kissen zurück und machte das, was sie all die Tage vorher verdrängt hatte. Sie dachte über all die Schönheitsfehler im Rosenmord nach. Um nicht über all die Schönheitsfehler in ihrem eigenen Leben nachdenken zu müssen. Dabei schweiften Anna Berninis Gedanken interessanterweise immer wieder zurück zu den paar Sekunden vor ihrem Fahrradsturz damals vor dem Rosenhaus. Warum war sie damals eigentlich so heftig auf die Bremsen gestiegen? Das war doch ein Gedanke gewesen, der ihr gekommen war. Das Gedanken-Mosaiksteinchen, das ihr vor die Füße gefallen war. Das den Fall vielleicht damals schon aufgeklärt und womöglich Andreas Zauchers Tod verhindern hätte können.

Stundenlang lag Anna Bernini ganz still da und starrte aus dem Fenster oder auf die Bettdecke, aber gekommen war nichts. Nicht das kleinste Erinnerungsfitzelchen. Weder die Hochnebeldecke, die Wien wieder vollkommen unter sich begraben hatte, noch das winzige Loch in der Bettwäsche, das sie stundenlang fixierte, haben ihr irgendwelche Antworten gegeben.

Wahrscheinlich wäre Anna Bernini ein paar Tage früher aus dem Krankenhaus entlassen worden, wenn die Ärztinnen und Pflegerinnen nicht immer wieder besorgt beraten hätten, was mit der Kopfschuss-Patientin los sei. Bei solchen Verletzungen weiß man ja nie, was sie im Gehirn alles durcheinanderbringen. Auch, wenn die Pistolenkugel wie durch ein Wunder nur das Scheitelbein aufgebrochen und nicht eingedrungen war. Aber als Anna Bernini der Psychologin, die sie ihr schließlich vorbeischickten, hoch und heilig versprach, dass sie sich jeden Tag bei Doktor Egger melden werde, gaben sie ihr die Entlassungspapiere in die Hand und noch ein paar gute Ratschläge mit auf den Weg: kein Stress, keine körperlichen Anstrengungen, Kopf immer schön warmhalten. »Doktor Egger hat uns diese Krankmeldung geschickt«, sagte die Krankenhauspsychologin. »Da steht ja: vier Wochen!«, rief Anna Bernini entrüstet. »Vier Tage reichen leicht.« Den letzten Satz sagte sie allerdings nicht laut. Sondern verabschiedete sich einfach mit einem Lächeln und marschierte mit Miss Biggy, die sie mit ihrem alten Fiat abholen gekommen war, zur Tür hinaus.

Aber statt wie versprochen direkt von der Krankenhauspsychologin zu Doktor Egger zu fahren, hat es noch über eine Woche gedauert, bis Anna Bernini das nächste Mal Doktor Eggers Praxis in der Sechsschimmelgasse betrat. Und in dieser Woche ist noch viel passiert.

KAPITEL 35

Es war der 18. Dezember, als Anna Bernini nach mehr als drei Wochen endlich aus dem Krankenhaus entlassen wurde. Die Welt hatte sich nicht verändert in der Zwischenzeit. Natürlich haben sich die üblichen Katastrophen abgespielt und die üblichen Glücksmomente. Vielleicht sind ein paar Innenpolitikerinnen und -politiker über Spendenskandale gestolpert, vielleicht sind ein paar Doktorarbeits-Plagiate aufgeflogen, vielleicht haben sich ein paar Paare getrennt und andere sind sich wieder in die Arme gesunken, das ganz normale Leben eben. Aber für Anna Bernini war das Leben nicht mehr »normal«. Nicht mehr so wie vorher. Vor dem Kompostwerkerlebnis. Nicht einmal ihre Wohnung war noch so wie vor dem Kompostwerkerlebnis.

Man könnte sagen: Wenn man so lange weg war, fremdelt man sogar in der eigenen Wohnung. Aber es war mehr als das. Denn kaum hatte Anna Bernini hinter Miss Biggy die Wohnungstür geschlossen, hatte sich ihr Unbewusstes plötzlich aufgeführt, als wäre es nicht in ihrer hübschen Wohnung mit Augarten-Blick sondern im städtischen Kompostwerk mit Dreckhaufen-Blick. Und als warte nicht ein gemütlicher Abend mit einem Achterl Rotwein und einem aufgewärmten *Gourmet*-Essen auf sie, sondern ein Toter im Schlamm und ein Mann, der sie ermorden wollte.

Das erste Mal erschienen ihr die Geister vom Kompostwerk, als im Bad das Licht mit einem lauten Knall seinen Geist aufgab. Das Dunkle mochte das Unbewusste offenbar gar nicht. Denn auf einmal lag da in der Wanne Andreas Zaucher mit seinem anklagenden Blick. Und neben dem Badezimmerschrank stand ein Mann mit einem Rosentattoo, von dem das Unbewusste offenbar nicht mehr wusste: ist es auf einem Unterarm oder auf einer Schläfe.

Anna Bernini riss die Tür auf und flüchtete ins hell erleuchtete Wohnzimmer. Mit klopfendem Herzen sah sie sich um. Aber die Kompostwerkgeister waren weg. Das ist nur die posttraumatische Belastungsstörung, sagte sich Anna Bernini. Aber das Nachttischlämpchen ließ sie vorsichtshalber brennen, als sie sich ins Bett legte. Doch wenn man die Augen zumacht, ist es leider dunkel. Das haben die Kompostwerkgeister prompt als Aufforderung verstanden, wieder zu erscheinen. Schnell riss Anna Bernini die Augen wieder auf, und der ganze »Blumenfriedhof« verzog sich wieder. Nach einer kleinen Verschnaufpause versuchte es Anna Bernini noch einmal. Vorsichtig schloss sie die Augen. Und sofort war das Kompostwerk-Ensemble wieder da: der tote Mann im Schlamm, die Rosenranke und die Pistole in der Hand des Mörders. Sie öffnete die Augen, und sie waren wieder weg. Sie schloss die Augen, sie waren wieder da. Sie öffnete, sie schloss, sie öffnete, sie schloss. Das mache ich so lange, sagte sich Anna Bernini, bis das Kompostwerk aufgibt. Aufgegeben hat dann aber doch Anna Bernini. Mit einem tiefen Seufzer schwang sie die Beine aus dem Bett und stand wieder auf.

Zehn Minuten später stand Anna Bernini vor dem *Beisl am Eck*, einer kleinen Spelunke im Nachbarhaus, die Anna Bernini noch nie zuvor betreten hatte. Denn da gibt es diese ungeschriebenen Gesetze: Jemand, der zu einem Psychologiestudium nach Wien kommt, am Samstag das teure Gemüse am Biomarkt kauft und einen Yoga-Urlaub auf Zakynthos bucht, ist normalerweise nicht Stammgast in einem Beisl, in dem es außer Gulaschsuppe und Würsteln nur Wiener Schnitzel und Mayonnaisesalat gibt.

Deshalb ist es Anna Bernini auch entgangen, dass sich das *Beisl am Eck* verändert hatte. Keine Spur mehr von den ehemals wackligen Tischen mit den welligen Furnieren, den durchgesessenen Stühlen, dem abgeblätterten Ölanstrich und der dunklen Täfelung an der Wand. Jetzt gruppierten sich liebevoll renovierte Vintage-Möbel locker um große Kübel mit Topfpflanzen, auf den Tischen standen kleine Kräutertöpfchen, und auf der Speisekarte fand man neben dem Seidl und dem Krügerl auch einen Matcha Latte und einen American Coffee. Rein äußerlich hätte das Lokal genauso gut in den siebten Bezirk gepasst. Oder nach Kreuzberg oder Wilhelmsburg. Aber an den Tischen saßen keine hoffnungsvollen Junggenies vor ihren Filterkaffees und Smoothys, sondern hoffnungslose Althippies vor ihren Seidln und Melangen.

Interessanterweise hatte die junge Kellnerin auf Anna Berninis Frage, ob sie einen Matcha Latte haben könne, trotzdem bedauernd den Kopf geschüttelt. »Der ist leider aus.«

Im ersten Moment hätte man vielleicht verwundert um sich geblickt und gesagt: Wer kann den ausgetrunken haben? Aber wenn man länger darüber nachdenkt, muss man sagen: Wenn eine Nachfrage auf Dauer ausbleibt, verschwindet bald auch das Angebot. Und wer weiß, sinnierte Anna Bernini, ob sich mit der Zeit nicht auch die furnierten Tische, der Ölanstrich und das dunkle Getäfel ihr früheres Terrain zurückerobern werden. Der Genius Loci ist manchmal stärker als das beste innenarchitektonische Konzept. Auch an der Kellnerin, fand Anna Bernini, zerrte der Genius Loci schon ein bisschen. Denn als Anna Bernini ein Bier bestellte, fragte sie nicht, ob sie lieber ein *Pale Ale*, ein *Weizenbock* oder ein *Stout* haben möchte, sondern nur: »Seidl oder Krügerl?«

»Krügerl«, sagte Anna Bernini und dachte, dem Blumenfriedhof, den Rosenranken und dem toten Mann im Schlamm kann ich nicht mit mickrigen null Komma drei Litern kommen. Dass Anna Bernini bei den fünf Mitgästen groß Aufsehen erregt hätte, könnte man übrigens nicht sagen. Eine schlampig gekleidete Frau, die so ausgesehen hat, als hätte ihr jemand eine Kugel in den Kopf gejagt und sogar so, als wäre sie selbst dieser Jemand gewesen, regte hier niemanden auf. Allerhöchstens hatten sie kurz aufgeschaut, weil es jemand war, den sie noch nie gesehen hatten. Es geschah nämlich höchstens alle paar Wochen einmal, dass sich der kleine Kreis der *Beisl am Eck*-Gäste um eine neue Person erweiterte.

Aber an diesem Abend hatte sich sogar noch ein zweites Mal die Tür für eine Person geöffnet, die nicht zum Stammpublikum gehörte. Das war ein Rosenverkäufer. Komisch, dachte Anna Bernini, schon wieder ein Rosenverkäufer an einem Ort, wo er nicht hingehört. Sie hatte sich gerade den Bierschaum von der Oberlippe gewischt, da steuerte der Rosenverkäufer schon auf sie zu. Normalerweise hätte Anna Bernini schnell weggeschaut, damit er nur ja nicht auf die Idee kommt, dass sie sich für seine Rosen interessiert. Aber weil sie müde war oder die Kompostwerkgeister sie mürbe gemacht hatten oder einfach, weil der Rosenverkäufer so freundliche braune Augen hatte, schaute sie nicht weg. Lächelte sogar. Der Rosenverkäufer hätte sein Geschäft schlecht verstanden, wenn er daraufhin nicht zurückgelächelt, eine Rose aus einem Bund herausgezupft und mit einer angedeuteten Verbeugung neben ihr Bierglas gelegt hätte.

Anna Bernini betrachtete die Rose. Sie war lang, kerzengerade und leuchtend rot, wie es sich für eine richtige Liebhaber-Rose gehört. Wobei, wer schenkt heute noch rote Rosen, dachte Anna Bernini. Außer der Karli natürlich. Sie rümpfte unwillkürlich die Nase. Der Rosenverkäufer zuckte zusammen, als hätte sie ihm eine Ohrfeige verpasst. Und ein bisschen war es auch so. Er errötete heftig und nahm die Rose wieder auf.

»Aber nein«, wollte Anna Bernini das Missverständnis sofort auflösen. »Wie viel kostet die Rose?«

»Eine Rose kosten drei Euro«, sagte der Rosenverkäufer und beäugte sie misstrauisch.

Anna Bernini zog ihre Geldtasche heraus und hielt ihm einen Fünf-Euro-Schein hin. »Behalten Sie den Rest!«

»Danke!«, sagte der Rosenverkäufer und schaute Anna Bernini neugierig an. Sein Blick war wach und intelligent.

»Haben Sie bald Feierabend?«, fragte Anna Bernini.

Der Rosenverkäufer schüttelte den Kopf und hob bedauernd die Schultern.

»Ich meine: Haben Sie bald frei?«

Der Rosenverkäufer runzelte die Stirn.

»Bald schlafen?«, versuchte es Anna Bernini jetzt und machte die Geste dazu, von der sie hoffte, dass sie international war. Denn der Rosenverkäufer lächelte. »Wie ist Geschäft. Heute nicht gut.«

»Wo gehen Sie da hin?«, fragte Anna Bernini.

»Alles. Ganze Bezirk. Taborstraße, Praterstraße.«

»Kauft Ihnen auch jemand auf der Straße Rosen ab?«, fragte Anna Bernini erstaunt.

Wieder hob der Rosenverkäufer die Schultern.

»Wo ist das Geschäft gut?«

»Praterstraße ist beste.«

»Aha.«

»Mann haben Rosen gekaufen.« Der Rosenverkäufer riss die Augen auf und machte eine weitausholende Bewegung mit den Armen. »Alles Rosen. Zwei großes Paketen. Mann hat 500 Euro gezahlen.«

Anna Bernini starrte ihn ungläubig an. »Wann war das?«

Der Rosenverkäufer zuckte die Schultern. »Bei Kollege. Drei Wochen oder vier Wochen.«

Anna Bernini rührte sich nicht. Und dem Rosenverkäufer wurde sichtlich unbehaglich, als die Frau mit dem halb abrasierten Schädel nicht aufhörte, mit ihren großen blauen Augen seine Stirn zu durchbohren.

Als der Rosenverkäufer das *Beisl am Eck* schon längst verlassen hatte, saß Anna Bernini immer noch unbeweglich in ihrem Fauteuil und starrte dorthin, wo vor ein paar Sekunden noch die Stirn des Rosenverkäufers gewesen war. Besser gesagt: die Schirmkappe auf seiner Stirn. Sie war weiß gewesen mit einer roten Rose und einem verschlungenen »RR« darunter. Anna Bernini hatte diese Kappe schon einmal gesehen. An einer jungen weiblichen Stirn. Für einen Moment wurde ihr schwarz vor Augen. Und prompt waren der Blumenfriedhof, die Rosenranke und der tote Mann im Schlamm wieder da. »Oh, mein Gott«, flüsterte sie, und Eiseskälte kroch ihr den Rücken herauf.

KAPITEL 37

Früher haben viele Menschen bei Bewerbungsgesprächen »Ungeduld« als Schwäche angegeben, oder »Ehrgeiz«. Heute würde einen jeder Personalchef sofort an der Tür umdrehen lassen, wenn man mit so einem alten Hut daherkäme. Lange haben einem Headhunter nämlich geraten, Schwächen zu nennen, die angeblich Musik in den Ohren eines zukünftigen Arbeitgebers sind. »Ungeduld«, hieß es, sei schließlich nur ein anderes Wort für: »Erledigt seine Aufgaben in Sekundenschnelle.« »Ehrgeiz« kann man auch so lesen: »Macht freiwillig Überstunden. Und bezahlen muss man sie auch nicht.« Heute raten einem Headhunter, diese durchsichtigen Manöver zu unterlassen. Stattdessen soll man »authentisch« sein, also: reale Schwächen angeben. In gewissen Grenzen natürlich. Wenn die größten Schwächen zufällig »Faulheit«, »Dummheit« oder »Dauergrant« hießen, müsste man sie nicht verraten. Dann redet man am besten über die zweitgrößte Schwäche, und zwar möglichst in der Vergangenheitsform. Also: »Früher habe ich öfters geradeheraus gesagt, was ich mir denke. Seit meinem Coaching denke ich vorher darüber nach.« Oder: »Manchmal habe ich vor meinen Entscheidungen zu viele Meinungen eingeholt. Jetzt fällt es mir viel leichter, Wichtiges von Unwichtigem zu unterscheiden.« Dann kann sich ein schlauer Personalchef den Rest schon zusammenreimen und in aller Ruhe überlegen, ob er lieber den Rüpel nimmt als die Chaosnudel. Ehrlichkeit soll man also bei Bewerbungen, wie eigentlich überall im Leben, vorsichtig dosieren. Vor allem, wenn man wirklich ungeduldig ist wie Anna Bernini. Aber man darf auch nicht vergessen: Fast alle Schwächen können in gewissen Situationen auch Stärken sein. Zum Beispiel, wenn es darum geht, möglichst schnell genug

Indizien zu sammeln, um einem Verdächtigen endlich einen Haftbefehl unter die Nase halten zu können.

Anna Bernini ist in dieser Nacht nicht zurück in ihr Bett und zu ihren posttraumatischen Kompostwerk-Geistern gegangen, sondern hatte ein Taxi gerufen und war damit in die Leopoldsgasse gefahren. Gerast wäre ihr lieber gewesen. Unterwegs hatte sie Tanja Moser angerufen, um sie ins Büro zu kommandieren. Sie hatte schon »Bitte könnten Sie« gesagt, aber in einem Tonfall, dass »Nein, ich schlafe lieber weiter« nicht möglich gewesen wäre.

15 Minuten später trafen sich die beiden Frauen im ziemlich ausgestorbenen zweiten Stock des Landeskriminalamts, und Anna Bernini überreichte der jungen Technikerin die Rosenverkäuferrose.

»Untersuchen Sie das bitte! Würde mich nicht wundern, wenn das die Leichenrosensorte wäre.«

So verschlafen und verdattert Tanja Moser auch war, hätte sie bestimmt etwas dazu gesagt, aber Anna Bernini war schon wieder verschwunden, bevor sie auch nur »Wo haben Sie die her?« oder »Wie schnell brauchen Sie ein Ergebnis?« über die Lippen gebracht hätte. Aber Letzteres konnte sich Tanja Moser natürlich selbst zusammenreimen: vorgestern.

Zwei Minuten später saß Anna Bernini schon wieder im Taxi, das draußen auf sie wartete. Nicht gerade mit laufendem Motor, aber der Taxifahrer wusste auch so, dass er aufs Gas steigen sollte. Wenn man schon einmal eine hochschwangere Frau mit schmerzverzerrtem Gesicht in die Klinik oder hochnervöse Urlauber mit der Uhr in der Hand zum Flughafen gebracht hat, weiß man, wie Ungeduld aussieht.

Zuerst wollte er sie ja fast nicht einsteigen lassen, weil Verrückte mit einer frischen Kopfverletzung und einer Bierfahne, die brüllen »Zur Polizei, bitte!« nahm er grundsätzlich nicht mit. Dafür gab es schließlich die Blaulichtorganisationen. Aber als sie ihm den Ausweis vor die Nase gehalten hatte, war er schon froh, dass sie seinen Wagen nicht gleich konfisziert hatte. Als die Kopfverletzte jetzt aber verlangte, zur *Rose im Gemeindebau* gebracht zu werden, streikte er.

»Hearn S', Sie haben doch genug eigene Taxis bei der Polizei. Warum nehmen S' nicht so eines mit hübschen Streifen auf der Seite.«

»Bitte, wenn Sie mich nicht mitnehmen wollen, kann ich auch ein *Uber* rufen«, herrschte ihn Anna Bernini an.

»Schon gut, Frau Inspektor! Nur ned ungeduldig werden!«, brummte er und fuhr los. Wenigstens war kaum mehr Verkehr. Deshalb dauerte es keine zehn Minuten, bis der Taxifahrer vor der *Rose* in der Vorgartenstraße anhielt und kaum, dass er das Fahrgeld bekommen hatte, schon wieder aufs Gas gestiegen war. Deshalb sah er auch nicht, dass Anna Bernini vor der Kellertür erschrocken stehen blieb. Nicht, weil sie etwas vergessen hatte oder sich vor etwas gefürchtet hätte, das in der Kellerbar womöglich auf sie wartete, sondern weil sie sich vor dem fürchtete, was davor auf sie wartete. Der Blumenmann, die Rosenranke und der tote Mann im Schlamm haben ihr plötzlich den Weg verstellt, obwohl es nicht einmal dunkel war. Sondern im Gegenteil, von einem Spot direkt über dem Abgang zum Keller taghell erleuchtet.

Kurz überlegte Anna Bernini, was Doktor Egger ihr jetzt geraten hätte. Umdrehen? Aber dann entschied sie sich für eine paradoxe Intervention: die Augen zumachen. Und interessanterweise funktionierte es. Das ganze Pack vom Kompostwerk verschwand in der Dunkelheit. Allerdings war es sofort wieder da, als sie die Augen wieder öffnete. Na gut, sagte sich Anna Bernini, dann kommt eben alle mit. Was soll ich sonst mit euch machen?

Anna Bernini stieg die paar Stufen zum Eingang hinunter. Wo die Türsteher ängstlich auf sie warteten. Sicher nicht wegen des Polizeiausweises, den sie in die Höhe gereckt hatte, sondern wegen der Erinnerung an die furchterregende Begleitung vom letzten Mal. Dann betrat Anna Bernini die Bar.

Im Schummerlicht waren die Kompostwerk-Kumpanen wieder kaum zu sehen, stellte Anna Bernini erleichtert fest. Sie drängte sich durch den überhitzten, von hysterischen Discolichtern durchzuckten Raum, vorbei an einem dichten Pulk von leicht bis schwer angeheiterten Männern, vorbei an der Bühne mit den tanzenden Frauen, vorbei an der Bar und dem betretenen Gesicht des Barbesitzers, und rauschte direkt in die kleine Küche, wo die Küchengehilfin gerade zwei Tacos aus der Mikrowelle herausholte. Die junge Frau fuhr erschrocken zusammen, als wäre gerade ein Geisterbahnmonster vom nahen Wurstelprater in ihrer Küche erschienen. Und man muss auch sagen: So manche Geisterbahn hätte sich über einen halb so erschreckenden Anblick gefreut, wie ihn Anna Bernini im Moment bot. Bleiches Gesicht, weit aufgerissene Augen, steile Stirnfalten und ein halb abrasiertes Schlangenhaupt.

»Wofür steht das RR?«, fragte Anna Bernini und zeigte auf die Schirmkappe der Küchengehilfin. »Für Rudolf Ramsauer?«

Die Küchengehilfin starrte auf Anna Berninis halben schwarzen Lockenkopf und rührte sich nicht.

»Arbeiten Sie auch für diese Firma?«

Jetzt nickte die junge Frau. »Ja«, sagte sie heiser und räusperte sich, »in der Buchhaltung.«

»Ich suche den Rosenverkäufer, der vor vier Wochen, in der Nacht vom 19. auf den 20. November, auf einen Satz 200 Rosen verkauft hat. Vielleicht haben Sie das in der Buchhaltung vermerkt?«

Das Gesicht der Küchengehilfin bekam jetzt wieder ein bisschen Farbe. »Da muss ich gar nicht nachschauen. Der Ben hat es ja jedem erzählt.« Sie grinste. »500 Euro hat er dafür in die Hand gedrückt bekommen. Seither geht er dauernd die Praterstraße auf und ab und hofft, dass er dem Rosenkäufer noch mal begegnet.«

Anna Bernini grinste auch. Aber das dürfte den Geisterbahnmonstereindruck verstärkt haben. Denn die Küchengehilfin schaute wieder erschrocken.

»Ich muss ihn dringend sprechen.«

»Er ist eh da«, sagte die junge Frau, offensichtlich froh, Anna Bernini bald wieder loszuwerden. »Drüben im Rosenkeller.« Sie deutet mit dem Kopf Richtung Hinterhof. »Durch den Innenhof, zweite Tür links.«

Anna Bernini wandte sich um. Sie erinnerte sich gut an diesen dunkelgrau gestrichenen Gang. Das rostige Waschbecken auf der linken, ein Kondomautomat auf der rechten Seite. Der Geruch billiger Seife, der fast völlig von dem überdeckt wurde, der aus der Toilette strömte. Als Anna Bernini sich durch den Gang auf die Tür am Ende des Gangs zubewegte, begann es in ihrem Nacken zu kribbeln. Ob es die Kompostwerkgeister waren, die sich wieder zu ihr gesellten oder die Erinnerung an den Abend vor mehr als vier Wochen. Dieselbe rostige Eisentür, derselbe schmutzige Innenhof, dieselbe nackte Backsteinmauer. Fast hätte Anna Bernini den Föhnsturm wieder brausen gehört hoch oben über ihrem Kopf, wie damals, als sie Rudolf Ramsauer, genannt Rosen-Rudi – Kunstdealer, Zuhälter und offenbar auch Rosenverkäufer – zum ersten Mal gesehen hatte. Und jetzt war er tot. Anna Bernini starrte in den Himmel hinauf. Auch heute war es ungewöhnlich warm für einen 19. Dezember. Und doch fröstelte es sie in ihrem dicken Daunenmantel. Sie brauchte sich nicht umzusehen, um zu wissen, dass die leisen Tritte, das leichte Stöhnen und das Zähneklappern nicht von einem Menschen herrührten, sondern von den Kompostwerkgeistern kamen, die sich alle hinter ihr versammelt hatten. Vielleicht werde ich langsam verrückt, dachte Anna Bernini und bereute schon all die versäumten Therapiestunden bei Frau Doktor Egger. Aber vielleicht verschwinden sie auch, wenn ich diesen vermaledeiten Rosenmord endlich gelöst habe. Und davon, da war Anna Bernini überzeugt, war sie nur mehr ein paar Schritte entfernt.

Sie durchquerte den Hof und blieb vor der zweiten Tür links stehen. Es war ebenfalls eine Eisentür, aber eine, der man erst kürzlich einen stahlgrauen Anstrich verpasst hatte. Sie griff nach der Türschnalle und öffnete sie. Der Raum war erstaunlich groß. Es musste einmal eine Garage gewesen sein. Man sah noch die Bodenmarkierungen. An die Wand waren Autonummern gemalt, über dem hellen Betonboden waren ein paar Ölflecken verteilt. Aber gerochen hat es nicht nach Motorenöl. Gerochen hat es nach Rosen. Das lag natürlich an den großen Kübeln mit dicken Rosenbündeln. Anna Bernini wunderte sich ein bisschen, dass um diese Uhrzeit noch so viele Rosen da waren.

Mitten in der Garage saßen zwei Männer auf Holzkisten und spielten *Backgammon.*

»Kann ich helfen?«, fragte einer.

»Ich suche einen Mann namens Ben«, sagte Anna Bernini.

Der Mann antwortete nicht, sondern schaute sie nur groß an.

»Ben«, wiederholte sie. »Heißt einer von Ihnen Ben?«

Jetzt starrte sie auch der zweite verständnislos an.

»Sind Sie Ben?«, wandte sie sich jetzt wieder an den ersten Mann. Nichts. Statt einer Antwort erblasste er. Das gibt's doch nicht, dachte Anna Bernini. Schau ich so zum Fürchten aus? Okay, sagte sie sich, einmal probier ich's noch: »Die Frau in der Küche hat mir gesagt, dass hier ein Ben ist, der mir Auskunft über einen auffallend großen Rosenkauf geben kann.« Anna Bernini hatte den Eindruck, dass beide Männer ein bisschen genickt haben. Vielleicht heißen einfach beide Ben, überlegte Anna Bernini.

»Das muss vor drei, vier Wochen gewesen sein«, setzte sie hoffnungsvoll dazu.

Aber die beiden Bens sagten immer noch nichts, starrten sie einfach an. Nur dass der linke Ben ein bisschen schielte. Dadurch wirkte es so, als schaute er auf einen Punkt ungefähr einen halben Meter schräg hinter Anna Bernini. In so einem Fall dreht man sich automatisch um.

Und dann machte Anna Berninis Herz einen Sprung. Denn die Teichaugen, in die sie jetzt schaute, hatte sie schon wochenlang nicht mehr gesehen. Aber sie waren nicht so hellmoosig und lichtüberflutet wie in ihrer Erinnerung, sondern mehr dunkelmoosig und wolkenüberschattet. Auch sein Lächeln war nicht mehr so sonnig wie bei ihrem letzten Treffen im *BlueMan*. Sonst war alles gleich: Die schlanke Figur, die lässige Haltung, die zerrissenen Jeans, das kurzärmlige weiße T-Shirt, die Rosenranke auf dem rechten Unterarm. Anna Bernini starrte darauf. Auf einmal stieg ihr der morastige Gestank aus dem Kompostwerk in die Nase. Und irgendwo hinter ihr kicherten die Kompostwerkgeister.

Anna Bernini schüttelte den Kopf und lachte die aufsteigende Panik weg: »Tut mir leid, aber jetzt hätte ich fast gedacht, Sie haben eine Pistole in der Hand!«

Und jetzt machen Sie sogar so eine komische Bewegung mit der Pistole, hätte sie am liebsten dazugesagt, aber sie kam nicht mehr dazu. Denn jetzt ging alles ganz schnell.

In den letzten Sekunden vor dem Tod soll ja das ganze Leben vor einem ablaufen, behaupten manche Sterbeforscher. Ob es stimmt oder nicht, weiß ich nicht. Aber vor Anna Bernini lief in den letzten Sekunden vor dem Schuss nicht das ganze Leben vor ihr ab, sondern der ganze Rosenfall. Dann haben wir doch die ganze Zeit an der falschen Stelle gesucht!, überlegte Anna Bernini in den letzten Sekunden vor dem Schuss. Es war gar nicht Andreas Zaucher, der seinen Ex-Liebhaber getötet hat. Er war es, der Halbbruder, der in der Nacht vom 19. auf den 20. November in Sebastian Bauers Blumengeschäft gestürmt und seinen Besitzer getötet hatte. Er hatte dem Rosenverkäufer die 200 Rosen abgekauft. Er hatte Andreas Zaucher ins Kompostwerk gebracht. Er hatte auf sie geschossen. Wie war er nur ins Kompostwerk gekommen? War er ihr gefolgt? War er dem Rosen-Rudi gefolgt? Warum hatte man seine Spuren nicht gefunden? Wie hatte er sein Alibi gefälscht?

Anna Berninis Gehirn war immer noch mit dem Kombinieren beschäftigt, als der Schuss fiel. Und gleichzeitig mit dem Schuss fiel Anna Bernini. Aus allen Wolken fiel sie. Wie in Zeitlupe. So muss es sein, wenn man mit dem Fallschirm zu Boden sinkt, dachte sie. Tief unter ihr flogen Hügel und Täler und Wiesen und Wälder vorbei. Jetzt sauste die Erde auf sie zu. Doch kurz bevor Anna Bernini aufprallte, sah sie das Wasser. Es war von strahlendem Himmelblau. Mit roten Wirbeln aus Blut. »Da bist du ja«, sagte Andreas Zaucher zu ihr. Dabei öffnete er den Mund und ließ das Schwarze heraus, das ihn und sie und die ganze Welt um sie herum verschluckte.

KAPITEL 38

Das Glück ist ein Vogerl, sagen die Leute in Wien. Eines Tages kommt es dahergeflogen und setzt sich auf deine Hand. Aber in dem Moment, wo du es festhalten willst, fliegt es davon. Und niemand weiß, wann es wiederkommt. Dass Anna Bernini nach dem dritten Angriff auf ihr Leben noch einmal aufwachen und nicht auf dem Tisch in der Pathologie liegen würde, hätte niemand für möglich gehalten. Am allerwenigsten sie selbst.

Aber Anna Bernini hatte noch einmal Glück. Sie wurde nicht von Xaver Hochegger getötet. Er hatte nicht einmal einen Schuss auf sie abgegeben. Den Schuss abgegeben hatte nämlich Miss Biggy. Und getroffen wurde Xaver Hochegger.

Das war jetzt eine Woche her. Der erste wache Gedanke, den Anna Bernini am Morgen des 23. Dezember, als sie nach einer unruhigen Nacht erwachte, fassen konnte, galt nicht dem Mann, der sich noch immer von seinem Lungensteckschuss im *Lorenz-Böhler-Krankenhaus* erholte, auch nicht dem Mann, den er vor fünf Wochen in seinem Blumenladen mit einer Rose erstochen hatte. Und nicht dem Mann, der ein paar Tage später im Schlamm des städtischen Kompostwerks zugrunde gegangen ist, wie genau, wusste die Polizei immer noch nicht. Nicht einmal dessen Freundin Rosa, nach der die Wiener Polizei immer noch fahndete, galt der erste wache Gedanke. Der erste wache Gedanke Anna Berninis galt nämlich ihrer Oma. Das musste mit dem letzten Traumbild zusammengehangen sein.

Anna Bernini lag mit geschlossenen Augen da und versuchte, sich zu erinnern. Das ist schwierig. Denn man muss sich fest konzentrieren, aber man darf sich nicht anstrengen. Das Unbewusste hasst Anstrengungen. Einfach so funktioniert das Erinnern aber auch nicht. Also kniff Anna Bernini fest die Augen zusammen und redete sich ein, dass sie noch schliefe. Genau. Da war es. Ihre Oma steht im Garten und schaut sie vorwurfsvoll an. Am liebsten hätte Anna Bernini gesagt: Aber hat es dir Burgi nicht erzählt? Ich komm eh heim zu Weihnachten! Aber das scheint die Oma nicht zu interessieren. Mit strenger Miene weist sie auf die Rosen rund um sie herum. Jetzt sieht es Anna Bernini erst: Sie sind alle blau. Das ist alles deine Schuld, sagte Anna Berninis Oma. Schnell riss Anna Bernini die Augen wieder auf. Wegen so einem blöden Traum hätte ich mich nicht groß anstrengen müssen, ärgerte sie sich.

Jetzt starrte sie an die Decke, wo die hellblaue Seidenlampe mit den Kirschblüten, die ihr der Karli von seiner ersten Chinareise mitgebracht hatte, langsam verstaubte. Und plötzlich tauchte ein Wort vor ihr auf: *BlueMan*. Anna Bernini grinste. Sie wusste, was Doktor Egger jetzt gesagt hätte. »Heißt der Blumenladen Xaver Hocheggers nicht *BlueMan*?« Beim Gedanken an ihre Psychoanalytikerin regte sich etwas in Anna Berninis trägem Gehirn, das Doktor Egger bestimmt »Widerstand« genannt hätte.

Beim ersten ihrer jetzt täglichen Besuche bei Doktor Egger hatte die Analytikerin ihre Patientin spöttisch anschaut und gesagt: »Das haben Sie jetzt davon, dass Sie nicht auf mich gehört haben!« Natürlich nicht genau in diesen Worten, sondern pädagogischer: »Wie geht es Ihnen mit Ihrer Entscheidung, dass Sie so schnell den Dienst wieder aufgenommen haben?«, oder »Wenn Sie Ihre beste Freundin wären, was würden Sie zu Ihrem Verhalten sagen?« Anna Bernini wollte nicht streiten, deshalb hatte sie brav geantwortet: »Wie kann man nur so blöd sein.« Aber insgeheim hatte Anna Bernini gedacht: Wenn ich nicht so blöd gewesen wäre, wäre der Fall immer noch nicht aufgeklärt.

Aber nach weiteren fünf Minuten, in denen Anna Bernini in die Betrachtung der hellblauen Deckenlampe versunken war, musste sie sich zwei Dinge eingestehen. Erstens: Sie hatte den Mörder gefunden. Und zweitens: Es wäre ihr lieber gewesen, der Schramek hätte recht behalten. Aber leider: Die Beweislast war erdrückend.

Ben, der Rosenverkäufer der RR-Rosen, hatte, nachdem er sich von einem gewaltigen Schrecken erholt hatte, in dem Mann mit der Pistole den Mann wiedererkannt, der ihm am 20. November um 4 Uhr morgens mitten auf der Praterstraße die 200 Rosen abgekauft hatte. Das Einzige, das dann noch gefehlt hatte, waren die DNA-Analysen aus Innsbruck. Und die waren gestern gekommen. Zusammen mit einem reuevollen Anruf des Laborleiters.

»Auf den Leichenrosen sein DNA-Spuren von eurem Verdächtigen. Und aufm Rosenspieß a.«

»Super«, hatte Anna Bernini ohne viel Begeisterung geantwortet.

»Und – ähem – bisch wieder xund?«

»Na, aber bis Weihnachten isches vorbei«, hatte Anna Bernini gebrummt und aufgelegt, damit er ja keine Gelegenheit bekam, sie zu fragen, was sie am Stephanitag vorhatte.

Das war gestern gewesen. Der Oberst hatte alle im großen Konfi versammelt und offiziell verkündet: Der Rosenmord ist aufgeklärt. Sogar für die Sache mit Liechtenstein hatte Miss Biggy inzwischen eine Erklärung gefunden. Xaver Hochegger war am 19. November um 21 Uhr in Liechtenstein gewesen. Doch sechs Stunden und 43 Minuten später hatte er seinen Land Cruiser in der Praterstraße eingeparkt. Direkt vor dem Blumengeschäft seines Halbbruders. Dort hatte er Sebastian Bauer vermutlich mit Andreas Zaucher gesehen, vielleicht beim Streiten, vielleicht auch nicht. Sicher war jedenfalls, dass Xaver Hochegger dem Rosenverkäufer

Ben 200 Rosen abgekauft und sie später auf die Leiche Sebastian Bauers gelegt hatte.

Und schließlich, sagte Anna Bernini zur Deckenlampe in ihrem Schlafzimmer, hat der Mörder auch ein Motiv: Rache. Und Gier. Denn nach dem Tod Sebastian Bauers wäre ihm ein Teil des Erbes zugefallen. Ein klarer Fall. Sicher gab es noch ein paar weiße Flecken. Sogar bei einem aufgeklärten Mord gibt es Schönheitsfehler. Warum die Mordopferwitwe gelogen und dem Mörder ihres Mannes unbedingt ein Alibi verschaffen sollte, war so eines. Aber bitte, man muss ja nicht alles wissen, dachte Anna Bernini.

Schnell lenkte sie ihre Gedanken zu etwas Erfreulicherem. Nämlich zu dem, was sie heute um 17 Uhr vorhatte. Agnieszka am Hauptbahnhof treffen. »Du nimmst deine Milch mit«, hatte Agnieszka gesagt, »und ich meinen Schnaps.« Dann wollten sie sich am Bahnsteig 8 treffen und gemeinsam auf ihre verlorenen Lieben anstoßen, bevor jede in ihren Zug steigen würde, um für Weihnachten nach Hause zu fahren.

Anna Bernini sandte noch einen letzten Blick gegen die Decke. Dann schwang sie ihre Beine aus dem Bett und tapste in die Küche, um ihre Espressomaschine einzuschalten. Eigentlich ein Überbleibsel vom Karli, der sich nicht getraut hatte, das sündteure Barista-Modell mitzunehmen. Obwohl er das seither sicher jeden Morgen bereute.

Sie wollte gerade weiter ins Bad schlurfen, als ihr Handy läutete. Da hebe ich jetzt nicht ab, dachte Anna Bernini störrisch. Ich bin Posttraumatisch-Belastungs-gestört. Ich soll mich nicht aufregen. Allerhöchstens wollte sie kurz nachschauen, wer da schon um 6.30 Uhr störte. Wenn es die Burgi ist, dachte Anna Bernini, um mich zum 500. Mal zu fragen, wann ich genau ankomme, heb ich sowieso nicht ab.

Aber es war nicht Anna Berninis Tiroler Schwester, es war Miss Biggy.

»Du musst sofort auf die Baumgartner Höhe fahren. Ich schick dir Theodor 2«, fiel Miss Biggy gleich mit der Tür ins Haus.

Anna Bernini war vor dem Spiegel im Gang stehen geblieben und zog die Augenbrauen in die Höhe. Hatte sie sich verhört? Wollte sie Miss Biggy schon wieder zu einem Psychiater bringen? Auf der *Baumgartner Höhe* war das Psychiatrische Krankenhaus Steinhof. »Aber wieso?«, wehrte sie sich, »Ich bin ja eh in Behandlung. In einer halben Stunde bin ich bei der Doktor Egger.« Anna Bernini konnte nicht verhindern, dass ihre Stimme ein bisschen weinerlich klang.

»Da ist wer eingeliefert worden, der dich sprechen will«, hielt sich Miss Biggy nicht mit langen Erklärungen auf.

Anna Bernini riss die Augen auf. »Mich? Aber wieso?«

»Es ist dringend! Ich ruf dich gleich noch einmal an. Aber zuerst gehst du ins Bad, ziehst dich an und trinkst einen Kaffee. Der Kollege ist in zehn Minuten da.«

Einen Moment lang starrte Anna Bernini das tutende Handy an. Dann ging sie ins Bad und wusch sich das Gesicht.

KAPITEL 39

Das Schlimmste an der Weihnachtszeit sind ja nicht die Weihnachtsfeiern, nicht die vollen Einkaufszentren, nicht die Christkindlmärkte. Nicht einmal die Punschstandln. Obwohl die Punschstandln schon sehr schlimm sind. Ich sage nur: zu viel Alkohol, zu viel Bruderschaft-Trinken, zu viel Gehen-wir-zu-mir-oder-zu-dir-Fragen. Aber noch schlimmer als das alles sind die Weihnachtsdekorationen. Ihnen entkommt niemand. Sicher gibt es auch die eine oder andere stimmungsvolle Variante. Aber es gibt auch Riesen-Weihnachtsmänner, Rentiere mit rotblinkender Nase, beleuchtete Schneemänner, Plastik-Christbäume und sogar Klodeckel-Überzüge in Santa-Claus-Form hat man schon gesehen.

In den meisten Ämtern, Polizeistationen und Krankenhäusern war die Weihnachtsdekoration eher eine Verlegenheitslösung, bestehend aus dem Werbe-Adventkalender eines Pharmaunternehmens oder ein paar übrig gebliebenen Schokonikoläusen. Aber es reicht, wenn eine einzige Person in einem Amt oder auf einer Station einen Hang zum Dekorieren oder, sagen wir, wie es ist: zum Kitsch hat, und schon ist es vorbei.

Auf der Notfallstation am Steinhof, dachte Anna Bernini, muss es jedenfalls so eine Person gegeben haben. Sie stand im kleinen Aufenthaltsraum des Pflegepersonals und versuchte, auf einen weihnachtsdekorationslosen Fleck zu schauen, während sie auf die ärztliche Leiterin wartete. Aber das war unmöglich. Von der Decke baumelten Engel, auf dem Wandtischchen galoppierte ein Rentierschlitten, am Medikamentenschrank hingen Strohsterne. Sogar von der Pappschachtel mit den Einweghandschuhen winkte ein dicklicher Santa Claus, und am Abfalleimer für die Spritzen grinste ein Schneemann.

Endlich näherten sich eilige Schritte über den Gang. Anna Bernini drehte sich um. Das kann nicht der Deko-Fan sein, dachte Anna Bernini, als jetzt die Ärztin in der Tür erschien. Denn diese Person wirkte so, als hätte sie nicht einmal Zeit, an Weihnachten auch nur zu denken, geschweige denn an Weihnachtsdekoration. Ihr Gesicht war ausgehöhlt vom Schlafmangel, ihre Haut fahl, ihr Blick gehetzt, als wäre sie lieber schon beim nächsten Notfallpatienten als hier. Was vermutlich auch stimmte.

»Um diese Jahreszeit ist bei uns immer die Hölle los«, rief sie Anna Bernini über die Schulter zu, als sie ihr durch den langen Gang ins Zimmer des Notfallpatienten von heute Nacht vorauseilte. »Da kommt viel Verdrängtes nach oben.«

Anna Bernini, die der Ärztin kaum nachkam, konnte sich das ohne Weiteres vorstellen. Aber sie glaubte nicht, dass der Patient, zu dem sie unterwegs war, wegen Weihnachten um 4 Uhr morgens nach einem Selbstmordversuch hier eingeliefert worden war. Und nicht nur, weil man in Rumänien erst zu Dreikönig Weihnachten feiert.

Die Ärztin blieb vor einem Zimmer stehen, klopfte kurz und öffnete die Tür, ohne eine Antwort abzuwarten.

»Nur fünf Minuten«, sagte sie. »Ich komme gleich wieder.« Und schon eilte die Ärztin mit fliegenden Mantelschößen davon.

Das Erste, das Anna Bernini wahrnahm, als sie den Raum betrat, war ein Geruch, der ihr sofort Brechreiz verursachte. Nein, es war nicht der übliche Krankenhausmief nach Desinfektionsmitteln, zu lange gekochtem Gemüse und zu wenig gelüfteten Räumen. Es war der Geruch von Lilien. Ihr erster Impuls wäre gewesen, das Fenster aufzureißen. Aber Fenster, die man öffnen kann, wären in einer Klinik, in die man gerade noch gerettete Selbstmörder bringt, natürlich kontraproduktiv.

Stattdessen machte Anna Bernini ihrer Überraschung spontan Luft, obwohl das vielleicht nicht das Erste ist, was man zu einem Selbstmörder sagen sollte: »Warum riecht es denn hier so nach Lilien?«

Der Patient, der seinen Kopf zum Fenster gedreht hatte, wandte ihn jetzt langsam zu ihr um. Seine Augen waren riesengroß in dem eingefallenen Gesicht.

»Das ist mein Parfum«, flüsterte er heiser, »*Hermès.*«

Anna Bernini, die ihren Ausbruch schon bereut hatte, trat leise ans Bett und schaute auf den Patienten hinunter. Aber es bereitete ihr überhaupt keine Genugtuung, dass sie jetzt wusste, warum es in einem Blumenladen voller Rosen nach Lilien duften konnte.

Aleksander Florescu lag still da. Seine Augen ruhten auf seiner Besucherin, aber sein Blick war auf etwas anderes gerichtet. Sie wusste nicht, worauf, aber es musste etwas Furchtbares gewesen sein. Vorsichtig zog sie einen Besucherstuhl heran und setzte sich.

»Wie geht es Ihnen?«, fragte sie sanft.

Aleksander Florescu drehte den Kopf von ihr weg, heftete seinen Blick wieder aufs Fenster. Ein leichter Schneefall hatte eingesetzt. Auf dem kahlen Baum vor seinem Zimmer hatten sich schon ein paar weiße Flocken abgelagert. Eine Weile lang sprach niemand.

»Ich habe ihn geliebt«, flüsterte der junge Florescu plötzlich.

Anna Bernini wusste das. Sie hatte den Abschiedsbrief gesehen, der neben seinem Bett gelegen hatte – zusammen mit ein paar Fotos aus dem Fotoalbum Andreas Zauchers.

»Ich hatte so gehofft, dass auch er mich eines Tages lieben wird«, sprach Aleksander Florescu leise weiter.

Liebe, dachte Anna Bernini mit einem Anflug von Bitterkeit, was soll das sein? Ein Totschlagargument, wenn man nicht mehr weiterweiß. Sie betrachtete das blau-weiße Fensterviereck, den grau-weißen Himmel, die braun-weiße Baumkrone. Bald wird alles, das Krankenhaus, der Park, ganz Wien langsam in einem Meer von Stille versunken sein. Morgen würde Heiliger Abend sein. Eine abgrundtiefe Traurigkeit legte sich wie Raureif auf ihre Seele.

»Er hat mich aber nur ausgelacht«, fuhr Aleksander Florescu fort.

Anna Bernini seufzte. Sie war so müde. Aleksander Florescu schwieg, und so schwieg sie auch.

»Das blaue Auge hatten Sie nicht von der Autotür«, fragte sie plötzlich.

Aleksander Florescu schüttelte langsam den Kopf, ohne den Blick von der grau-weißen Trostlosigkeit vor seinem Fenster zu lösen. Nichts rührte sich in seinem Gesicht, kein Muskel an seinem Körper bewegte sich, seine Hände lagen auf der Bettdecke wie abgelegte Kleidung. Dieser junge Mann wollte sich das Leben nehmen, dachte Anna Bernini. Und es ist ihm auch gelungen. Egal, was die Ärzte zu seiner Wiederbelebung gemacht hatten.

Gefunden worden war Aleksander Florescu von seiner Frau. Sie hätte eigentlich zu ihrer Familie nach Rumänien fahren wollen, aber ein plötzliches Unwohlsein hatte sie zurückgetrieben. Um 3 Uhr morgens war der Notruf bei der Rettung eingegangen. Da war Aleksander Florescu schon bewusstlos gewesen. Ein paar Minuten später traf der Notarzt ein. Er hatte nicht nur den Patienten gerettet, sondern auch dafür gesorgt, dass die Polizei kam und den Abschiedsbrief mitnahm.

Plötzlich warf Aleksander Florescu den Kopf zu ihr herum: »Ich wollte ihn nicht töten! Es war ein Unfall!«

Seine Augenbrauen waren zu einem verzweifelten Viereck zusammengeschlossen, er streckte die Beine aus dem Bett, zerrte an seinen Infusionsschläuchen. Doch Anna Bernini hielt ihn fest. Und schon nach wenigen Sekunden war er aufs Kissen zurückgesunken.

Anna Bernini blieb still sitzen und betrachtete die bebende Gestalt unter der Bettdecke. Tränen quollen unter seinen Fingern hervor. Anna Bernini wandte den Blick wieder zum Fenster. Auf dem Baum war eine Krähe gelandet. »Schau her!«, flüsterte Anna Bernini, und der Vogel drehte den Kopf.

Seine winzigen Äuglein waren nicht zu sehen, und doch kam es Anna Bernini so vor, als sähe die Krähe zum Fenster herein. Als sähe sie hier zwei fremde Menschen, die ein Verbrechen zusammengeführt hatte, gemeinsam trauern. Ein großer Friede breitete sich in ihr aus. Komisch, dachte sie, ich freue mich auf Weihnachten.

Es dauerte noch einige Wochen, bis das vollständige Geständnis von Aleksander Florescu unterschrieben und abgelegt vorlag. Aber die wesentlichen Ereignisse waren schon klar, als Anna Bernini an diesem 23. Dezember zurück in die Leopoldsgasse fuhr.

Aleksander Florescu war in der Mordnacht bei Gabriela Bauer gewesen. In dieser Hinsicht und auch in manch anderer hatte die Witwe gelogen. Doch das steht auf einem anderen Blatt. Tatsache war, dass Gabriela Bauer hoffte, ihr Mann könnte doch noch dazu gebracht werden, die erfolgreiche Geschäftspartnerschaft mit der *Florescu-Company* wieder aufzunehmen. Erst bei einer der Vernehmungen nach Weihnachten erfuhr die Polizei davon, dass Sebastian Bauer wegen der geschleppten und getöteten Ukrainerinnen die Geschäftsbeziehung zu Aleksander Florescu eigentlich gelöst gehabt hatte. Das war dem jungen Florescu genauso wenig recht wie der Ehefrau. Damit hatten sie etwas gemeinsam.

Nach seinem Besuch bei der Witwe war der junge Florescu direkt zur Party gefahren. Dort hatte man ihm erzählt, dass »die beiden Turteltäubchen«, also Sebastian Bauer und Andreas Zaucher, schon gegangen waren. Daraufhin war Aleksander Florescu, rasend vor Eifersucht, in den Blumenladen gestürmt, einen Schlüssel hatte er, und dort erwischte er die beiden. Es war ein Kampf auf Leben und Tod, sagte der junge Florescu aus, »und zum Schluss war es ein Blutrausch.«

Danach hatte Aleksander Florescu seinen Vater angerufen, und der hatte Xaver Hochegger zum Aufräumen geschickt.

Er war »der Cleaner«, der alles richten musste, egal, ob es sich um geheime Konten handelte oder um den missratenen Sohn. Eigentlich wollte Xaver Hochegger die Leiche wegtransportieren. Aber da hatte ihm Johanna Heesters einen Strich durch die Rechnung gemacht. Die alte Dame hatte nämlich genau in dem Moment neugierig in die Auslage geschaut. Und dann hatte auch noch ihr Hund gebellt, so laut, dass Xaver Hochegger schnell seinen Plan hatte ändern müssen. So hatte er einem zufällig vorbeikommenden Rosenverkäufer ein ganzes Bündel Rosen abgekauft und Sebastian Bauer darunter begraben. Andreas Zaucher wurde mit Drogen vollgepumpt und ins kleine Büro verfrachtet. Die Polizei sollte daraus ihre eigenen Schlüsse ziehen. Was sie dann ja auch tat.

Das alles erfuhr Anna Bernini aber erst, als sie nach den Weihnachtsfeiertagen mit Inspektor Stammer gemeinsam im *Lorenz-Böhler-Krankenhaus* erschien, um »den Cleaner«, der inzwischen schon auf dem Weg der Besserung war, dazu zu befragen. Auf Anna Bernini geschossen, das schwor Xaver Hochegger bei allem, was ihm heilig war, »also bei nichts«, merkte Anna Bernini an, hatte er nie. Im Kompostwerk war noch einer der Florescu-Angestellten gewesen. Ihn konnte Inspektor Schramek schlussendlich doch noch weichklopfen, sodass er zugeben musste, dass es seine Pistole war, aus der der Schuss auf Anna Bernini abgefeuert worden war.

Aber soweit war die Wiener Polizei noch nicht, als Anna Bernini an diesem 23. Dezember gegen Mittag das Landeskriminalamt in der Leopoldsgasse betrat und sich dabei so leicht fühlte wie schon seit vielen Wochen, ach was: Monaten! nicht mehr. Sie rannte die Stufen bis zum zweiten Stock hinauf, blieb vor ihrem Büro stehen und betrachtete das Chefinspektorinnen-Namensschild, das schon acht Monate und drei Wochen an dieser Tür hing, obwohl sie noch keine drei Stunden hier drinnen verbracht hatte.

»Der Fall ist so gut wie abgeschlossen«, hörte sie Miss Biggys Stimme hinter ihr.

»Naja, abgeschlossen ist er erst, wenn die elektronische Akte geschlossen ist.«

»Und bis dahin wird es Ostern sein.«

Anna Bernini drehte sich um. Vor ihr stand Miss Biggy in Daunenmantel und Haube, was ihr ein bisschen das Aussehen eines *Michelin*-Männchens gab. Aber eines, das rauchte.

»Komm, wir gehen ins *Vis-à-Vis*!«

Anna Bernini nickte, schloss das Büro der Chefinspektorin Anna Bernini und folgte ihr.

»Wie lange müsstest du wohl auf ihn warten?«

Anna Bernini grinste. »Ich wusste immer schon, dass du Gedanken lesen kannst!«

Sie standen an der Treppe und warteten, bis eine Schar junger Polizeischüler und -innen vorbeigekichert war. Miss Biggy sagte nichts, aber auch Anna Bernini konnte Gedanken lesen.

»Fährst du Weihnachten nach Hause?«, fragte Miss Biggy.

Anna Bernini war froh über den Themenwechsel und zuckte lächelnd die Achseln. »Bevor ich allein in Wien feiere … Und du?«

»Ich fahre zu meiner Tante nach Gramatneusiedl.«

Anna Bernini grinste, verstummte aber sofort wieder, weil sie nicht sicher war, ob das wirklich ein Scherz war. Miss Biggy lächelte so unergründlich, dass Leonardo da Vinci sofort Pinsel und Malfarben gezückt hätte. Aus irgendeinem Grund fiel Anna Bernini der Oberst ein. Aber nein, der Oberst verbringt seine Ferien doch immer mit der Gattin in seiner Villa in Altaussee. Oder etwa nicht? Inzwischen waren sie unten angekommen. Anna Bernini riss die Tür auf, und sofort stob eine feine Ladung Schneeflocken herein. Und als wäre sie mit einem Zauberstab berührt worden, fielen

300 schreckliche Tage und schlaflose Nächte von Anna Bernini ab, als hätte es sie nie gegeben. Sie trat einen Schritt auf die Straße und wurde von einer Weihnachtswunderwelt empfangen, wie es sie in niemandes realer Kindheit je geben könnte. Aber in ihrer gegeben hatte. Es war das unschuldigste, weichste Weiß, das man sich vorstellen konnte. Und mitten drin ein roter Farbtupfer, der im Rhythmus von Chefinspektor Eislers Schritten auf und ab wippte. Im nächsten Moment stand Karl Eisler vor Anna Bernini. Atemlos und mit glänzenden Augen. In der Hand hielt er einen riesigen Strauß roter Rosen. Anna Bernini und Miss Biggy starrten ihn an.

»Die Gerda ist schwanger!«, keuchte er.

»Und?«, fragte Anna Bernini.

»Von jemandem anderen!«, sagte er und präsentierte ihr den Rosenstrauß mit dem treuherzigsten Hundeblick, der jemals eine Netzhaut verlassen hat.

Anna Bernini lachte, nahm ihm den Rosenstrauß ab, wickelte ihn aus seiner Zellophan-Hülle und warf die 25 wunderschönen roten Rosen mit einer großen, weit ausholenden Bewegung mitten in den bleiweißen Schneehimmel hinauf.

Weitere Titel finden Sie auf den folgenden Seiten und im Internet:

WWW.GMEINER-VERLAG.DE

DIE NEUEN Lieblings-plätze

ISBN 978-3-8392-0154-1

ISBN 978-3-8392-2730-5

ISBN 978-3-8392-0155-8

ISBN 978-3-8392-0158-9

ISBN 978-3-8392-0160-2

ISBN 978-3-8392-0159-6

ISBN 978-3-8392-0161-9

ISBN 978-3-8392-0163-3

ISBN 978-3-8392-0164-0

ISBN 978-3-8392-2626-1

ISBN 978-3-8392-0156-5

ISBN 978-3-8392-0157-2

ISBN 978-3-8392-0166-4

ISBN 978-3-8392-0166-4

ISBN 978-3-8392-2838-8

ISBN 978-3-8392-0168-8

WWW.GMEINER-VER

Mensch, Kultur,